© Copyright 2019 FB Romans (18)
　　Florence Barnaud. Tous droits réservés.

Dépôt légal : Janvier 2019
Première édition : février 2019

Édition : BoD – Books on Demand,
12/14 rond-point des Champs-Élysées, 75008 Paris
Impression : BoD - Books on Demand, Norderstedt, Allemagne
ISBN : 9782322091461

****

ISBN e-book : 978-2-9566893-0-0

****

Couverture : Ouroboros Design (Sheila17 - 99 Design)
Correction : Florence Clerfeuille

Sangs éternels

Tome 1 – La Reconnaissance

Florence Barnaud

FB Romans

À la vie, à l'amour, à mes chéris.

« C'est impossible, dit la Fierté.
C'est risqué, dit l'Expérience.
C'est sans issue, dit la Raison.
Essayons, murmure le Cœur. »
– William Arthur WARD –

Playlist by Ismérie

Vous pouvez accompagner la lecture du tome 1 de Sangs Éternels par la sélection d'Ismérie.

- Marilyn Manson : third day of a seven day binge
- Joep Beving : Ab Ovo
- Rolling Stones : Sympathy for the devil
- LSD (groupe formé par Sia, Diplo et Labrinth) : Thunderclouds
- Rihanna : Love on the brain
- Brice Conrad : Hands are shaking
- Janis Joplin : Cry Baby
- Janis Joplin : Summertime
- The Weeknd : Angel

Vous trouverez cette playlist sur ma chaine Youtube ou sur Deezer.

1 - La vie en rose

En sortant de la douche, je sentis l'ennui peser sur mes épaules ; il était temps d'organiser un changement. Mais quoi ?

J'essuyai la buée du miroir de la salle de bains pour examiner mon visage. J'y verrais peut-être plus clair ou j'aurais une idée lumineuse. Tout en écoutant *Third Day Of A Seven Day Binge* (1), je constatai que je possédais le même teint blafard que ce chanteur. La comparaison s'arrêtait là. Des cheveux roux très longs, frisés en boucles serrées. Des taches de rousseur parsemaient mes joues et mon nez fin. Des yeux bleu glacier me donnaient un regard intense, hypnotique. Des lèvres en forme de cœur cachaient une très belle dentition toute blanche. On aurait pu croire qu'elle était toute neuve malgré ses cent vingt-deux ans. Deux crocs pointus s'allongeaient quand je voulais me nourrir ou que les émotions me submergeaient. Crocs cachés, on m'avait répété toute ma vie que j'étais magnifique et je n'avais pas fini de l'entendre, puisqu'il semblait que j'étais immortelle. Malheureusement, je n'en étais pas sûre : j'étais une vampire ratée. Je n'avais pas hérité de toutes leurs capacités. J'étais aussi une ancienne puissante sorcière qui avait perdu ses pouvoirs. Enfin, il m'en restait quelques-uns, comme celui d'allumer une petite flamme au bout de mon doigt. Le vampire qui m'avait transformée avait senti trop tard que j'étais une sorcière. Sangs de sorcière et de vampire n'ont jamais fait bon ménage. Ça l'avait tué, sans qu'il ait eu le temps de me donner son identité et le mode d'emploi vampire. J'avais dû totalement me réapproprier mes « talents ». C'était donc après vingt-huit ans de vie paisible dans la campagne du Berry que j'avais dû renoncer à un mari et trois enfants pour m'exiler et découvrir mes nouvelles particularités.

J'étais désormais à Genève, au printemps 2020, à vouloir démarrer une nouvelle journée. J'avais la chance par rapport à mes congénères vampires de pouvoir vivre le jour et même sortir. Certes, je souffrais d'une allergie au soleil, indésirable mais largement tolérable. Vive les crèmes solaires indice 50 qui me permettaient de sortir, pendant que les autres vampires se terraient.

J'avais besoin de huit heures de sommeil. Je pouvais choisir mon rythme à cheval sur le jour et la nuit. Je devais simplement bien gérer ma fatigue. Je tombais dans l'inconscience pour huit heures minimum, sans réveil possible avant la fin de ma régénération. Par contre, je ne me changeais pas en chauve-souris, contrairement aux autres, qui pouvaient s'envoler d'un battement d'ailes. Physiquement, je n'étais pas très forte, contrairement à la plupart des vampires qui étaient des surhommes. Moi, j'étais à peine plus forte qu'un humain pas trop costaud. Par contre, mes dons de manipulation dépassaient ceux des vampires que j'avais pu connaître, ce qui m'avait valu de garder mon immortalité. Ma solution restait invariablement la fuite. Rien de glorieux, mais d'une efficacité redoutable. Je n'aimais pas me battre. Et un peu à la façon des Jedis, j'obtenais tout ce que je voulais des humains et des vampires : me nourrir, m'échapper, passer inaperçue, éviter un combat, obtenir des informations... Je préférais parler de charme plutôt que de manipulation : le résultat était le même, mais la manipulation manquait d'élégance. Je connaissais peu de vampires et je n'avais pas vécu avec eux. Alors, je ne savais pas trop où je me situais sur l'échelle des dons. Certains vampires ne pouvaient même pas empêcher une poule de manger un grain de blé. Alors, manipuler un humain pouvait être très compliqué. Moi, je voyais la magie des vampires. Chacun envoyait comme des ondes de couleur. Les miennes étaient blanches, lumineuses. Tous les vampires n'étaient pas capables de sentir les dons de leurs congénères. Nous étions un peu comme les humains finalement. Nous avions un tas de super qualités et de super défauts.

Je me séchai, m'habillai, mis un peu d'indice 50 sur le visage et les mains. Manches longues, chapeau, lunettes rondes aux verres marron pour cacher mes iris flamboyants, j'allai flâner autour du lac Léman. J'adorais le lac. La lumière scintillait sur cette étendue majestueuse jour et nuit. Toute cette nature vivante attisait mes instincts de prédateur. Ce cadre très apaisant me permettait de me poser, me reconnecter à la nature. Tous ces parfums étaient un régal pour mes sens. Le printemps était riche en odeurs. La nature s'éveillait à nouveau. Chaque saison apportait son lot de lumière, de senteurs, de couleurs, de sensations. J'avais mon banc de prédilection, celui qui m'attendait tous les jours et m'accompagnait dans mes moments de solitude. Les yeux rivés sur le lac, je le scrutai à la recherche d'indices pour poursuivre mon chemin. Quand j'étais sorcière, je croyais à la réincarnation. Cette possibilité de renaissance, tel un phœnix, me poussait à aider mon prochain, faire de la belle magie pour toujours mieux me réincarner dans ma prochaine vie. J'avais maintenant une vie éternelle. Je ne changeais pas, ne prenais pas une ride, pas une maladie, pas même un rhume l'hiver. Mes cheveux, par exemple, restaient tels qu'ils étaient. J'avais beau les couper, tous les jours si je le souhaitais, quand je me réveillais, ils étaient de nouveau aussi longs et volumineux. Cela pouvait être un vrai calvaire de ne jamais changer. Je restais figée dans mon immortalité avec le physique de mes vingt-huit ans de vie humaine. Seules la lassitude et la mélancolie me guettaient. J'avais déjà eu plusieurs vies en une seule, riches en émotions, en moments forts, mais sans véritables compagnon ou amis. Mes particularités ne m'aidaient pas à intégrer un camp.

J'arrivais de nouveau à un moment charnière, je le sentais. Il me fallait du changement. Après mon exil vers la Russie, il y avait bien longtemps, je me rapprochais de la France. Je n'avais aucune nouvelle de ma famille. Ils étaient tous morts depuis bien longtemps. Avais-je une descendance ? Comme ils m'avaient bannie, j'avais mis plusieurs décennies à tourner la page et m'en désintéresser. Je tombai de nouveau dans la mélancolie. C'était un petit peu la maladie des vampires. Elle pouvait nous enfermer pour ne jamais nous libérer si nous n'y prenions pas garde. Allez, un peu de nerf. Je rentrai et me préparai pour aller travailler.

En arrivant dans le studio de danse que je louais, je profitai d'être en avance pour m'échauffer. Je chaussai mes pointes de danseuse. Je mis la musique de *Giselle* et dansai, virevoltai le rôle que j'avais incarné pour les ballets russes. *Giselle, ou les Wilis*, ces spectres mi-nymphes, mi-vampires, quelle drôle de coïncidence. J'avais bien caché mon jeu. Les humains ne soupçonnaient pas que c'était une vampire qui jouait l'humaine. Totalement portée par mon inconscient, je revivais de grands moments de ballets. Sous les projecteurs, j'avais ressenti la passion d'un travail ardent, poussé les limites physiques de ma constitution vampire, sous les applaudissements d'un public hypnotisé. Je me figeai dans un final, à peine essoufflée, épanouie de ressentir tous ces plaisirs dans mon corps, ma tête. Et là, de nouveau, j'entendis ma foule en délire. Toutes mes petites élèves étaient assises à m'applaudir. Le jour, j'étais professeur de danse classique.

— Bravo, Ismérie, tu es fantastique.

— Est-ce qu'on va réussir à danser comme toi quand on sera

grandes ?

Étonnée de les trouver là, je leur répondis :

— Merci, mes chéries. En travaillant beaucoup, c'est possible.

Je tentais de les rassurer, les motiver, car sans motivation, on n'allait pas bien loin.

— Allez, au travail.

Mes petites danseuses se mirent toutes à la barre.

La journée passa, avec mes différents niveaux d'élèves pour finir avec les ados. J'avais la chance d'avoir attiré des travailleuses qui prenaient la danse classique très au sérieux.

À la fin des cours, Clara vint me voir.

— Ismérie, je souhaiterais faire de la danse mon métier, penses-tu que j'aie le niveau pour intégrer un ballet ?

Je la regardai attentivement. Elle avait bien le niveau. Cependant, les critères physiques maintenant étaient très importants dans la sélection. Clara avait déjà une poitrine très développée et n'avait pas terminé sa croissance. J'avais eu la chance de danser dans les ballets à une période où les critères physiques étaient moins importants, le talent comptait davantage.

— Clara, tente ta chance. Je pense que tu as le niveau de danse requis pour être admise. Regarde bien aussi les critères physiques du ballet que tu veux intégrer.

— Et si je ne suis pas prise, qu'est-ce que je vais faire ? Je vis pour la danse. Papa m'a dit que tu dansais aussi dans un cabaret le soir.

Mmmm... Je ne fis pas de commentaire, j'essayais de rester discrète à ce sujet. J'avais peut-être même croqué son papa par inadvertance.

— Clara, il y a beaucoup de métiers dans la danse. Tu trouveras ta voie. Continue de bien travailler.

Je quittai ma tenue de danseuse classique pour rejoindre le strass, les paillettes et mon repas. Je buvais du sang tous les jours et c'était au cabaret que je choisissais ma proie.

Je me détendis un peu dans la loge du cabaret en écoutant les autres filles. L'ambiance était à la rigolade. Les filles étaient plus ou moins belles, mais notre maquillage faisait des merveilles. Le mien me redonnait un peu d'humanité en cachant mon teint cadavérique et faisait ressortir mes yeux envoûtants. Nous étions toutes minces, musclées, voire athlétiques, avec des poitrines généreuses. Conditions indispensables pour être engagée. Je préparai ma chevelure rousse pour avoir l'air d'une lionne. Je mis mes cache-tétons noirs à sequins couleur or. Un soutien-gorge pigeonnant par-dessus. Un string noir et or assorti. J'enfilai une robe dorée qui n'avait de robe que le nom. Elle était tellement échancrée et courte à la fois qu'il était impossible de la mettre hors du cabaret ou d'une soirée coquine. Et des soirées coquines, je n'en avais pas. Des escarpins à bride de douze centimètres me donnaient des jambes vertigineuses. J'étais à croquer, sauf que c'était moi la prédatrice. Ce travail était productif pour moi. Bien payé, il me permettait en plus de me nourrir gratuitement à la fin de chaque soirée.

Les filles faisaient des danses érotiques au rythme de musiques chaudes qui s'enchaînaient pour faire vendre cocktails et bouteilles. Quand mon tour vint, je montai sur scène. Je diffusai ma magie par ondes lumineuses. J'étais la seule à la voir se déplacer, à coups de déhanchés. Mes vagues de charme commençaient à aller et venir, à se répandre dans la salle vers tous ces messieurs venus mater des fesses et des seins. Ma magie commençait à sélectionner celui qui aurait le meilleur goût ce soir. Mon pouvoir vampire était puissant. Il me permettait de faire une pré-analyse de mes proies potentielles en sondant leur sang sans y goûter. J'alternais des enchaînements impressionnants et des positions suggestives, mettant en valeur ma chute de rein et mes jambes galbées. Les spectateurs étaient subjugués. Mes ondes de magie diffusaient audacieusement mes critères de goût bien particuliers. Leurs sourires s'épanouissaient au fur et à mesure que mon pouvoir les enveloppait. Je ne voulais pas de sang souillé. La drogue et la nicotine donnaient un goût de mort au sang, plus ou moins prononcé en fonction de la consommation. Rien d'agréable, même si le sang restait tout aussi nourrissant pour un vampire. Trop d'alcool me rendait pompette et je tenais à garder le contrôle. Nos pouvoirs de régénération nous garantissaient l'immortalité. Et même si nous ne mangions plus d'alimentation humaine, nous détections chaque saveur de ce que l'humain avait mangé. Alors, autant se faire plaisir avec un sang savoureux et de qualité. Pendant que ma sélection commençait à trier celui qui serait mon dîner ce soir, je rampais telle une lionne qui guettait sa proie dans la jungle. Ma robe tomba. Tous ces charmants messieurs me regardaient avec un sourire grisé. La tension montait et mon charme gagnait du terrain. Mes donneurs potentiels devenaient luminescents. Je quittai mon soutien-gorge, jouai avec mes cache-tétons sur une musique lascive. Je terminai sous les applaudissements. J'aimais ce moment. Je savais que ma proie m'attendrait au coin de la rue juste à côté de la sortie des artistes. Nous n'avions pas le droit d'avoir des relations sexuelles avec les clients. Ce qui m'arrangeait fort bien puisque je ne voulais que du sang. Je retournai dans la loge, me changeai. J'étais pressée d'aller boire. Même si je n'étais pas obligée de me nourrir tous les jours, c'était néanmoins agréable et confortable d'avoir le ventre plein, de sentir cette nouvelle vie qui courait dans mes veines. Et puis on ne savait pas ce que réservait l'avenir.

La sortie des artistes était gardée par un videur pour que nous ne soyons pas importunées. Je passai en saluant Francky sans m'arrêter. J'avais besoin d'aller retrouver ma proie.

Il était là, dans la rue, déjà totalement conquis, à m'attendre patiemment. Je continuai à le charmer avec ma magie pour qu'il m'accompagne un bout de chemin. Lui envoyer des messages télépathiques simples comme : « Suis-moi... Nous allons passer un bon moment tous les deux... Tu ne le regretteras pas... » Ces messages mentaux suffisaient à le mettre dans de bonnes dispositions sans avoir besoin de conversation futile. Mon pouvoir de manipulation ferait passer un excellent moment à cet homme. Je ne le regardais pas beaucoup. Son physique m'importait peu. La qualité du sang était essentielle, ma magie avait bien choisi. Je lui insufflai mentalement de me prendre par les épaules pour commencer à me rapprocher de lui innocemment. Il imaginait déjà toutes les merveilles qu'il me ferait, qu'il serait persuadé d'avoir vécues quand je l'abandonnerais. Je ne cherchais pas à le détromper, il avait l'air très heureux comme ça. Je ne voulais que son bonheur et un peu de son sang. Nous nous arrêtâmes sous une porte cochère, je posai mes lèvres sur son cou et plongeait mes crocs dans sa carotide. Il gémit. Je lui diffusai de bien belles images de nous pour qu'il patiente tranquillement pendant que je le dégustais, en extase, me sentant revigorée à chaque gorgée. Son léger goût métallique me caressait les papilles. Son sang chaud était enivrant. Boire à la veine me donnait toujours beaucoup de plaisir. Une fois rassasiée, je passai un petit coup de langue sur la morsure. La salive de vampire était un excellent cicatrisant. Dans cinq minutes, les morsures auraient disparu. Il semblait, lui aussi, repu de plaisir. Ce qui me contenta doublement. J'aimais le travail bien fait. Mon donneur semblait fasciné. Je lui passai la main sur les yeux avec douceur en lui intimant d'oublier notre rencontre. Quand il rouvrirait les yeux, il se détournerait de moi. Je ne tenais pas à être importunée. Il garderait le souvenir d'avoir passé une excellente soirée et reviendrait prochainement au cabaret. Cela permettait aussi de fidéliser les clients et là, c'était mon patron qui était satisfait. Chacun partit de son côté. Je me sentais revigorée par ce sang, cette énergie. Cette vie fusait dans mes veines, stimulait et entretenait mon éternelle jeunesse.

Je marchais tranquillement en passant par le lac Léman pour rejoindre mon appartement. J'émettais régulièrement des ondes de magie afin que personne ne s'intéresse à mes joues rosies, mes yeux flamboyants, mes crocs que je laissais tranquillement en liberté. Les petits rongeurs fuyaient sur mon passage. Je sentais leur présence et leur odeur musquée au milieu de la végétation humide.

Je jetai un œil à ma boîte aux lettres. Vide. Je me couchai et tombai dans l'inconscience.

Je me réveillai vers 10 h 30, en forme de vampire régénérée pour une nouvelle journée. J'ouvris la fenêtre pour respirer cette énergie indispensable à toute vie. J'avais besoin d'air et de sang. Mon petit deux-pièces était tout à fait satisfaisant. Une cuisine quasi inexistante, une salle de bains proportionnelle à mes soins de beauté : douche à la verveine citronnée et lavage de crocs au dentifrice ayurvédique suffisaient à mon hygiène. Pas besoin de produits de beauté. Être vampire donnait l'avantage de se réveiller dans une beauté parfaite avec l'œil brillant, le cheveu soyeux, le croc pointu. Mon salon était ma pièce préférée. J'avais rapporté des tapisseries très colorées d'Inde, lors de voyages quand j'avais besoin de me changer les idées. Leur art de vivre spirituel m'avait aidée à mieux comprendre le sens de ma vie et me détacher du passé. Rien ne servait de revivre interminablement son passé. Je m'installai sur mon tapis pour me recentrer, me concentrant sur ma respiration, le pranayama : le souffle de vie. Puis, je commençai à enchaîner quelques postures de yoga pour délier mon corps, exercer toute ma souplesse. Je finissais toujours par la salutation au soleil. Enfin, j'entraînai mon mental à s'apaiser. Je fis le vide dans mes pensées, revenant simplement ici et maintenant. Ma nature de vampire et mon passé de danseuse classique m'avaient tout de suite permis d'accéder à l'ensemble des postures avec aisance. La méditation m'avait demandé plus de discipline pour dompter mon mental plein de colère et de ressentiment. Ces enseignements m'avaient beaucoup aidée à accepter l'exil imposé par ma famille, cette fatalité qui m'avait frappée de plein fouet et obligée à vivre une nouvelle vie. J'avais une vie disciplinée pour garder le cap. La colère, que j'avais longtemps traînée avec moi comme un chewing-gum collé sous ma chaussure, avait fini par me quitter.

Après ma douche, je retournai interroger les eaux du lac. Je sentais bien que cette boucle interminable m'enfermait dans la mélancolie. Je n'avais pas envie de tout recommencer ailleurs. Peut-être fallait-il enfin nouer des relations avec des humains ou des vampires sans les charmer ? Ou juste un tout petit peu ? Je devais bien pouvoir trouver des personnes compatibles avec moi ? Avoir de vrais échanges ? Je tournais en rond. La solitude me pesait. Ma routine devenait mortelle.

Bon, j'allais commencer par changer mes lunettes. Je n'en pouvais plus de voir la vie en marron. Si je ne cachais pas mon regard, j'attirais trop l'attention. Mes yeux bleu glacier lumineux étaient hypnotiques. C'était décidé. Je me sentis tout de suite soulagée. Cette petite décision n'allait pas changer radicalement ma vie, mais changer tout de même mon point de vue. Et demain, je verrais.

Je partis en direction des commerces. Je marchais beaucoup. Ma voiture, un petit bijou, ne sortait que le week-end. Je fis plusieurs commerçants de lunettes. Mon choix s'arrêta sur des montures rondes, des verres rose clair, qui s'accommodaient bien à mon teint et me donnaient un air un peu hippy. Et voilà, la vie était plus lumineuse maintenant que je la voyais en rose.

Je retournai au studio de danse pour entraîner mes petites danseuses, tout en pensant à la soirée au cabaret.

Ce soir, c'était pole dance. Les vendredis, l'équipe installait trois barres verticales sur scène pour danser. La pole dance était beaucoup plus acrobatique, plus en harmonie avec ma nature vampire. Je pouvais donner vie à toute ma puissance physique et satisfaire certains instincts de prédateur. J'adorais les vendredis soir.

Les filles arrivaient tranquillement dans la loge et nous commençâmes à nous préparer dans la joie et la bonne humeur. Notre patron, Joe, passa nous saluer. Il était très content de nous, le club fonctionnait bien. Nous avions une clientèle fidèle, plutôt chic. Il était très heureux de nous offrir de nouveaux « costumes » de scène. Les soutiens-gorge et petites culottes en paillettes colorées étaient de rigueur. La quantité de tissu était minime, la qualité maximale pour notre plus grand confort. Nous lui sautâmes toutes dessus pour l'embrasser et le remercier. Il sentait le cigare. Avec un sourire béat, il sortit. Je ne l'avais jamais croqué, comme aucun des employés du club. Telles des bécasses, nous jacassions en nous enduisant d'huile dorée afin de faire ressortir notre peau et nos ensembles, plus brillants les uns que les autres. Mon ensemble bleu glacier mettait en valeur mes yeux. Joe ne l'avait pas choisi par hasard. Il savait comment nous sublimer. J'entrecroisai des lacets élastiques de la même couleur sur mes jambes. Nous avions des numéros de danse en trio ou en solo. J'étais toujours seule sur scène. Je faisais quatre numéros dans la soirée et quelques apparitions en salle pour mes habitués. Quand arriva mon tour, la salle était déjà pleine. La pole dance amenait une distraction bienvenue pour clôturer la fin de semaine de tous ces hommes d'affaires invitant leurs clients exigeants.

Les trois barres verticales illuminées, je bondis pour faire le tour de la barre centrale en diffusant des ondes de magie de béatitude. J'enchaînai des positions sulfureuses, tourbillonnant autour de la barre, le sourire aux lèvres. Au fil des numéros, je déployais mes vagues de magie pour repérer ma future proie. Je les voyais aller et venir au milieu des clients, les entourant d'un halo de lumière le temps de vérifier la qualité de leur sang. Parfois, l'aura de lumière n'avait pas le temps de se former que ma magie fuyait immédiatement vers une autre proie. Je voyais les halos s'attarder autour de mes proies potentielles. Une seule me suffisait au final. Pour ma dernière apparition, je bondissais d'une barre à l'autre afin de prendre tout l'espace sur la scène. Mes pieds glissaient, valsaient sur le sol, me permettant de mieux dispenser ma magie pour gagner ma proie. Ce soir, un Indien était totalement auréolé de ma magie lumineuse. Je lui réservais maintenant mes charmes. J'aimais toutes ces épices donnant un parfum très aromatisé au sang. Je me ferais un plaisir de le déguster tout à l'heure. Il me dévorait des yeux, mais c'était moi qui le croquerais. Je continuais d'onduler dans des postures lentes et sensuelles. Mon Indien était captivé. J'étais très heureuse du festin qu'il me réservait, me redonnant de l'énergie pour finir mon numéro en beauté. Je l'invitai mentalement d'un déhanché à finir son verre pour me retrouver dans dix minutes. Les messages télépathiques que j'envoyais étaient très puissants. Je finis dans un grand écart renversé, me tenant à la barre, la tête en bas. Je saluai mon public sous les applaudissements et me dépêchai de quitter la scène. Ma nature de vampire faisait que je transpirais rarement. Je me changeai et filai dehors rejoindre mon casse-croûte. Francky me vit passer comme une flèche et m'interpella en rigolant.

— Ismérie, pourquoi es-tu si pressée, tu as le diable aux trousses ?

— Non, Francky, mais j'ai les crocs.

Francky rigola. Évidemment, il ne savait pas que j'étais une vampire. Je n'avais pas fait mon coming out.

Quand j'arrivai à notre lieu de rendez-vous, mon Indien était là, sublime, ses cheveux longs attachés en queue de cheval. Ses yeux noirs invitaient au mystère. Je lui adressai un grand sourire, heureuse de passer un moment avec lui. Je l'invitai à aller sur les bords du lac Léman. La fraîcheur de la nuit était très agréable et calmait mon impatience. Nous sortîmes du sentier pour aller sous les arbres, nous tenant par la main dans une intimité toute naturelle. Il commença à me prendre dans ses bras et je me nichai au creux de son cou, sentant son cœur battre frénétiquement la chamade. Il était tout excité et moi aussi. Mes crocs descendirent, m'irradiant de plaisir et de la promesse des délices à venir. Je le humai. Je lui envoyai un message de béatitude, l'envoyant au septième ciel pendant que je plantais mes crocs dans son cou. Je m'abreuvai de son sang épicé, me rassasiant de sa vitalité. Une fois ma ration prise, je restai tranquillement dans ses bras à nous bercer à la clarté de la lune, devant les eaux sombres et scintillantes du lac. Mon Indien était apaisé, serein, heureux de notre expérience. Je ne savais pas ce qu'il se passait dans sa tête mais son état émotionnel était très satisfaisant. Il émettait beaucoup d'émotions positives. Puis, je lui passai la main sur le visage avec une grande douceur pour lui faire tout oublier. Nous partîmes chacun de notre côté.

Je rentrai à la maison. En passant dans le hall, je ramassai le courrier. J'en avais rarement. Cette fois, une lettre dactylographiée à mon nom : Melle Ismérie Fleury. Je la posai dans l'entrée et filai me coucher.

(1) Chanson de Marilyn Manson.

2 - L'offre

Le sommeil des vampires était totalement vide. Ni rêve, ni cauchemar. Simplement rien. Je me réveillais spontanément.

Aujourd'hui samedi, je ne donnais pas de cours de danse classique. Mes rituels changeaient le week-end, même s'il me restait le cabaret le samedi soir. Comme d'habitude, je commençai par ouvrir la fenêtre, respirai le grand air puis m'installai sur mon tapis de yoga-méditation. Je m'entraînais à dompter mes émotions, mes pensées. Le résultat était parfois mitigé, me laissant perplexe, dans mes états d'âme. J'avais assisté à plusieurs conférences de grands méditants de ce monde. Ils étaient fascinants. Alors, je me concentrais sur l'air qui entrait, l'air qui sortait de mon corps, laissant passer les idées... Mon smartphone sonna le gong de fin. La technologie des humains était fantastique. C'était fou, tout ce que pouvait faire un téléphone maintenant.

J'ouvris la lettre reçue la veille. Elle venait de Paris, l'entreprise Duroy. Que voulaient-ils me vendre ? Surprise de constater qu'ils souhaitaient m'offrir un emploi, je la relus pour être sûre de bien comprendre. L'en-tête était bien de l'entreprise Duroy à Paris. Elle était signée par le président, Monsieur Eiirin Kinoshita-Duroy.

Mademoiselle Fleury,

Nous serions heureux de vous rencontrer afin de vous offrir un emploi. Ce poste, tout à fait dans vos compétences particulières, nous permettrait de surmonter des difficultés inquiétant les vampires, et par extension les humains.

Nous sommes conscients de la gêne occasionnée dans votre vie.

> Nous vous offrons donc un logement de fonction et toute la sécurité dont vous pouvez avoir besoin pour vous sentir à l'aise le temps de votre mandat.
> Cet emploi vous permettrait de démarrer une nouvelle carrière passionnante et enrichissante, développant ainsi, au maximum, vos capacités et votre potentiel.
> Dans l'attente de vous rencontrer, uniquement pendant les heures nocturnes, je vous prie de croire en l'assurance de ma plus haute considération.
>
> Votre dévoué
> Eiirin Kinoshita-Duroy
> Président de Duroy

Je m'assis, choquée, la boule au ventre. La peur grandissait en moi au fur et à mesure que je prenais conscience de la situation. J'étais démasquée : cet Eiirin Kinoshita savait que j'étais une vampire avec des qualités particulières. Comment était-ce possible ? J'avais tout fait pour rester cachée, me mettre en sécurité, m'isolant du monde des vampires et de celui des humains. Et voilà que tous ces efforts se révélaient inutiles. J'avais le sentiment que toute ma vie était balayée d'un seul coup, comme une vague qui emmène tout sur son passage. Mon ventre était noué par l'anxiété. Étais-je en danger ?

Je posai la lettre et mes yeux glissèrent sur mon téléphone. J'avais beau être une vampire, j'avais évolué avec mon temps. J'allumai mon enceinte Bluetooth et sélectionnai sur mon téléphone des morceaux calmes de piano pour apaiser mon mental et mes émotions qui me submergeaient. Je me laissai absorber par le morceau *Ab Ovo* (1).

Je savais utiliser la magie d'internet : cette mine d'informations m'avait souvent rendu service. Je saisis dans le moteur de recherche : « Eiirin Kinoshita Duroy vampire ». Une foule d'articles et de photos s'affichèrent. Ce magnifique vampire était très médiatisé. Ancien samouraï, il paraissait avoir mon âge, même s'il semblait être un vieux vampire à la lecture de quelques articles. Il souriait peu sur les photos. Il semblait grand, musclé. De longs cheveux bruns, coiffés tantôt en « man bun », le chignon des samouraïs porté sur le dessus de la tête, tantôt libres, encadraient un visage fin rehaussé d'yeux noirs. Les vampires avaient de tout temps vécu en clan. Ils avaient orchestré leur coming out avec la sortie du premier film *Twi-*

light en 2008. À croire que cette saga n'avait pas été réalisée par hasard. Car les vampires qui avaient été prêts à révéler leur existence aux humains s'étaient organisés en entreprises au préalable. Ces sociétés réalisaient de vraies plus-values pour les humains. D'après ce que je lisais, l'entreprise Duroy, ancien clan Duroy de Paris, dont le président était bien Eiirin Kinoshita, s'était spécialisée dans l'alimentation des humains et les soins allopathiques, c'est-à-dire les médicaments. Vu l'ampleur de son organisation, le clan Duroy devait tisser ses liens sociaux, politiques, économiques et accroître sa richesse depuis très longtemps pour avoir une telle présence en France. Cela signifiait qu'ils étaient connus au plus haut niveau et œuvraient sans doute dans l'ombre avant de révéler leur existence. Ils s'étaient même unis à un parti politique et étaient représentés au Sénat. Incroyable. Ce qui était bien pratique pour avoir des effets sur les choix politiques en matière d'industries alimentaires et pharmaceutiques.

Bon, OK, s'ils étaient aussi bien implantés en France, pourquoi avaient-ils besoin de moi ?

Ils avaient dû s'entourer de toutes les compétences naturelles et surnaturelles dont ils pouvaient avoir besoin pour arriver à ce niveau-là. Alors, pourquoi moi ? Je continuais à surfer sur internet quand je tombai sur un article récent évoquant une maladie mortelle touchant les vampires. Je fus effarée. Moi qui me croyais éternellement à l'abri des maladies.

Il n'y avait pas trente-six mille manières de mourir pour un vampire. Le moyen le plus efficace restait le meurtre. Évidemment, beaucoup de mythes entouraient les vampires. Certains étaient vrais. D'autres, totalement farfelus, pouvaient nous faire seulement mourir de rire.

Pas la peine de venir nous voir avec un collier d'ail ou d'en manger beaucoup pour espérer être en sécurité et tenir les crocs éloignés. Certains vampires, comme moi, aimaient bien, d'ailleurs, le côté fort et piquant que donnait l'ail au sang. L'ail des ours était encore meilleur. Pas besoin de se promener non plus avec des emblèmes religieux. Ils n'étaient pas répulsifs et ne nous brûlaient pas. J'avais même rencontré quelques vampires qui en portaient pour montrer leur ferveur à Dieu, ou au contraire pour s'amuser d'avoir déjoué ses plans. En matière de croyances, j'en connaissais un rayon. Mes cent vingt-deux ans de vampire m'avaient prouvé que des bizarreries pouvaient servir de croyances à toutes les créatures et qu'elles étaient le lit des fanatiques.

Non, ce qu'il restait pour se débarrasser définitivement du vampire, c'était le meurtre. Pour qu'il soit efficace, il fallait par exemple décapiter le vampire et brûler les deux parties pour être vraiment sûr du résultat.

Ou alors, enfoncer un pieu très solide dans le cœur. Certains disaient que les bois d'érable, frêne, tremble ou aubépine étaient plus efficaces car ils composaient la croix du Christ ou sa couronne. Personnellement, je n'avais pas cherché à connaître la véracité de cette supposition, me tenant le plus loin possible des pieux. L'histoire nous avait montré qu'un coup de couteau planté ou une balle reçue en plein cœur tuaient à coup sûr le vampire. Là aussi, je ne prenais pas de risque. Dès que je sentais une menace, je m'enveloppais d'un voile magique de béatitude et de discrétion pour éloigner les malfrats, qui étaient attirés invariablement par la peur et les faibles.

Sinon, la lumière du jour restait redoutable pour les vampires. Elle les tuait efficacement. Il suffisait de sortir le vampire de sa tanière pendant la journée ou de l'attacher solidement en fin de nuit dehors pour qu'il se transforme en cendres par combustion spontanée. Évidemment, si vous vous attaquiez à un vampire la nuit, il fallait résister à sa force physique, son charme mental et l'empêcher de se transformer en chauve-souris. Cela faisait beaucoup de conditions pour réussir votre crime. Et en général, le vampire se reposait le jour bien caché et sous bonne garde. Pour la lumière du jour, j'étais tranquille. Je pouvais continuer d'admirer les couchers de soleil. Par contre, je ne pouvais pas m'envoler à tire-d'aile.

Enfin, il restait le sang de sorcière. À moins d'être suicidaire ou de tomber sur une sorcière de grands pouvoirs, capable de masquer sa nature comme je l'étais, le vampire ne buvait jamais, ô grand jamais, de sang de sorcière.

Je ne connaissais pas d'autres raisons de mort subite de vampires.

Cette histoire de maladie de vampires était bien étrange et paraissait plutôt dangereuse. Pour l'instant, j'avais plutôt choisi d'éviter les ennuis afin d'assurer mon immortalité. Je ne savais que penser de cette offre d'emploi. Étais-je taillée pour l'aventure ?

Je posai mon smartphone. J'en savais assez pour l'instant. J'allai prendre une douche et me préparer à sortir mon petit roadster « eternal red ». Cette voiture m'allait comme un gant. Un peu de crème solaire et mes lunettes roses m'accompagneraient dans mon périple.

J'allai jusqu'au garage pour récupérer mon joyau, mon petit coupé rouge décapotable. Elle était flamboyante. Je ne l'utilisais que le week-end pour m'évader dans la nature. Rouler. Sentir le vent dans mes cheveux quand le temps me le permettait. Ce n'était pas un petit coupé très puissant. Sa conduite au ras du sol, ses courbes et sa couleur suffisaient à mon plaisir. Je partis dans les routes de montagne. J'admirais la nature dans les lignes droites et me concentrais sur le pilotage dans les lacets. La nature... Si j'allais à Paris, j'en serais bien loin. Qu'allais-je devenir sans ces plaisirs ? Les parcs paraissaient nombreux à Paris. Des parcs au milieu d'une ville pouvaient-ils remplacer tout ce que la Suisse m'offrait ? D'un autre côté, j'aimais l'histoire, les expositions, les monuments... J'aurais de quoi me nourrir un bon moment. Et me sustenter dans tous les sens du terme. Paris comptait beaucoup d'habitants. Mes réflexions ralentissaient ma vitesse. Je peinais à rester concentrée. Je m'arrêtai pour profiter du panorama. Les monts herbeux faisaient ressortir un vert lumineux sous une tempête de ciel bleu. En contrebas, les eaux scintillantes du lac Léman. Mon esprit repartit bien loin. Paris... Une maladie mortelle de vampires... Les yeux sombres, insondables, d'Eiirin Kinoshita...

Allais-je réussir à communiquer normalement avec un vampire ? Pour l'instant, mes rencontres avec eux n'avaient jamais été aisées. Ils étaient de fins stratèges et je ne me laissais pas facilement manipuler. De plus, dès qu'ils se rendaient compte de mes différences, ils avaient une fâcheuse tendance à me fuir. Ils ne me faisaient pas confiance.

Qu'allait m'apporter ce travail ? À quel point allait-il me rendre heureuse ? J'avais besoin de changement, mais aussi de sécurité. La danse faisait partie de ma vie depuis plusieurs décennies. Je ne pensais pas que mes talents de danseuse faisaient partie des compétences particulières qu'Eiirin Kinoshita évoquait. De quels talents parlait-il d'ailleurs ? OK, j'avais plus de pouvoirs de charme, ou de manipulation, que les quelques vampires que j'avais rencontrés. Toutefois, les combats mentaux s'étaient parfois révélés ardus. Je pouvais sortir de jour aussi. Compétence que je n'avais jamais rencontrée chez d'autres vampires. Il me restait aussi quelques dons de sorcière que je n'avais jamais rencontrés chez les vampires. Ces dons étaient ridicules, comparés à mes anciennes capacités de sorcière : fini les brasiers et les guérisons. Je pouvais changer la matière dans une certaine mesure mais en quantité infime. Par exemple, je pouvais rafraîchir un verre d'eau, former un peu de glace, puis la faire fondre. Je ne buvais que rarement de l'eau. Je pouvais aussi faire fondre un peu de verre... Je n'avais pas trouvé beaucoup d'utilité à tous ces dons, même s'ils m'amusaient de temps en temps. Par contre, cela me demandait beaucoup d'énergie pour le peu de magie que je créais. C'était à peu près la seule chose qui me faisait transpirer. Alors, je ne jouais pas souvent, c'était frustrant. Mais personne, personne n'était au courant de mes facultés. Je ne les avais jamais utilisées en public depuis que j'étais vampire. J'en conclus qu'Eiirin Kinoshita devait être désespéré pour faire appel à mes services. Cela ne me rassurait pas du tout, bien au contraire. Je n'avais pas envie d'aller au-devant de dangers que je ne pourrais pas maîtriser. Je repartis pour le cabaret. Les samedis soir étaient toujours bondés. Et j'avais un donneur à croquer.

La soirée passa vite. Les danses lascives s'enchaînaient, faisant vendre les boissons. J'exécutais mes chorégraphies sans trop y penser, laissant mes charmes physiques œuvrer. Ce n'est qu'à ma dernière danse que je réalisai que je n'avais pas cherché mon dîner. J'envoyai mes ondes tester chaque convive. Je ne perdis pas de temps. Je déployai toute la puissance de ma magie pour repérer rapidement un cou à me mettre sous la dent. Soudain, je détectai un vampire. C'était une première au cabaret. Surprise, je plantai mon regard dans le sien. Il me salua d'un signe de tête accompagné d'un petit sourire ironique. Je n'avais jamais cherché à rencontrer des vampires à Genève. Sa présence était-elle une bonne chose ? Je me concentrai à nouveau sur la recherche de mon futur repas. Ma magie avait déjà fait un premier tri correspondant à mes préférences. Je pris conscience que le vampire sentait mon charme opérer. Ce qui n'était pas surprenant puisque j'avais sorti l'artillerie lourde. Je rectifiai mes vagues de magie pour qu'elles se fassent plus discrètes, moins lumineuses. Je ne connaissais pas les pouvoirs de ce vampire mais il valait mieux rester prudente. Je diffusai une nouvelle vague de dissimulation pour cacher mes proies au vampire présent. J'avais conquis trois candidats qui étaient prêts à être croqués. J'envoyai la touche finale pour sélectionner le meilleur candidat avec un message mental lui indiquant notre lieu de rendez-vous. Je jetai un œil au vampire. Il sortait du cabaret. J'étais incapable de savoir ce qu'il avait perçu et comme j'avais trop tardé à chercher mon repas, je n'avais pas pris le temps de sonder cette créature à crocs.

Comme tous les soirs, à peine mon travail fini, je sortis rejoindre ma conquête pour notre petite fête. C'était toujours un moment très agréable pour le donneur et pour moi.

Je filai au lieu de rendez-vous. Ma proie était là, des étoiles plein les yeux, conquise, en attente de notre aventure à venir.

J'envoyai des ondes magiques de sérénité et béatitude à 360° car il y avait beaucoup de monde dans les rues le samedi. Les fêtards restaient plus longtemps à traîner, retardant le moment de rentrer chez eux. J'invitai mon donneur à aller faire un tour au bord du lac, loin des bars, des restaurants... Il semblait charmant. Je le laissai me sortir son baratin, l'écoutant en souriant d'une oreille distraite. Je restais concentrée sur l'ambiance magique à déverser pour que ce moment soit sublime. Je l'invitai à s'asseoir sur un banc, me faufilant dans ses bras. Je filai directement me nicher au creux de son cou, sentant les battements de son cœur faire pulser le sang dans ses veines. Je bus tranquillement, appréciant paisiblement ses saveurs. Il était parfumé de verveine. Senteur que j'appréciais particulièrement.

D'un coup, j'eus la mauvaise surprise de sentir que nous n'étions plus seuls. Je relevai la tête. Mes yeux se plantèrent de nouveau dans ceux du vampire du cabaret. Mais il n'était plus seul. Deux autres vampires l'accompagnaient, nous regardant en ricanant. Ils étaient habillés tout en noir, portaient bottes et blouson. Ils ressemblaient plutôt à des bad boys, un air vicelard collé sur le visage. Ils ne m'inspiraient pas confiance. Ils semblaient même me vouloir du mal.

Je passai doucement la main sur les yeux de mon donneur afin qu'il oublie cette seconde partie de soirée et lui indiquai mentalement de partir tranquillement à l'opposé de nos visiteurs pour rentrer chez lui au plus vite. Il sembla confus un instant... Mais je ne faisais déjà plus attention à lui. Mon donneur partit. Les trois vampires étaient occupés à m'observer attentivement, me sondant.

Je leur envoyai un puissant message mental les invitant à se détourner de moi pour contempler les eaux sombres du lac jusqu'à ce qu'ils sentent la fin de nuit arriver. Mon charme magique déferla sur eux très rapidement, puissant, avant qu'ils aient le temps de passer à l'action. Dans mon ordre mental, je leur laissais le temps de se mettre à l'abri juste avant le lever du jour. Ils trouveraient bien un endroit pour se terrer, comme les rats qu'ils étaient. Je ne voulais pas commettre de crime. Deux des vampires se tournèrent immédiatement vers le lac dans une attitude plus décontractée. Le troisième resta face à moi en ricanant. Ce n'était pas bon signe.

— Je te connais, Ismérie, dit-il.

— Et que veux-tu ? Je n'ai pas l'honneur de te connaître.

Il ricana de nouveau.

— Je veux juste m'amuser un peu, me mesurer à toi, dans toutes sortes de jeux. Il paraît que tu es une adversaire à la hauteur, dit-il d'un ton hautain, en regardant ses deux compères absorbés par les eaux du lac.

— Ils ont l'air de passer un très bon moment. Mais pourquoi as-tu résisté, toi ? C'était une belle invitation, non ?

— C'est vrai qu'il m'a fallu beaucoup d'énergie pour ne pas me soumettre à ta volonté.

Gardant toujours mon grand sourire, je déployai à nouveau une puissante vague l'obligeant à se détourner pour me laisser partir. Il le sentit rapidement. En réponse, je reçus des picotements dans mon dos, m'invitant à avancer vers lui. Je fis un pas en avant afin qu'il crût que je m'exécutais. Je l'incitai à baisser sa garde. J'en profitai pour faire le vide dans ma tête afin de sentir tout ce qui se passait autour de moi. Je fermai les yeux. Et je vis sa magie, épaisse, vicieuse, essayant de m'enfermer, me pousser vers lui. Je fis immédiatement sortir de moi une aura de protection puissante pour casser son charme. Tout se passa en une fraction de seconde. Le vide me permit de percevoir sa protection en forme de bulle qui retenait ma magie à l'extérieur. Je ne me protégeais que rarement. J'envoyais plutôt des messages mentaux pour changer l'attitude de mon entourage.

Il ricana de nouveau quand il sentit mon aura. Il perçut que j'avais démasqué sa protection.

— Tu n'as pas le réflexe de te protéger ?

— Je n'ai pas l'habitude d'être menacée.

— Eh bien, il faut un début à tout.

Et il bondit sur moi.

J'esquivai son attaque en sautant à trois mètres de lui. Je vis immédiatement qu'il n'avait pas pu se maintenir dans sa bulle de protection pendant son effort. Alors, sans plus attendre, je lui envoyai un puissant message mental l'obligeant à s'asseoir, le persuadant que ses fesses étaient collées au banc et que compter les étoiles était la nouvelle mission de sa vie. Ce qu'il fit. J'étais essoufflée. Je restai très concentrée sur la magie que je lui envoyais afin que les ondes soient régulières et intenses. Je sentais qu'il tentait de se reprendre, de me résister, mais pour l'instant il échouait. Il commença à compter les étoiles. Je devais vite trouver une solution. Car s'il se reprenait, il essaierait de m'atteindre physiquement et cette fois, je ne ferais pas le poids. Je me mis à lui poser quelques questions. Je lui commandai mentalement de continuer à compter les étoiles à haute voix tout en me répondant. Ses sourcils étaient froncés. Il était concentré sur le ciel :

— 9... 10... ... 11...

Il prenait vraiment son temps. Il était absorbé par sa tâche.

— Que me veux-tu ? lui demandai-je, très concentrée sur la magie que je déversais afin qu'il reste concentré sur les étoiles.

— 15... 16... Simplement jouer... 17.

J'étais abasourdie par sa réponse. Je ne comprenais pas que l'on puisse venir me voir juste pour jouer.

— À quoi voulais-tu jouer ?

— 25... 26... À toutes sortes de jeux. Il paraît que tu as certaines compétences intéressantes... 27.

— Qui t'a dit ça ?

— 32... Je ne sais pas, des rumeurs qui courent sur toi... 33...

— Que sais-tu de moi ?

— ... 36... Tout...

Il réussit à ricaner. J'augmentai l'amplitude de mes vagues de magie, le submergeant de nouveau. Il était puissant. C'était indéniable. Il fallait que je me sauve car il me venait un mauvais pressentiment. Je gonflai encore les vagues pour l'engloutir totalement, tel un tsunami rasant un village. Je le sentis ramollir totalement sur le banc, la tête tombant encore plus en arrière.

— Tu vas continuer à compter les étoiles jusqu'à ce que tes copains te disent qu'il faut rentrer. Seulement à ce moment-là, tu arrêteras de compter. Tu ne pourras pas t'arrêter avant, sinon ta tête tombera de tes épaules et tu mourras.

Je vis la terreur s'installer sur son visage. Cette menace le tiendrait sur le banc de longues heures. Je devais filer. Moi aussi, j'étais terrifiée.

— ... 44... 45...

J'entendais de moins en moins sa voix au fur et à mesure que je m'éloignais. Les deux autres vampires contemplaient toujours le lac.

Je courais. Je devais absolument fuir pour survivre car s'ils savaient où je travaillais, ils savaient assurément où j'habitais. Il n'était pas difficile de piéger un vampire quand on s'y mettait à plusieurs. Même une vampire puissante psychiquement comme moi. Je devais forcément dormir de temps en temps. En arrivant dans mon appartement, je pris deux grands sacs et fourrai dedans des vêtements, des chaussures, mon argent, mes documents d'identité, tout ce que j'avais de valeur ou pour prouver mon identité, mon collier d'amarante, mon enceinte Bluetooth. Je me passerais du reste. J'espérais pouvoir tout récupérer plus tard, notamment mes souvenirs de voyage qui me rassuraient sur le chemin que j'avais parcouru, ce que j'étais devenue. Je glissai l'offre d'emploi reçue et mes lunettes roses dans mon sac à main. Finalement, le hasard faisait bien les choses. Mais était-ce bien le hasard ? Ce concours de circonstances était pour le moins troublant. Je filai à mon bolide, tout en réajustant ma bulle de protection afin d'être indétectable.

Arrivée au garage, je découvris avec horreur que la porte avait été forcée. J'ouvris. Mon bolide était toujours là. J'en fis le tour. Il paraissait en bon état. Je mis un sac dans le coffre et un à la place du passager. Cette voiture n'était pas faite pour partir avec de nombreux bagages. J'installai mon téléphone en mode GPS et écrivis l'adresse de l'hôtel de Lauzun à Paris, lieu de rendez-vous avec Eiirin Kinoshita. Un peu plus de cinq heures via l'autoroute. Il était 5 h du matin. Heure très critique pour moi. Il ne fallait pas que je m'endorme. Les trois vampires allaient bientôt sortir de leur torpeur mais devraient se terrer pour ne pas partir en combustion spontanée.

Je choisis une musique capable de me garder éveillée. *Sympathy for the Devil* (2) me parut approprié pour démarrer. Je filai vers l'autoroute et commençai à pousser le moteur pour fuir les ennuis de Genève. Mais qu'allais-je trouver à Paris ? Amis ou ennemis ?

Le jour se levait. Le soleil montait tranquillement, annonçant une belle journée. J'avais fait poser sur ma voiture des verres filtrant les UV me protégeant de la lumière. Cette initiative était bien utile quand j'avais de longs trajets à faire.

J'arrivai sur la région parisienne où la circulation commençait à être plus dense. Je n'étais pas une adepte des embouteillages, roulant rarement en ville.

Je n'étais pas sûre d'avoir fait le bon choix, mais je me sentais aux abois. Je venais d'abandonner ma vie sur un coup de tête. Certes, la menace des trois vampires m'avait fait très peur. Étais-je vraiment en danger ? Ne m'étais-je pas jetée dans la gueule du loup ? Pas rassurée, je rejoignis péniblement l'hôtel de Lauzun sur l'île Saint-Louis en plein cœur de Paris. J'étais de plus en plus fatiguée. La conduite me demandait de plus en plus de concentration. Les bouchons me ralentissaient, et je me demandais si j'allais bien arriver à destination avant de tomber dans l'inconscience.

Arrivée sur l'île, je ne trouvai pas de parking. Je passai devant l'hôtel de Lauzun. Tous les volets étaient fermés. Normal, s'il n'y avait que des vampires qui habitaient ici. Est-ce que quelqu'un allait m'ouvrir ? J'angoissais de plus en plus. Où allais-je atterrir si personne ne m'accueillait ? La fatigue commençait à alourdir mes paupières. L'angoisse me tortillait les boyaux, me gardant éveillée pour ma survie. Au pire, j'irais dormir dans un parking en me cachant le mieux possible. Totalement épuisée maintenant, je tentai le tout pour le tout et me garai en double file. J'allai sonner à la porte de

l'hôtel de Lauzun. Un humain me répondit :
— Oui ?
— Bonjour, je suis Ismérie Fleury, je suis attendue par Eiirin Kinoshita.

Il me regarda, d'un air blasé. De toute évidence, il n'aimait pas être contrarié.
— Il vous attendait de nuit.
— Je sais, mais un contretemps m'a obligée à partir dans l'urgence.
— Vous avez de la chance, il a laissé des consignes au cas où vous arriveriez dans la journée.
— Merci.

J'étais soulagée. Je me tournai vers ma voiture en double file.
— Où puis-je garer ma voiture ?

Il me tendit un plan papier avec deux lieux surlignés.
— Sortez par le pont Sully. Allez vous garer à ce parking, puis revenez à pied.

Pfffff... La vie parisienne commençait bien. Harassée de fatigue, j'étais écœurée d'être obligée de faire encore ce trajet et encore plus, avec mes bagages.
— Puis-je vous laisser mes deux sacs ?

Il regarda la voiture d'un air soupçonneux. Ce n'était pas gagné. Puis, il me jaugea de la tête aux pieds. Je me sentis, tout d'un coup, misérable.
— Oui, répondit-il simplement.

Je m'empressai d'aller chercher mes bagages, avant qu'il ne change d'avis. Je lui laissai mes sacs.

Je trouvai facilement le parking souterrain. Les tarifs me firent hérisser les cheveux. Je priai pour ne pas rester trop longtemps. Le temps viderait mon compte en banque suisse. J'espérais que ce boulot était bien payé et en valait la peine.

Je retournai en courant jusqu'à l'hôtel de Lauzun. À peine avais-je appuyé sur la sonnette que la porte s'ouvrit. J'entrai. Il faisait sombre à l'intérieur. Il me fallut un peu de temps pour m'habituer à la pénombre. L'humain me regarda curieusement et me demanda :
— Vous êtes sûre d'être vampire ?
— Oui !
— Je veux une preuve.

Mmmm... Il ne manquait plus qu'un humain récalcitrant. Je commençais à me dire que j'allais le charmer. Et il dut le deviner immédiatement.
— Monsieur le président Kinoshita sera très en colère si vous me

charmez.

— Que voulez-vous comme preuve ? demandai-je, exaspérée.

Il ne voyait pas que j'étais épuisée ?

— Montrez-moi vos crocs. Je n'ai jamais vu de vampire sortir de jour.

Désabusée, je fis descendre mes crocs et lui fit mon plus beau sourire en lui demandant :

— Voulez-vous que je vous goûte aussi pour être sûr ?

Il me contempla d'un air malicieux.

— C'est tentant. Vous avez de beaux crocs et vous êtes magnifique.

Je levai les yeux au ciel. Monsieur était dragueur en plus. Puis, il ajouta :

— Non merci, pas aujourd'hui.

— Puis-je me reposer quelque part ? Je n'en peux plus. Je vais m'éteindre.

— Alors, vous dormez quand même ? demanda-t-il, intrigué.

— Oui.

— Asseyez-vous là, je reviens, dit-il en me montrant un banc en velours rouge, de style baroque.

Mes bagages étaient dans l'entrée. Tout autour de moi me paraissait rococo. Bizarre de vivre dans un tel environnement. Je m'assis et tombai immédiatement dans l'inconscience. Il était plus de midi, je n'arrivais plus à résister. Le contrecoup de me sentir dans un semblant de sécurité. Tout lâchait.

(1) Morceau de piano de Joep Beving.
(2) Chanson des Rolling Stones.

3 - L'évaluation

Je me réveillai à plus de 21 h. J'avais beaucoup dormi, plus que d'habitude. J'ouvris les yeux. J'étais couchée. Bizarre. J'avais été déplacée. Mes yeux s'ouvrirent sur des dorures, des anges, des fresques très colorées. Des anges... Étourdie par tout ce que je voyais, je commençai à tourner la tête pour voir l'ensemble du décor. Je tombai sur deux yeux sombres qui me regardaient avec curiosité, d'un air amusé. Eiirin Kinoshita. Je me redressai brusquement. Son visage se ferma aussitôt.

— Ne vous inquiétez pas, vous n'êtes pas en danger ici.

Je n'en étais pas très sûre. Tout dépendait de la maladie des vampires et de ce qu'il me proposait. Je lui demandai :

— En êtes-vous sûr ? Qu'en est-il de cette maladie ? Et que me proposez-vous exactement ?

— Si vous êtes tout à fait réveillée maintenant, je vous propose de sortir de cette chambre et d'aller dans mon bureau.

— Bien sûr.

Je me levai, prenant conscience du fait que j'étais dans une chambre avec un homme que je ne connaissais ni d'Ève, ni d'Adam, ni de leur créateur.

Je le suivis dans un couloir richement décoré de fresques, dorures et boiseries lustrées. Puis nous descendîmes un magnifique escalier circulaire, en marbre blanc, les étages et demi-étages étant parés de dalles blanches et noires. Les hauteurs de plafond étaient grandioses. Tout ce que je voyais était richement décoré. Je n'arrivais pas à tout voir, même si je tournais la tête dans tous les sens, pour savourer le style baroque qui remplissait toutes les surfaces, du sol au plafond. Cela amusa Eiirin qui, je venais de m'en rendre compte, me jetait un regard curieux.

— Ce que vous voyez vous plaît ?

— Oui, c'est magnifique.

— J'ai la chance de vivre dans un très bel endroit, très chargé en mémoire. C'est très apaisant pour un vieux vampire.

J'en profitai pour le regarder. Je ne le voyais que de dos ou de trois quarts, selon nos déplacements. Il était très grand, surtout par rapport à moi. Sa carrure d'épaules était large, ses hanches beaucoup plus étroites. Ses longs cheveux étaient coiffés en man bun. Il semblait avoir un visage allongé, des traits fins. Il se déplaçait avec toute la souplesse d'un vampire puissant, mais aussi toute la stature altière d'un homme de haut rang très respecté. Il portait un costume avec une veste en col mao. D'un seul coup, tous mes doutes revinrent. Je me demandai pourquoi j'étais là et pourquoi c'était lui qui attendait mon réveil. N'avait-il pas des hommes de main, des sous-fifres ? Il dut sentir mon changement d'état émotionnel. J'étais passée d'une curiosité agréable aux soupçons, à la peur.

— Ne vous inquiétez pas. Je ne vous veux aucun mal, dit-il en me faisant pénétrer dans ce qui ressemblait à sa pièce de travail.

Il contourna son bureau, tout aussi baroque que le reste de la décoration, et m'invita à m'asseoir dans un fauteuil confortable en face de lui.

— Pourquoi êtes-vous arrivée si précipitamment sans nous en informer ? demanda-t-il.

— J'ai été attaquée la nuit dernière.

— Avez-vous été blessée ?

— Non, j'ai réussi à m'enfuir.

— Comment ?

— J'ai charmé les vampires pour qu'ils me laissent partir.

Eiirin ouvrit de grands yeux. Il semblait très surpris. Soit il jouait bien la comédie, soit il n'était pas au courant du piège dans lequel j'étais tombée. Je ne m'étais pas encore décidée.

— Des vampires ? Combien étaient-ils ?

— Ils étaient trois. Je ne les avais jamais vus. Je vais être honnête avec vous : je suis très surprise de recevoir votre offre d'emploi le matin et de me faire agresser le soir même.

Je ne pus m'empêcher de laisser transparaître mon ton agressif.

— En effet... Et vous êtes venue ? demanda-t-il avec étonnement, en m'observant.

Je me sentis acculée comme une proie.

— Mon instinct de survie m'a poussée jusqu'ici. Mais j'avoue ne pas être sûre d'avoir fait le bon choix.

— Si nous avions voulu vous éliminer, nous l'aurions fait pendant votre sommeil. J'aurais laissé des consignes. Et comme vous vivez seule, personne n'aurait posé de questions, à part votre employeur. Les danseuses de cabaret n'ont pas forcément bonne réputation.

La moutarde commençait à me monter au nez. Je décidai de pousser le bouchon un peu plus loin et lui demandai :

— Vous êtes peut-être un psychopathe ?

Eiirin me fit une grimace dédaigneuse.

— Ai-je l'air d'un psychopathe ?

Je changeai de stratégie. J'essayai de détendre l'atmosphère d'un trait d'humour :

— Mmmm... avec la grimace, c'est bien possible.

Son air sévère s'accentua.

Bon, ce vampire n'avait sans doute pas l'habitude qu'on le taquine. Vraisemblablement, il n'avait pas le sens de l'humour non plus. Sans doute que son monde tournait autour de lui, au rythme de ses ordres. Après tout, il ne m'avait pas forcée à le rejoindre.

Car effectivement, il ne semblait pas être un psychopathe. Il avait plutôt l'attitude d'un guerrier racé. À vrai dire, il était magnifique, mais paraissait intouchable. D'ailleurs, il semblait très fort pour garder ses distances. Malheureusement, mon trait d'humour ne l'avait pas fait rire du tout. Bien au contraire. Même s'il montrait une parfaite maîtrise, je sentais que ses émotions tournaient plutôt vers la colère et le mécontentement. J'avais même l'impression qu'il allait me sermonner. Il inspira et déclara :

— Mon offre est tout ce qu'il y a de plus honnête.

— En quoi consiste cette offre et de quelles capacités particulières parlez-vous ?

Eiirin se redressa, m'observant, me jaugeant. Je commençai à sentir sa magie se déployer et m'envelopper. Il ne cherchait pas à me maîtriser. Il cherchait simplement à m'évaluer. Je me redressai aussi et fis sortir immédiatement mon aura de protection. Le test commençait... Allais-je devoir me protéger en permanence ? Fini la sérénité de Genève. Décidément, je ne savais pas si je souhaitais vivre avec des vampires. Ça risquait de me lasser rapidement. Son don continuait de s'étendre et entourait maintenant mon aura de protection d'un blanc lumineux, la testant en douceur, la recouvrant d'une lumière bleutée. Je voyais ses pouvoirs de vampire se propager dans de belles ondes bleu nuit. Des scintillements or rehaussaient ce bleu majestueux. Sa magie me rassura sur son honnêteté et ses valeurs. Je devinais beaucoup d'une personne, juste en sentant ses dons. Eiirin voulait estimer mes capacités de vampire. Alors, nous allions nous jauger tous les deux. Moi aussi, je devais savoir à qui j'avais affaire. J'envoyai des vagues subtiles. Tout d'abord de petite envergure, très discrètes, elles scintillaient à peine. Je vis Eiirin lever un sourcil devant mes toutes petites oscillations. Il percevait ma magie, lui aussi. Et j'étais sûre qu'il distinguait, tout comme moi, les couleurs des dons que les vampires développaient.

— C'est tout ? demanda-t-il.

Croyant qu'il se moquait de moi, je préférai lui répondre par ma magie. Sans me départir de mon sourire et de ma nonchalance, j'augmentai le volume, comme quand on tournait un bouton pour ouvrir les vannes ou pour mettre la musique à fond. Mes petites ondes, quasi plates et à peine lumineuses, se transformèrent immédiatement en vagues oscillant du sol au plafond, avec une lumière blanche tellement vive que la pièce était devenue très lumineuse, écrasant ses vagues bleutées. Eiirin écarquilla les yeux, se recula. Il sentait mon tsunami le submerger. Sa protection sauta en éclats autour de lui, sa magie s'éparpillant, se diluant dans la mienne. Il se leva d'un bond, surpris. La porte s'ouvrit à la volée. Un vampire blond bondit sur moi. Mais cette fois j'étais prête. Mon aura de protection m'avait fait une carapace et j'avais senti sa présence avant même que mes yeux puissent le voir. Je m'élevai dans les airs pour monter sur un balcon à trois mètres au-dessus de nous. Eiirin cria :

— Non, Léo ! Arrête !

Le fameux Léo était en train de bondir lui aussi pour me rejoindre sur le balcon, un pieu en bois à la main. J'étais horrifiée. Je reculai sur le balcon de deux mètres carrés, en rugissant telle une bête, tous crocs dehors, protégeant mon cœur avec mes mains. Ce qui ne servait strictement à rien. Le pieu transpercerait mes mains avant d'atteindre mon cœur, à coup sûr. Gémissant, j'avais les larmes aux yeux. Je n'avais mis aucun ordre dans la magie. Seulement, la puissance avait fait vibrer la pièce et peut-être aussi le bâtiment si ce vampire avait déboulé comme un boulet de canon. Il obéit immédiatement à Eiirin et baissa le pieu, me regardant comme si j'étais une bête curieuse.

— Descendez tous les deux ! Tout de suite ! ordonna Eiirin.

Le vampire me dit alors, avec un sourire soupçonneux :

— À toi l'honneur.

Je sautai du balcon et atterris avec souplesse devant le bureau d'Eiirin. Le vampire me rejoignit dans la foulée juste à côté de moi, m'observant minutieusement. Eiirin le regarda et lui dit :

— Laisse-nous, Léo, s'il te plaît.

Le vampire observa Eiirin d'un air interrogateur, puis me regarda. Il semblait exaspéré. À le voir, il était évident qu'il ne comprenait pas l'ordre qu'il venait de recevoir.

— Ismérie n'avait pas mis d'ordre dans sa magie. Nous faisions simplement un petit test pour mieux nous connaître, expliqua Eiirin.

Le vampire paraissait toujours aussi sceptique et insista.

— Je préfère ne pas te laisser seul, Eiirin. Elle est puissante. On ne la connaît pas.

Eiirin me regarda et demanda :

— Est-ce que je peux avoir confiance en toi, Ismérie ?

— Oui, répondis-je, laissant transparaître ma sincérité. Je ne veux de mal à personne.

— Tu me donnes ta parole ?

— Oui.

J'acquiesçai en plus d'un mouvement de tête.

Eiirin se tourna vers le vampire et lui dit :

— Nous avons sa parole, Léonard. Tu peux nous laisser. Je te demande de garder le secret.

Je regardais leurs échanges, leurs attitudes à tous les deux. Je devinais qu'ils passaient beaucoup plus d'informations que leurs paroles entre eux deux. Beaucoup de respect et de loyauté transparaissaient. Eiirin ajouta :

— Tu peux rester à portée de mon bureau si tu veux.

Le vampire inclina la tête, me regarda et sortit sans un mot.

Eiirin m'observait :

— Bien. Asseyons-nous, Ismérie.

Nous nous assîmes tous les deux. Je restai silencieuse.

— Ismérie, je crois savoir que tu n'as pas l'habitude de vivre avec des vampires... ou des humains d'ailleurs, même si tu côtoies davantage ces derniers. Mais tu n'as pas de vraies relations avec eux.

J'étais indignée et j'allais lui expliquer combien je n'aimais pas qu'on m'espionne quand il leva la main pour me faire taire afin de continuer son discours. Ce geste ne diminua en rien mon mécontentement, bien au contraire.

— Tu dois bien comprendre que je devais savoir qui tu étais avant de te faire venir chez moi et de t'offrir un emploi. J'ai déjà assez de problèmes à traiter et même si je souhaite que tu acceptes de nous aider, je te demande d'être totalement honnête envers Léo et moi.

— Léo ?

— Le vampire qui a surgi. C'est mon bras droit. Il m'est tout à fait loyal. Tu peux lui faire entièrement confiance.

— Comment avez-vous eu connaissance de mon existence ?

— Un sorcier, Lucien, collabore avec nous pour résoudre notre problème de maladie. Il est aussi médium. Dans la recherche de solutions, tu lui es apparue. Nous t'avons facilement trouvée grâce à ses dons et avons enquêté sur toi avant de t'écrire. Je tiens à être totalement transparent avec toi. Et j'en attends autant de toi.

Il poussa vers moi une enveloppe ouverte pleine de photos de moi, retraçant ma vie de tous les jours depuis quelques semaines. Des photos de mes différentes activités, les bords du lac, mon studio de danse, mes élèves, même pendant mes shows au cabaret dans des positions très impressionnantes ou très suggestives. Je n'avais pas l'habitude de me voir et j'avais plutôt l'impression de découvrir une étrangère. Il y avait même des clichés de moi me nourrissant, puis rentrant chez moi. Ils avaient réussi à me prendre en photo chez moi : yoga, méditation, lecture... Je me sentais trahie. Un rapport accompagnait les photos, avec tous les horaires de mes routines, réglées comme du papier à musique. Cela fit d'autant plus ressortir mon besoin de changement. Toute cette vie monotone me sautait à la figure. J'étais effondrée. Eiirin m'observait en train de découvrir toutes ces informations qu'il avait recueillies.

— Tu dois te sentir bien seule.

C'était plus une affirmation qu'une question. Je le regardai, essayant de deviner ses émotions, mais il ne laissait rien paraître. Il m'interrogea de nouveau :

— Tu as toujours vécu seule comme ça ? Tu n'as jamais eu de compagnon de vie ?

— Plus ou moins, répondis-je, en restant évasive.

Il n'insista pas, mais ajouta :

— J'espère qu'un jour tu auras suffisamment confiance en moi pour m'expliquer ce qui t'a amenée à te retirer du monde comme ça... Si je t'ai fait venir, c'est effectivement pour nous aider. Je ne sais pas par quel miracle tu peux sortir le jour, c'est incroyable, mais tu peux le faire. Tu viens de me faire la démonstration que tu as beaucoup de magie vampire. Tu dois donc être une manipulatrice hors pair. Il est évident que ces qualités t'ont permis de survivre seule tout ce temps. Très peu de vampires survivent seuls.

Je ne répondis pas, me contentant de l'écouter. Je ne savais pas où il voulait en venir.

— Je ne vais pas t'obliger à me dévoiler tout ton passé, tous tes secrets, même si je suis curieux de découvrir ce que tu nous réserves. Je vais être franc avec toi. J'ai besoin de toi pour me représenter dans la journée à certaines réunions et manipuler s'il le faut pour notre compte.

J'étais choquée qu'Eiirin me demande de manipuler pour son compte. Je n'aimais pas trop ce terme. Manipuler était plutôt péjoratif. Je préférais charmer. Dans le charme, il y avait un échange qui sous-entendait du plaisir. Il était primordial pour moi que les personnes reçoivent en échange plaisir, bonheur, sérénité... ou tout ce qui pouvait les amener à se sentir mieux. Je devais froncer les sourcils pendant mes réflexions car maintenant, Eiirin attendait que j'arrive à une conclusion.

— Je n'aime pas la manipulation.

— C'est peut-être un problème de sémantique car au vu de la vie que tu mènes, il est évident que tu manipules des humains tous les jours pour ton propre compte. Peut-être que tu pourrais utiliser tes pouvoirs pour une cause plus grande ?

Abasourdie, j'écarquillai les yeux car ce qu'il disait n'était pas totalement faux. Alors j'osai demander :

— Et quelle est cette noble cause qui justifierait que je manipule des créatures pour ton propre compte ?

Eiirin sourit et m'expliqua.

— La société Duroy, dont je suis le président, est une entreprise qui protège les humains.

Il leva la main, voyant que j'allais réagir. Ce comportement était exaspérant. Eiirin voulait que je lui obéisse sur ce simple geste.

— Ma société s'occupe de limiter les conséquences néfastes des industries agroalimentaires et pharmaceutiques sur les humains en France. Cela fait plus de trois décennies que nous nous sommes rendu compte que le goût du sang des humains changeait, qu'il s'empoisonnait de plus en plus. Même si nous pouvons boire n'importe quel sang, je ne supporte pas ces entreprises qui corrompent des humains, pour simplement gagner plus d'argent. Les vampires se nourrissent uniquement de sang. Mais boire du sang de mauvais goût n'a rien d'agréable quand on est immortel. Je crois savoir que tu sélectionnes le sang que tu bois avec beaucoup d'attention. Je pense que mes papilles sont aussi fines que les tiennes. Ces dernières décennies ont été catastrophiques. Et pour preuve, les maladies chroniques, les cancers, les maladies de civilisation, comme ils disent joliment, sont de plus en plus nombreux. Les humains sont malades de plus en plus jeunes. Cela fait longtemps que nous investissons dans ces domaines afin d'être prêts, le moment venu, pour prendre un certain pouvoir. Nous y sommes arrivés, dès notre coming out en 2008. Nous avons réussi à prouver aux humains que nous pouvions les aider à réinvestir dans les bons choix pour qu'ils aient une vie plus saine, plus longue, avec moins de maladies. Nous sommes représentés au Sénat, ce qui nous donne du pouvoir dans le vote des lois et nous permet d'influencer dans le bon sens les réflexions. Nous travaillons avec des laboratoires d'analyses sanguines, qui ont, eux aussi, tout de suite vu la plus-value que nous pouvions leur apporter, pour compléter leurs études. Certains vampires parmi nous ont les crocs très sensibles et peuvent détecter des excès ou des manques de vitamines, minéraux et oligo-éléments. Ce qui est très pratique en termes de prévention. On sait qu'un manque de zinc sur le long terme affaiblira le système immunitaire. Les carences peuvent entraîner des maladies plus ou moins graves chez les humains. Nous avons racheté des parts de marché depuis très, très longtemps pour nous accroître petit à petit dans l'industrie agroalimentaire et pharmaceutique.

J'étais effarée par tout ce qu'il me disait. Eiirin avait des valeurs vraiment nobles pour porter assistance de la sorte aux humains. Cela me donnait drôlement à réfléchir sur mon interlocuteur. Son instinct de protection s'était forgé directement dans son éducation de samouraï, tout comme la noblesse de ses valeurs. Profitant de mon trouble, Eiirin continua ses révélations.

— Les grandes entreprises européennes ou américaines ont réussi à tenir dans leurs mains la vie des humains pour les contrôler de la naissance jusqu'à leur mort, en passant par toutes les maladies et soins que ces sociétés pourraient leur vendre tout naturellement, sans que personne pose la moindre question. Rends-toi compte, Ismérie.

Eiirin était passionné par son discours, il était évident que ses croyances étaient totalement sincères et capitales pour lui. Je sentais sa passion, même s'il tentait de rester de marbre face à moi. Son éducation de samouraï transparaissait encore dans son comportement.

— Ces entreprises ont réussi à investir, partout dans le monde, pour gagner de l'argent tout au long de la vie des humains. Ce sont les mêmes entreprises qui investissent dans les maternités pour gagner de l'argent sur chaque naissance. Ces sociétés sans scrupules tenaient déjà l'agriculture intensive pour nourrir et rendre malades les humains en les empoisonnant un peu plus chaque jour. Puis ces mêmes entreprises ont investi dans l'industrie pharmaceutique pour soigner les humains le plus possible, sans toutefois les guérir, puisqu'il est question de gagner de l'argent. Un humain qui ne prend plus de médicaments n'est plus un humain assez rentable. Et puis, quand ces pauvres humains sont au bout de leur vie, ce sont aux pompes funèbres, qui appartiennent à ces mêmes sociétés, qu'ils cèdent leurs derniers euros. Et en France, Ismérie, nous avons réussi à jeter un pavé dans la mare. Nous en avions ras le bol de boire du sang de plus en plus mauvais. Nous avons révélé leurs agissements au grand public. Nous avons quelques amis journalistes qui ont révélé de plus en plus de scandales pour faire réagir les humains. Qu'ils se rendent compte qu'ils ont leur mot à dire, leurs propres choix à faire, pour eux-mêmes, pour leur famille. Les placements financiers et relationnels que nous avons faits nous ont permis d'être prêts à reprendre des parts de marché dans l'industrie agroalimentaire et pharmaceutique afin de diminuer l'empoisonnement des humains. Nous avons réussi à avoir suffisamment d'influence pour rallier d'autres partis politiques à notre cause, à faire changer les lois pour commencer à développer une agriculture et une pharmacie plus saines en France. Les chiffres des études épidémiologiques depuis dix ans sont indéniables et nous sont favorables : les maladies surviennent plus tard. Les humains vont mieux. Cette maladie de vampires n'arrive pas par hasard. Nous gênons tous ces gros groupes internationaux que nous combattons car ils gagnent maintenant moins d'argent. Je les soupçonne donc d'avoir réussi à générer une maladie de vampires pour nous nuire et nous discréditer. Si nous sommes malades, les humains n'oseront plus nous tendre leur cou.

Je mesurai ces paroles et répondis :

— En somme, vous avez réussi à convaincre les humains que nous, les vampires, nous les protégeons afin qu'ils aient une vie meilleure et en échange, ils nous alimentent de leur plein gré pour vérifier qu'ils sont en bonne santé.

— C'est un peu raccourci mais c'est l'idée.

J'étais ébahie que les humains se soient laissés convaincre d'une telle chose et donnent leur sang gracieusement et pour leur bien. Apparemment, j'avais maintenant mon temps de parole car Eiirin attendait ma réaction.

— Admettons. Mais je ne suis pas une enquêtrice, Eiirin.

Je lui montrai une photo plutôt délicieuse de moi, au cabaret, et j'ajoutai :

— Comme tu peux le voir... je suis une danseuse !

— Oui, et une très belle danseuse, très performante, c'est indéniable. Mais tu as plus d'un tour dans ton sac, Ismérie. Je suis sûr que tu peux nous aider. On sent une certaine lassitude sur cette photo.

Il me montrait une photo de moi sur mon banc face au lac Léman. Il était évident, sur cette photo, que j'étais envahie par la tristesse et la lassitude. Eiirin utilisait mes propres émotions pour me manipuler, afin que je choisisse moi-même de les aider. C'était très fort de sa part. Je n'étais pas dupe. Eiirin le sentait bien.

— Ismérie, nous n'allons pas te mettre en danger. Nous te donnerons tous les moyens pour remplir ta mission au mieux. Tu n'as pas obligation de résultat mais tu auras une prime conséquente si tu réussis. Les vampires que je recrute exécutent des missions en fonction de leurs compétences au moment où j'en ai le plus besoin. Je suis en quelque sorte un fédérateur. La seule chose que je demande, c'est l'obéissance et l'exercice de ses talents pour garantir notre entreprise.

Mmmm... L'obéissance. Ça m'égratignait un peu les oreilles.

— Alors quel est le montant du salaire ? Et de la prime ? demandai-je.

— Ah ! Nous arrivons enfin à la négociation !

4 - La négociation

Tout en m'observant, Eiirin glissa un contrat pré-rempli vers moi. Je commençai à le lire tranquillement. Il connaissait beaucoup d'informations sur moi. En plus de mes nom et prénom, étaient inscrits ma date de naissance, mon lieu de naissance, mon nom de naissance humain... Eiirin devait avoir beaucoup de relations pour avoir retrouvé toutes ces informations que j'avais tenté d'éparpiller au fil de ma longue existence. Je lus que j'avais la possibilité de loger à l'hôtel de Lauzun pour toute la durée du contrat, soit pour six mois. J'étais ébahie qu'il m'offre un travail d'une durée aussi longue, sans me connaître. La nourriture, c'est-à-dire le sang, n'était pas comprise dans mon contrat. Chaque poche de sang de l'hôtel bue serait déduite de mon salaire. Ce n'était pas dérangeant car je n'étais pas une fan de poches en plastique. Même si le plastique, c'était fantastique, je le laissais aux autres. J'avais rarement bu des poches de sang. Je trouvais que le plastique laissait un arrière-goût pas très agréable. Je sondais, grâce à mes dons, les poches de sang pour trouver la meilleure qualité possible quand j'avais dû me nourrir de cette façon. Cependant, il fallait bien avouer que charmer une poche, pour en deviner le contenu, n'avait rien de bien plaisant. Et boire au verre ou au goulot d'une poche n'amenait pas tout le plaisir que l'on ressentait à boire directement à la veine d'un humain. Sentir les battements du cœur, la chaleur de la peau, le parfum du sang, ses saveurs, les émotions de l'humain, décuplait la délectation et réjouissait tout mon être. Surtout que je m'arrangeais toujours pour que l'humain passe un excellent moment, ce qui décuplait mon plaisir. Paris comptait de nombreux humains. Les vampires étaient populaires dans cette ville. Il ne devrait pas être difficile de trouver des donneurs. Un salaire avantageux, avec une chambre, était plus que convenable. Je n'avais pas espéré autant. Je n'avais qu'une journée de repos par semaine et devais travailler à sa demande. Cela pouvait être tout à fait acceptable, selon sa demande, bien sûr. J'avais la chance de dormir moins que les autres vampires. En général, huit heures d'inconscience me suffisaient. Il devrait donc me rester pas mal de temps pour vivre ma vie, même si je travaillais six jours sur sept. Par contre, je devais accepter tout type de tâches, sans rechigner. Les termes du contrat ne laissaient planer aucun doute sur l'exécution des tâches même si la liste n'était pas exhaustive. Cela pouvait aller de la présence à l'organisation de réunions, des études, des synthèses, des rencontres, des observations, des écoutes, même si ce n'était pas écrit comme ça dans le contrat, des tâches diverses et variées avec des notions parfois tellement vagues que je me demandais bien ce que l'on pourrait me demander. Bref, je devenais une « femme » de main d'Eiirin, ses yeux et ses oreilles, un sous-fifre. Je comprenais bien qu'il n'y aurait pas beaucoup de discussion ou de négociation possible quant aux tâches qu'il me confierait. Or je n'étais pas sûre de pouvoir tout accepter sans rechigner. Je n'avais pas l'habitude d'obéir à qui que ce soit. Déjà, quand j'étais humaine, mes qualités de sorcière me permettaient d'arranger tout mon entourage pour que tout se passe pour le mieux, pour tout le monde et pour moi. Puis, en tant que vampire, j'avais vécu avec Pavlin, mon professeur russe de danse classique, une trentaine d'années. Je n'avais pas de mérite à avoir cohabité aussi longtemps avec lui car je l'avais totalement charmé. D'abord physiquement, mais aussi avec ma magie. Très rapidement, il était devenu mon mentor pour faire quelque chose de ma vie. C'est comme ça que la danse classique était devenue tout pour moi. En échange de sang et d'affection, je l'avais rendu très heureux. Il était décédé de vieillesse. Les humains vivaient bien moins longtemps il y avait une centaine d'années. Mais je m'éparpillais… Je revins au contrat d'Eiirin. Le contrat me paraissait intéressant dans l'état. Je n'aurais que peu de charges financières. Ce qui me permettrait de faire plus d'économies qu'à Genève. Il fallait d'ailleurs que je fasse vider mon appartement et que je rende le studio de location pour limiter au maximum mes dépenses. Je verrais ça plus tard. En faisant le point sur ma nouvelle situation, je me rendis compte que ce n'était pas si mal, en faisant, bien évidemment abstraction des tâches nébuleuses. Puis, je pensai au parking pour ma voiture qui allait me coûter bien cher tous les mois. Quand je pensais à la pancarte affichant les tarifs, mes poils se hérissaient… encore. Je ne souhaitais pas revendre ma voiture. Peut-être pouvais-je négocier un parking. Eiirin avait l'air très puissant et plein de ressources, il devait bien avoir une voiture, un parking.

— Est-il possible d'avoir une place de parking ?
— Ta voiture semble être le seul luxe que tu t'octroies.

Puis, il me tendit un petit papier en souriant, après avoir écrit dessus.

— Tu devras déduire cette somme de ton salaire, c'est un prix d'ami à Paris.
— Par mois ? C'est une sacrée somme !
— Les parkings sont très chers à Paris. C'est à prendre ou à laisser. Tu ne devrais pas avoir trop de dépenses ici par rapport à Genève.

Je le soupçonnais de connaître mes salaires et l'étendue de mes dépenses à Genève. Je réfléchis rapidement. Eiirin avait raison. J'acquiesçai pour lui signifier que j'étais d'accord. Il se tourna vers son ordinateur et je supposai qu'il changeait le salaire et ajoutait la place de parking.

— Autre chose ? demanda-t-il.
— Oui. Concernant l'alimentation, est-ce que des humains viennent à l'hôtel de Lauzun pour nourrir les vampires ?
— Tu n'as pas le droit de faire venir un humain ici pour te nourrir. Nous avons l'hôtel de la Païva pour ça. Les humains ont l'habitude d'aller passer une belle soirée avec les vampires là-bas. On va dire que c'est un endroit plus… festif. Les humains qui travaillent ici ne doivent pas être charmés pour nous nourrir. Je compte sur toi pour respecter le règlement que voici.

Il me tendit le règlement. Je poursuivis tout de même :
— Et si l'humain est consentant ?
— Tu peux te choisir un familier si tu veux. Certains d'entre nous en ont un. Nous demandons à nos vampires d'avoir plutôt une vie de couple avec leur familier de manière à ce qu'il y ait le moins de problèmes possible. Il te faudra donc t'engager.

Un familier. J'avais entendu certains vampires parler de leur familier. Certains vivaient une vraie vie de couple. Le familier consacrait sa vie au vampire et le vampire prenait soin de son familier pour qu'il vive le plus longtemps possible et en bonne santé. Un échange de bons procédés en quelque sorte. Cela devenait de plus en plus répandu. D'autres vampires étaient plutôt dominateurs et le familier devenait alors un serviteur. De ce que je comprenais, Eiirin avait plutôt choisi la première option et ne devait pas trop tolérer les servitudes. Eiirin devait deviner mes pensées car il continua de m'expliquer.

— Les vampires de mon clan qui ont un familier s'engagent à s'occuper de leur humain. Ils lui garantissent une vie saine, agréable et lui doivent fidélité le temps de la vie de l'humain. À moins que les deux acceptent de se séparer. Dans le cas contraire, c'est moi qui tranche les litiges. Ma justice n'avantage pas plus les vampires que les humains.

Je n'étais pas prête à m'engager deux fois le même soir. Ce nouveau travail exigeait déjà de moi un engagement qui serait peut-être parfois très lourd à porter. Je pouvais facilement sortir pour me nourrir, que ce soit à l'hôtel de la Païva ou ailleurs. Les lieux de sortie ne manquaient pas à Paris. Je pourrais même sûrement aller danser. Je lui répondis donc que j'avais bien compris et que j'acceptais le principe.

— C'est à moi d'exiger quelque chose de toi alors, dit-il en souriant.

Quelque chose me disait dans son expression que je n'allais peut-être pas apprécier son exigence.

— Pour finir de valider ce contrat, nous devons échanger nos sangs.

— Pourquoi ? demandai-je, affolée.

Je n'avais bu que le sang des humains, jamais celui d'un vampire, sauf celui de mon créateur. Excepté le vampire qui m'avait transformée, aucun autre n'avait jamais bu mon sang. Et il en était mort. J'avais toujours évité les échanges avec les vampires. D'une part, toutes sortes de mythes couraient sur ces dons mutuels. Selon la puissance des vampires, certains se liaient plus ou moins. Cela pouvait aller jusqu'à la soumission. Tandis que d'autres restaient insensibles. D'autre part, le seul vampire qui m'avait mordue était mort. Je n'avais pas toutes les qualités des vampires. Nous étions même à l'opposé pour l'exposition à la lumière du jour et la transformation en chauve-souris. J'essayai de l'effrayer avec cet argument :

— Le seul vampire qui a bu mon sang en est mort.

Eiirin était très surpris et paraissait maintenant indécis. Apparemment, il ne connaissait pas mon histoire. Comme je me taisais, il m'interrogea :

— Comment est-ce possible ?

Je décidai d'être honnête. Si Eiirin me rejetait, autant que ce soit dès maintenant et j'irais faire ma vie ailleurs... encore une fois.

— J'étais une sorcière... très puissante. Je me camouflais avec un charme magique pour ne pas être perçue comme telle. Dans ma lignée, de nombreuses sorcières ont péri noyées ou brûlées. Alors, nous avons développé des sortilèges pour nous cacher. Je connaissais l'existence des vampires et faisais en sorte qu'ils m'ignorent. Mais je n'ai pas senti venir celui-là. Il m'a prise par surprise, m'a totalement vidée de mon sang. Il avait peut-être décidé de me transformer avant de me mordre, je ne le saurai jamais. Cela a été très rapide, très violent, je croyais qu'il allait me tuer... Dès qu'une goutte de son sang a effleuré mes lèvres, mon instinct de survie a pris les commandes, j'ai bu très rapidement tout ce qu'il pouvait me donner. Ça n'a pas duré très longtemps. Il s'est effondré d'un seul coup en haletant. Il a juste eu le temps d'affirmer que j'étais une sorcière. Il s'en était rendu compte bien trop tard. J'étais seule, très affaiblie. J'ai cru que je mourais. Je ne me suis relevée que cinq jours plus tard en plein jour. Je ne savais plus trop ce que j'étais.

— Cinq jours ? En plein jour ? Je n'avais jamais entendu une histoire pareille. Ce qui explique effectivement que tu aies des particularités. Tu ne sais donc pas qui t'a transformée ?

— Non.

— Quel âge as-tu, Ismérie ?

— J'ai été transformée à vingt-huit ans et cela fait cent vingt-deux ans que je suis vampire.

— En cent vingt-deux ans, tu n'as jamais échangé de sang avec un vampire ?

— Non.

— C'est inhabituel comme comportement. Nous buvons le sang des humains et nous échangeons nos sangs dans certaines circonstances... Bref. Cela n'a pas dû se présenter pour toi. Tu as peur de me tuer si je bois ton sang ?

— Eh bien, pourquoi pas ? Le seul vampire qui a bu mon sang est mort. Pourquoi devrions-nous faire cet échange ?

— Cela facilitera nos relations. Je suis le chef du clan Duroy depuis plus de cent ans. J'ai maintenant beaucoup de vampires, que j'ai moi-même transformés. Ce qui leur donne des obligations envers moi. Tu ne peux pas comprendre, car tu n'as jamais eu à vivre du vivant de ton créateur. Les autres vampires, que je n'ai pas transformés, qui travaillent pour moi ou qui s'allient à moi, doivent échanger leur sang avec moi. Il est vrai que cela me donne un certain contrôle sur eux, mais qui est très variable d'un vampire à l'autre. Ceux qui refusent partent... Si tu as besoin de temps, je peux te laisser vingt-quatre heures de réflexion. L'échange de sang aura lieu avant la signature du contrat. C'est à prendre... ou à laisser.

Eiirin continuait de m'observer. Son regard était impénétrable. Je n'étais pas prête à échanger nos sangs.

— Je vais réfléchir... dis-je sans aucune hésitation.

Non, je n'étais pas du tout prête à être liée à quelqu'un de cette façon-là.

— Très bien, Ismérie. Sache qu'en cas de danger, ce lien peut m'aider à te retrouver. Tu as des forces, mais aussi des faiblesses. Nul n'est invincible, mais à plusieurs, on est plus fort. Songes-y bien, avant de prendre la décision de repartir seule. Je te laisse prendre toutes ces photos, c'est ta vie. Tu peux retourner dans ta chambre. Si tu restes, c'est là que tu vivras le temps où tu seras avec nous. Je te laisse réfléchir à tout ça... Tu n'auras pas le droit de sortir durant les prochaines vingt-quatre heures. Je donnerai des consignes dans la journée et je ferai poser des protections pour que tu ne sortes pas. Je te ferai monter deux poches de sang. Demain soir, tu te présenteras à moi à 22 h pour me donner ta réponse. Cela te convient-il ?

— Je suis séquestrée ?

Je me sentais totalement désemparée. Je commençais tout juste à apprécier la situation après le danger que j'avais couru à Genève, les vampires qui m'avaient attaquée, mon départ précipité, la vie que j'avais abandonnée... Je pensais que je pouvais peut-être, enfin, cohabiter avec des vampires, avoir de vrais collègues avec qui je partagerais plus de choses que des danses au cabaret. Et tout volait en éclats. Je me sentais perdue, en totale confusion.

— Non, Ismérie, tu n'es pas séquestrée. Mais pour ton bien et le nôtre, je ne peux pas te laisser rencontrer mes vampires pour l'instant. Pour être acceptée, tu dois être intronisée comme tous mes vampires. Tant que tu ne l'es pas, tu ne peux pas séjourner à l'hôtel de Lauzun. La nuit dernière était une exception qui ne peut plus durer. Cela dit, tu es libre de partir tout de suite et revenir me donner ta réponse demain à 22 h.

J'étais sidérée. Je réfléchis à toute allure. Eiirin m'observait d'un air interrogateur. Il attendait une réponse, maintenant. Je l'imaginais bien me mettre à la porte de son hôtel particulier, avec mes deux sacs qui n'avaient même pas été ouverts. Je ne connaissais pas Paris. Je n'avais pas eu le temps de préparer mon voyage. Il faisait nuit et je ne voulais pas tomber dans des complications. À Paris vivaient beaucoup de vampires. Mais que seraient-ils pour moi, qui n'étais qu'une vampire ratée ? Amis ou ennemis ? Sans hésiter, je répondis :

— Je te remercie de m'héberger pour la nuit. Je ne causerai pas d'ennuis à tes vampires. Je resterai dans ma chambre.

— Très bien, Ismérie. Pour ta sécurité, je te demande de ne produire aucune magie jusqu'à ce que nous ayons conclu notre affaire. Et demain, tu me donneras ta réponse à 22 h.

Eiirin était resté imperturbable. En digne samouraï, il n'avait laissé aucun état d'âme passer sur son visage. Je ne savais pas s'il était soulagé ou au contraire inquiet de ma présence dans ses murs. Eiirin regarda la porte s'ouvrir. Léo apparut. Ces deux vampires devaient être télépathes. À moins que ce ne fût le lien de sang qui leur permettait de communiquer mentalement. Eiirin me regarda de nouveau et dit :

— Léo, peux-tu raccompagner Ismérie jusqu'à ses appartements ? Je te laisse veiller à ce qu'elle ne manque de rien et à sa sécurité. Tu l'escorteras de nouveau demain, jusqu'à mon bureau, pour 22 h, heure à laquelle elle doit me donner sa réponse.

Léo inclina la tête devant Eiirin et m'invita à le suivre. J'étais sûre qu'Eiirin lui avait expliqué le point de blocage par télépathie.

Je suivis Léo dans le couloir. Nous remontâmes l'escalier pour aller à l'étage où se situait ma chambre.

— Le contrat n'était pas assez bien pour toi ? me demanda Léo d'un ton condescendant.

Je lui jetai un œil. Je n'avais pas envie de me justifier. Que connaissait-il de moi ? Comment pouvait-il me comprendre, alors que moi-même je me retrouvais dans une situation incompréhensible ?

— Ce n'est pas aussi simple. Je suis en pleine confusion. J'ai besoin de réfléchir.

Nous arrivâmes à ma chambre. Il avait la clé de la porte et l'ouvrit.

— Je vais t'enfermer à clé.

J'écarquillai les yeux, incertaine, me demandant si je ne devais pas changer d'avis. Léo me regarda avec douceur en entrant dans la chambre avec moi.

— Tu ne risques rien dans ta chambre, Ismérie. Tu es en sécurité ici. Je t'amène de quoi te sustenter. Tu as un téléphone dans ta chambre. Pour me contacter, tu appuies sur cette touche-là, dit-il en me montrant.

Le téléphone qu'il avait sur lui sonna.

— Pendant que je dormirai, le numéro basculera sur la salle de contrôle et un humain te répondra.

Léo savait que je ne dormais pas autant que les autres vampires. Il connaissait donc un certain nombre de choses sur moi. Puis, il se déplaça dans un coin de ma chambre et appuya sur un petit bouton caché dans les boiseries. Il ajouta :

— Ici, tu as un petit réfrigérateur à ta disposition. Il y aura un garde devant ta porte. Si tu n'as besoin de rien de plus, on ne se reverra que demain soir. Je reviendrai te chercher pour aller donner ta réponse à Eiirin.

J'acquiesçai pour lui montrer que j'avais bien compris. Léo sortit de ma chambre et ferma la porte à clé. Je regardai autour de moi. Je me sentais totalement perdue dans cet environnement baroque, très chargé en dorures et fresques avec des couleurs par milliers. Était-ce l'environnement adéquat pour faire le point sur ma vie ? Je sursautai quand quelqu'un frappa à la porte. Je m'approchai et répondis :

— Oui ?

C'était totalement idiot. Je ne pouvais pas ouvrir la porte, je n'avais pas de clé. Léo apparut et me donna deux poches de sang. Devant ma moue sceptique, il rigola et me dit :

— Tu aurais dû accepter le sang d'Eiirin ! Il te faudra te contenter de ça aujourd'hui.

— Très drôle. Eiirin n'a qu'à faire un prélèvement et je le boirai au verre.

— C'est toi qui es très drôle, Ismérie. Je vais faire part de ta requête à Eiirin. Je suis sûr qu'on ne lui a jamais demandé une telle chose. Beaucoup se damneraient pour boire de nouveau son sang. Tu n'auras droit qu'à un seul et unique échange. Profites-en bien, car après, tu n'auras malheureusement pas d'autre invitation pour le déguster ! On vit très bien à Paris, Ismérie. Nos échanges de compétences peuvent nous être très profitables à tous. Réfléchis bien. Que ces heures te portent conseil.

Léo sortit et ferma la porte à clé.

Je regardai les poches de sang dans ma main. Bon, eh bien, il faudrait m'en contenter. Je fermai les yeux et passai ma main dessus. Ces gestes étaient inutiles pour évaluer la qualité du sang. Ils me permettaient tout de même de produire moins de magie. Ce sang n'avait rien d'exceptionnel, mais il était sain. Je boirais plus tard quand j'aurais faim. Je déposai le sang dans le petit frigo.

Un tapis épais, moelleux, était posé au milieu de ma chambre. Je le regardai. Il était temps d'apaiser mon corps, mon mental, de faire le vide. Je commençai par des postures de yoga afin de détendre tous mes muscles éprouvés par toutes ces tensions nerveuses et émotionnelles. J'enchaînais les positions... Debout, assise... couchée sur le dos... et enfin sur le ventre. Au bout de deux heures, je sentis que mon corps avait totalement lâché prise. Mon mental était lui aussi totalement libéré. Libre de toute pensée. Entièrement vidé de tout. Il n'existait plus que le silence, la paix dans chaque cellule de mon corps, chaque parcelle de mon esprit. Je m'installai en tailleur et profitai de ce grand moment de paix pour partir en méditation, me laisser porter, m'unir à l'univers et toutes ses énergies bienfaitrices terrestres et cosmiques. Je savais que la décision s'imposerait à moi quand je reviendrais sur mon tapis. Mais pour l'instant, ma conscience avait besoin de s'étendre. Je n'avais plus de nom... Je n'étais plus personne... Je n'étais plus rien... Il n'y avait plus d'espace, de temps... Il n'y avait plus de bruit... plus de pensées... plus d'émotions... seulement l'Univers et une énergie blanche que je ressentais... Je n'avais pas conscience du temps qui passait ainsi.

Je revins ici et maintenant. La réponse était venue à moi, comme une évidence. J'étais soulagée, libérée, maintenant que je savais ce que j'allais faire. Il n'y avait plus qu'à attendre 22 h pour donner ma réponse à Eiirin. Je me relevai du tapis, aussi légère qu'une colombe prête à s'envoler. Malheureusement, je n'avais jamais fait l'expérience du vol. Voler devait être quelque chose d'extraordinaire, riche en émotions et en liberté. Je sentis que l'hôtel de Lauzun était très calme. L'agitation des vampires que j'avais vaguement sentie la nuit dernière, comme un champ électromagnétique, avait disparu. Je regardai l'heure : 8 h du matin. Tous les vampires étaient tombés dans l'inconscience. Cela expliquait bien pourquoi tout était si calme. J'avais encore du temps devant moi. Je reportai mes problèmes de Genève à la nuit suivante. Je voulais voir comment se finirait mon prochain entretien avec Eiirin avant de faire quoi que ce soit. Il était temps de me nourrir. Il y avait aussi de quoi faire chauffer le sang au bain-marie. Pendant que je faisais chauffer les poches, je pris un bon bouquin. Je versai le sang dans un grand verre et décidai de me préoccuper davantage de ma lecture que du sang que je buvais. Un silence parfait régnait dans la maison. Je finis par me coucher. Il fallait que je sois en forme à la tombée de la nuit. Je tombai dans l'inconscience.

Je me réveillai tranquillement après 20 h. L'hôtel de Lauzun commençait à s'agiter et le champ électromagnétique émis par les vampires revenait, sensations très subtiles dans mon corps. Ce n'était pas désagréable, mais très surprenant comme sensation. Je sentais une sorte d'agitation d'énergies autour de moi. J'avais le temps de me préparer tranquillement à mon nouvel entretien avec Eiirin. Je fis le tour de ma chambre. Il y avait plusieurs poignées de porte. Il était temps de faire le tour du propriétaire. Une porte, autre que l'entrée de ma chambre, était fermée à clé. Je continuai à faire le tour... Je découvris des armoires vides, des placards avec du linge de lit, de toilette, de quoi écouter de la musique... Tout était de très bonne qualité. Et enfin une petite salle de bains avec une cabine de douche, un lavabo, des toilettes. Les w.-c. étaient rarement utiles aux vampires. Nous n'avions des déchets à évacuer que si nous mangions de la nourriture humaine. La nourriture n'avait aucun intérêt, sauf si nous voulions nous faire passer pour un humain. Ce qui était chose possible en s'y prenant bien. Nous arrivions à faire illusion en cas de nécessité. L'intérêt s'arrêtait là, car nous n'avions plus de goût pour les aliments autres que le sang. Et la digestion était plutôt désagréable. En revanche, concernant l'hémoglobine, nous avions une palette de goûts, de saveurs, d'odeurs, de textures qui était aussi riche que celle des aliments que l'on goûtait pendant notre humanité. C'est grâce à ces capacités hors pair que le vampire était un grand spécialiste du sang et avait pu travailler dans des laboratoires d'analyses sanguines ou exercer tout autre métier lié au sang. Je pris ma trousse de toilette dans mon sac de voyage et filai à la douche. En sortant, je m'habillai avec soin pour cet entretien. Un chemisier noir, avec le haut en dentelle ajouré et des manches trois-quarts transparentes, tombait sur un pantalon slim noir. Des escarpins noirs à talon complétaient ma tenue. Cela me permettait d'être plus grande et de me donner davantage de confiance pour ce que j'avais à faire. Je rassemblai tous mes cheveux bouclés afin d'en faire une queue de cheval pour être libre de mes mouvements. Ma queue de cheval haute me faisait une grosse cascade de boucles rousses épaisses qui tombait dans mon dos. Cela dégageait mon visage et mettait davantage en valeur mes yeux bleu glacier. Je cherchai dans mon sac mon pendentif d'amarante. L'amarante m'était très chère. Riche en symbole d'immortalité, elle était connue pour ne jamais flétrir. J'avais fait faire ce pendentif par un souffleur de verre. Il avait renfermé la fleur d'amarante dans une parfaite larme de cristal. J'accrochai le collier à mon cou. Je savais que Léo viendrait bientôt me chercher. J'étais décidée. Je n'avais plus aucun doute. Je m'assis tranquillement dans un fauteuil de ma chambre pour patienter, sereine. J'ouvris mon esprit et tous mes sens pour sentir l'ambiance et les habitants de l'hôtel de Lauzun. Je sentis Léo arriver avant qu'il ne frappe à la porte. Je me levai pendant qu'il ouvrait.

Il parut surpris de me voir. Je vis son étonnement sur son visage et sentis la surprise déborder de tout son être.

— Bonsoir, Ismérie. Je vois que tu es prête. Tu souhaites mener un combat ?

— Oui, c'est un peu ça, répondis-je en souriant, très calme.

Léo m'observait, tous ses sens en éveil. Il passa sa main sur son menton, songeur. Puis, il me demanda :

— Dois-je m'inquiéter, Ismérie ?
— Non, il n'y a pas d'inquiétude à avoir.
Puis, dans un soupçon de doute, je murmurai :
— Enfin, je l'espère...
— Alors, allons-y.

Je marchai à côté de Léo et nous arrivâmes à la porte du bureau d'Eiirin. Léo frappa, nous attendîmes en silence. Je regardais mes chaussures et Léo m'observait toujours. Je sortis mon aura de protection de mon être, prête pour ce nouvel entretien.

— Entrez, annonça Eiirin.

Léo ouvrit la porte et me laissa entrer la première. Il resta sur le pas de la porte. Je pénétrai dans le bureau avec assurance, la tête haute, profitant de la hauteur de mes talons pour paraître plus grande.

Eiirin m'observait, la tête penchée. Je sentais qu'il avait ouvert tous ses sens pour ressentir exactement où j'en étais de mes états d'âme et dans ma décision. Il sentait les émotions, c'était certain. Puis, il eut un sourire triomphant. Il avait compris que j'acceptais toutes ses conditions. Eiirin se tourna vers Léo et lui demanda de nous laisser. Ce que fit ce dernier, en fermant la porte derrière nous.

5 - L'échange

— Ismérie, je vois que tu es prête à accepter mon offre.
— Tu n'as pas peur de mourir en buvant mon sang ? demandai-je, confiante.
— Non, je sais que tu ne me prendras pas mon immortalité... Pas aujourd'hui en tout cas.

Allons bon, Eiirin faisait de l'humour maintenant. À moins qu'il soit médium ? Mais non, il avait fait appel à un sorcier pour me trouver. J'avais besoin de vérifier son sang par ma magie avant que notre échange ne commence. Je voulais être certaine de ce que j'allais boire. Il contournait son bureau et avançait déjà vers moi. Je levai la main pour l'arrêter et lui dit :

— J'ai besoin d'évaluer ton sang avant.

Cette requête me rendait incertaine, quant à l'issue de notre entretien. J'étais consciente que je ne pouvais pas obliger un puissant vampire à faire ce qu'il ne souhaitait pas. Ma magie ne serait peut-être pas assez puissante. Il avait beau paraître mon âge, sa tenue avec sa chemise noire, col mao, ouverte sur le haut de son torse puissant, il n'en restait pas moins un vampire de plusieurs centaines d'années. Sa puissance émergeait de lui, tout comme sa beauté. Je pouvais le craindre car je ne pourrais jamais gagner un combat contre lui.

— Tu n'as pas confiance dans la qualité du sang d'un vieux et puissant vampire. Tu penses que je ne me nourris pas sainement ?

Il était aussi vexé que hautain à ce moment.

— Pas du tout, mais j'ai besoin d'être rassurée.

Il ne répondit pas. Il m'observait maintenant durement. J'insistai.

— S'il te plaît...

Il ne répondait toujours pas. Sa magie m'avait entourée. Je discernais un halo bleuté autour de moi. Il soupira.

— Eh bien, qu'il en soit ainsi. Je te laisse m'évaluer, Ismérie. Mais n'essaie même pas de me charmer.

Ses yeux étaient plantés dans les miens. Il était totalement concentré sur le moindre de mes gestes. Je fermai les yeux. J'envoyai des ondes légères de magie pour évaluer son sang. Il était très puissant. Je n'avais jamais senti une telle force dans un être, qu'il soit vampire ou autre. Je sentis que l'échange serait compliqué pour moi. Je n'étais pas sûre d'être à la hauteur, d'avoir la capacité d'assimiler ce qu'il comptait me donner. Il ne s'agissait pas de boire le sang d'un humain pour me nourrir. Cet échange promettait d'être périlleux. Un peu comme un exercice de haute voltige, dont on connaissait tous les risques, mais dont on souhaitait vivre toutes les sensations fortes. Qui vivrait, verrait. Il était temps. J'étais prête à tenter l'expérience. Je hochai finalement la tête pour signifier à Eiirin que j'étais prête. Je gardai les yeux fermés.

Je sentis Eiirin s'approcher de moi. Il me prit dans ses bras. Malgré mes hauts talons, il me dépassait encore de plus d'une tête. Sa bouche s'approcha de mon oreille. Je sentais son odeur, très agréable, un parfum aux senteurs asiatiques, rehaussé d'une fragrance de mangue. Il me chuchota :

— Je te laisse commencer à planter tes crocs. Tu sauras quand l'échange sera fini.

Je hochai de nouveau la tête. J'ouvris les yeux. Je le vis davantage plonger vers moi pour que son cou soit à portée de mes crocs. Il avait sa coiffure traditionnelle de samouraï. Son cou était parfaitement dégagé. Je léchai mes lèvres, puis les posai délicatement sur son cou. Sa peau était très douce et sentait la mangue. Il avait passé un bras autour de ma taille. Ma tête reposait dans son autre main avec douceur. Il souleva un peu plus ma tête pour m'encourager à plonger mes crocs en lui, me tenant fermement par la taille. Je ne pouvais plus m'esquiver. Je pris une grande inspiration. Mes crocs descendirent et je le mordis. Je fus immédiatement submergée par le sang qui pulsait à la vitesse d'un étalon dans ses veines. Son sang était encore plus puissant que je ne l'avais deviné. Son arôme, très délicat, était un paradis pour mon palais. Au-delà de ce fumet, je sentais d'autres sensations commencer à m'envahir, m'engourdir. Et c'est à ce moment-là qu'Eiirin décida de planter ses crocs dans mon cou. J'écarquillai les yeux sous une douleur très vive. Je voulus reculer pour échapper à sa morsure et à ce mal qui grandissait dans mon cou. Mais Eiirin resserra sa prise au niveau de ma taille et ma tête. Je ne pouvais pas m'échapper. L'affolement monta en moi. Eiirin dut le sentir car malgré l'étau, il parvint à me caresser, me câliner pour m'apaiser, me calmer. Il buvait à mon cou avec une telle voracité. Je sentais mon cœur s'emballer, battre la chamade et pousser mon sang encore plus fort vers Eiirin. Je recommençai à avaler des gorgées de son nectar tout-puissant. La douleur dans mon cou s'estompa très rapidement pour finalement totalement disparaître. Des émotions diverses et variées commencèrent à envahir tout mon esprit. Un mélange des miennes et des siennes fusionnait maintenant dans nos deux corps soudés par nos crocs dans nos cous. J'avais l'impression que mes pieds ne touchaient plus terre et que mes cheveux s'étaient dressés sur ma tête. J'étais en lévitation. Tout mon corps s'offrait à Eiirin. Mon cœur battait tellement fort qu'il remplissait toute la pièce d'une énergie vibratoire aussi forte que celle qu'il m'offrait. Je me sentais emportée dans une danse où nos corps virevoltaient dans nos émotions, passant du bonheur à la tristesse, la joie, la colère, la paix, l'amour... Tout était bref et intense à la fois. Ce pas de deux parfait m'amenait tout doucement vers la sensualité, l'envie de me sentir aimée, choyée. Un besoin sexuel commençait à se nicher au creux de mon ventre, sensation oubliée depuis si longtemps. Mes jambes ne me portaient plus et pourtant j'avais l'impression d'être en apesanteur dans ses bras. Tout à coup, je sentis qu'Eiirin coupait les vannes. Il retira ses crocs de mon corps, lécha les deux petits trous qu'il avait laissés dans mon cou afin d'accélérer la cicatrisation. Je me sentis immédiatement privée d'énergie, en manque, comme une droguée sans sa dose d'héroïne. Mon corps passa d'une combustion sensuelle à un iceberg perdu dans la mer. Eiirin se redressa pour se libérer de mes crocs. Il continuait de me tenir contre lui afin que je ne m'écroule pas à ses pieds comme une poupée de chiffon. Je haletais, les yeux ouverts, ne voyant plus rien autour de moi. La tête appuyée sur son torse, je sentais toute sa puissance, sa musculature, son cœur qui battait frénétiquement, faisant écho au mien. Eiirin gardait toute sa stature, tel un guerrier imperturbable. Je sentais cependant beaucoup d'émotions partagées autour de nous. Je percevais une certaine confusion en lui. Au bout de quelques minutes, une heure, je ne sais pas, je sentis le tonus musculaire revenir dans mes jambes pour me porter. Quand Eiirin me sentit suffisamment forte pour tenir debout toute seule, il me libéra tout doucement de son étreinte. Je sentais toujours le froid m'envahir, je frissonnais. En relevant la tête, je vis qu'il m'observait et pas seulement avec ses yeux. Sa magie m'enveloppait, me sondait, mettait des empreintes de lui dans mon corps, mes cellules. Il demanda :

— Tu as froid ?

J'acquiesçai.

— Cela va vite passer. Tu vas bientôt avoir chaud, très chaud même. Je te demande de te reposer jusqu'à la nuit prochaine. Les échanges de sang peuvent être très fatigants.

J'acquiesçai de nouveau. Pourtant, il n'avait pas l'air fatigué, lui. Eiirin contourna son bureau et m'invita à m'asseoir en face de lui.

— Je te propose de signer ton contrat maintenant. Et puis, Léo te raccompagnera à ta chambre pour te reposer. La nuit prochaine, Léo te fera visiter la maison, t'expliquera tout ce que tu as besoin de savoir. Nous te reverrons ensemble pour t'expliquer ta mission. Il y a une réunion importante dans deux jours, à 15 h. Tu dois pouvoir être présente. Je veux te voir dès mon réveil. Essaie de caler ton sommeil pour te réveiller vers 13 h le jour de la réunion. Ce serait l'idéal, pour ton travail et pour nous. Je te présenterai officiellement au clan Duroy plus tard. Nous avons une urgence à régler pour l'instant.

Je hochai la tête. Bien sûr, des vampires mouraient. Je paraphai toutes les pages du contrat et signai la dernière page comme il me l'avait demandé, en double exemplaire. Eiirin les signa aussi et me donna mon contrat. Je le regardai. Il était imperturbable. Je n'arrivais pas à capter son état d'esprit, ses émotions. Il ne semblait pas avoir vécu le tsunami qui m'avait submergée. J'étais totalement chamboulée par ce qu'il venait de se passer. Je savais qu'Eiirin percevait tout ce qu'il se passait en ce moment, dans mon corps et dans ma tête. Je me sentais affaiblie face à lui, très loin de la belle vampire, pleine d'assurance, qui était entrée dans son bureau. Et j'en avais presque honte. J'osai donc lui demander.

— A-t-on ressenti les mêmes émotions avec la même force ? Ce mélange de toi et de moi, tu l'as ressenti aussi ?

Il ne me répondit pas. Il restait imperturbable, totalement en harmonie avec la puissance qui irradiait de lui. Il paraissait néanmoins satisfait. Je ne savais pas à quoi était due sa satisfaction. Peut-être avait-il pris suffisamment d'emprise sur moi pour me soumettre facilement à ses exigences ? Cette idée ne m'enchanta pas du tout. Il se contenta simplement de me sourire. Comme par magie, la porte s'ouvrit et Léo m'attendait. L'échange était terminé.

Je sortis encore chancelante. J'avais perdu de ma superbe. Léo me passa un bras autour de la taille afin d'assurer mes déplacements. Je le remerciai. Il m'aida à m'allonger sur mon lit. Juste avant de sortir, il posa une clé sur ma table de nuit.

— C'est la clé de ta chambre. Je ferme tout de même ta porte à clé. Tu peux l'ouvrir à tout moment. Repose-toi bien. Je te conseille de ne pas sortir de ta chambre tant que tu n'auras pas retrouvé toutes tes facultés.

Épuisée, je tombai dans l'inconscience.

Ma régénération fut très agitée. Je n'avais jamais vécu pareil sommeil. J'étais enfermée dans des rêves fantasmagoriques. Je me sentais tourmentée par des fantômes qui tournoyaient au-dessus de moi. Je ne les distinguais pas totalement. Ils allaient et venaient très vite comme un ballet de lucioles sous un réverbère. Sauf que la lumière était en dessous : c'était moi. Je ne voyais que des voiles de tissu translucide de toutes les couleurs. Je les sentais même parfois me frôler. Ils descendaient régulièrement me murmurer des mots que je ne comprenais pas. Je ne savais pas dans quelles langues ils s'exprimaient. J'étais paralysée, totalement paniquée. Mes membres ne pouvaient plus bouger. Mon cerveau ne pouvait plus penser. Seules mes mains se fermaient et s'ouvraient, mais je ne les contrôlais pas. Mes yeux me semblaient ouverts, écarquillés, mais je ne voyais rien d'autre que ces spectres qui tournoyaient, me donnant le vertige. Certains paraissaient être là pour me protéger, tandis que d'autres semblaient exiger quelque chose de moi. J'étais prisonnière du temps qui filait dans un présent qui ne se terminerait plus. Le nombre de fantômes augmentait progressivement. Ils répondaient à un appel que je n'entendais pas. Je ne sentais plus de passé, plus d'avenir, seulement les affres du désespoir qui montaient de plus en plus, au fur et à mesure que le nombre des spectres grandissait. Puis, d'un seul coup, je sentis des fourmis courir dans mon corps. Mon cœur s'accélérait, poussant le sang dans mes veines comme une vague poussée par un raz de marée. La tempête faisait rage dans mon corps. Les fantômes protecteurs s'étaient arrêtés pour m'encercler. Je les entendais scander une prière, une litanie entêtante. Les spectres menaçants commençaient à s'élever de plus en plus haut. Ils disparaissaient dans l'obscurité. Les fantômes protecteurs levèrent leur tête encapuchonnée et s'élevèrent à la vitesse d'une flèche tirée par un arc. Ma vue revint d'un seul coup dans mes yeux toujours écarquillés. Les anges au plafond m'observaient. Eiirin était penché au-dessus de moi, ses mains scannaient mon corps sans me toucher. Là où étaient ses mains, les fourmis couraient plus vite. J'étais apeurée. Avait-il provoqué tout ça ? J'avais du mal à parler. C'est avec une voix pleine d'angoisse que je parvins à articuler :

— Que fais-tu ?

— Je te ramène parmi nous.
— Où étais-je ?
— Rien n'est sûr, mais tout va bien maintenant.
— Ça a duré longtemps ?
— Oui, il y a eu une journée complète depuis notre échange. Tu as déjà vécu cette expérience ?
— Non, jamais.
— Je ne pensais pas que le mélange de nos sangs t'éprouverait autant. Ton sang est vraiment très particulier, Ismérie. Tu devras être très vigilante à l'avenir avec les échanges entre vampires.

Je hochai la tête. Les fourmis partaient. Eiirin enleva ses mains. Je me redressai un peu.

Léo était assis dans un fauteuil et nous regardait d'un air anxieux. Il paraissait ébranlé par la situation. Eiirin me demanda si je pouvais me lever maintenant. Je m'assis. Je me sentais plutôt bien. Tout semblait aller pour le mieux. Je me sentais même heureuse, sans raison particulière. C'était très bizarre. Je souriais, c'était plus fort que moi. Je me levai. Je portais la même tenue qu'hier et j'avais toujours mes chaussures aux pieds. Léo semblait soulagé. Eiirin m'observait avec acuité. Je sentais ses yeux parcourir tout mon corps, mais aussi mon esprit, pour évaluer mes capacités physiques et mentales. J'étais très curieuse de savoir si mon sang avait provoqué des changements en lui. Alors, je lui demandai :

— As-tu senti des changements en toi depuis que tu as bu mon sang ?
— Oui.

Eiirin souriait, mais il n'en dit pas plus. Je regardai Léo, qui semblait maintenant abasourdi. Il n'était donc pas au courant des changements. Comme Eiirin ne disait rien, j'insistai :

— C'est-à-dire ?

Je ne souhaitais pas l'offenser. J'avais bien compris qu'il gardait de la distance avec ses vampires et qu'il s'attendait à une certaine déférence. Mais quand même, c'était mon sang, j'avais le droit de savoir. Eiirin dut sentir mon obstination et ma frustration car il arrêta de sourire. Son visage s'était fermé, il reprenait de la distance, remettant une barrière entre nous. J'attendais toujours une réponse de sa part. Je glissai un regard vers Léo. Ce dernier semblait s'amuser de la situation. Eiirin soupira et me répondit enfin.

— À l'aurore, j'ai senti un besoin irrépressible de regarder le soleil se lever. Je me suis mis à l'abri de la lumière. Un humain de confiance m'accompagnait pendant ce test, en cas de nécessité. J'ai pu regarder la lumière du soleil envahir la pièce de plus en plus. Je n'étais pas soumis à la même attraction du sommeil que d'habitude, même si l'envie de tomber dans l'inconscience était présente. Je n'ai fait l'expérience que quelques minutes à peine. J'ai approché un doigt de la lumière, mais je me suis brûlé, dit-il en haussant les épaules.

Il ajouta :

— Je suis toujours condamné à me cacher de la lumière du jour. Mais quel beau spectacle que de deviner le soleil se lever et revoir la lumière du jour. Fais attention à toi, Ismérie. Sois prudente quand tu sortiras en journée. Le mélange de nos sangs a peut-être attisé ton allergie au soleil.

— Je serai très prudente. Je tiens à mon immortalité.

J'étais très contente pour Eiirin. Je ne savais pas comment j'aurais survécu sans sentir la chaleur du soleil. Sans voir le soleil. Sans baigner dans sa lumière. Cela me paraissait inconcevable même si c'était le lot de tous les vampires. Puis, Eiirin recula vers la porte. Il me donna une dernière mise en garde :

— N'échange pas ton sang avec d'autres vampires. Je ne suis pas sûr que tous survivent à cet élixir hors norme.

Choquée, j'acquiesçai. Finalement, j'aurais pu le tuer sans le vouloir. Eiirin avait fait un pari très risqué. Il se tourna vers Léo et lui dit :

— Laissons Ismérie se changer, maintenant. Tu pourras appeler Léo quand tu seras prête. Le programme doit continuer comme prévu. Une réunion importante a lieu demain. As-tu une tenue qui fasse femme d'affaires ? Un tailleur plutôt sombre pour la réunion ?

— Non, répondis-je après réflexion.

Eiirin demanda à Léo de s'en occuper et ils sortirent de ma chambre.

L'incident fantasmagorique était clos. J'allai dans ma salle de bains pour me doucher. J'étais heureuse de quitter l'ensemble de mes vêtements car j'avais alterné les sueurs glaciales et les combustions. Je ne sentais plus très bon, ce n'était même pas exagéré de le penser. Je profitai de la douche pour bien me savonner et éliminer toutes ces toxines et ces traces d'entités collées à mon corps. J'enfilai un jean, un haut ajusté noir, des chaussures confortables. J'appelai Léo. Il vint rapidement me chercher.

Léo, comme la plupart des vampires, était magnifique. Il paraissait très jeune. Grand, blond, frisé, très viril. Une statue grecque aurait pu pâlir de jalousie devant les traits de son visage et la musculature que laissaient transparaître ses vêtements. On pouvait voir deux guerriers bénis par les dieux à la tête du clan Duroy. Chacun dans son style, l'un samouraï, l'autre aventurier des mers.

Léo me fit découvrir une bonne partie de l'hôtel de Lauzun. Tout était dorures, boiseries, marbres. L'ornementation était riche en couleurs et très fantaisiste. Nous évoluions sous les yeux des anges et des nymphes. Environnement très curieux pour des vampires, dont beaucoup pensaient que nous étions damnés. L'ensemble était baroque, voire rococo. Chaque pièce avait sa cheminée en marbre, son lot de chaises, fauteuils, méridiennes, canapés... le plus souvent en velours rouge ou noir. Tout invitait au calme, au repos contemplatif, à la discussion. Nous croisâmes quelques vampires. Certains discutaient dans les pièces prévues à cet effet, d'autres se déplaçaient, d'autres encore étaient à une table ou un bureau pour travailler. À chaque fois, Léo nous présentait. Chaque vampire souriait et me souhaitait la bienvenue dans le clan Duroy. Les vampires sentaient le sang d'Eiirin dans mes veines. Je m'habituais au champ électromagnétique qu'ils représentaient pour moi. Je me sentais de plus en plus sereine, heureuse d'avoir fait le bon choix et d'être accueillie avec autant de bienveillance. Léo en profitait parfois pour donner des consignes ou du travail à un vampire. Je sentis tout de suite que ceux-ci marquaient un profond respect quand ils s'adressaient à lui. Léo était, lui aussi, un chef. Il restait souriant. Il taquinait parfois certains, tout en restant respectueux. Il véhiculait plutôt de la bonne humeur et un respect mutuel. Au vu de ce que j'observais, j'allais peut-être devoir adapter mon comportement envers Léo et Eiirin. Pour l'instant, je les considérais plutôt d'égal à égal.

Tout à coup, une vampire blonde arriva en courant vers Léo et lui tendit un téléphone. Il prit immédiatement l'appel et se présenta. Je n'entendais pas son interlocuteur. Mais je compris tout de suite que c'était grave. Léo raccrocha et redonna le téléphone à la vampire, en la remerciant. Celle-ci rougit, elle n'était pas insensible à son charme. Il lui ordonna :

— Va prévenir Sensei, dis-lui que je pars immédiatement avec Ismérie.

Sans plus faire attention à elle, Léo se tourna vers moi et m'expliqua :

— Nous devons aller immédiatement à l'hôtel de la Païva. Un autre vampire est malade et nous craignons pour son immortalité. Tu vas venir avec moi.

C'était clairement un ordre. Je n'étais pas sûre que ce soit une bonne idée d'aller voir un vampire malade.

— Léo, que sait-on de cette maladie ? C'est peut-être dangereux d'y aller ?

— Non, Ismérie, tu ne crains rien. Pouvons-nous prendre ta voiture ? Eiirin m'a dit que tu avais droit à une place de parking. Nous la garerons au retour et je te donnerai les codes d'accès.

J'acceptai. Au moins, ma voiture serait en sécurité.

Je récupérai mon sac à main. Nous partîmes immédiatement vers le parking où était garé mon roadster. J'étais très heureuse de voir qu'elle était intacte.

— Belle voiture. Ce rouge est magnifique, dit Léo.

— C'est « eternal red ».

Léo me regarda, surpris.

— C'est un rouge « eternal red », répondis-je à sa question muette.

Nous montâmes immédiatement. Je payai le parking au portique de sortie et Léo me guida vers les Champs-Élysées, là où était l'hôtel de la Païva. Il me fit garer dans une place de parking réservée. L'hôtel de la Païva était peu visible de la rue. Un bâtiment avait été construit devant. Nous étions attendus sur le pas de la porte. Nous montâmes directement un grand escalier en onyx jaune. Ici aussi, nous étions entourés de sculptures, peintures, boiseries, marbres... Tout était richement décoré, d'un autre temps. Il semblait que le clan Duroy aimait vivre dans le passé. L'ambiance était lugubre. Je ne vis que des vampires apeurés. Certains pleuraient. Pendant que nous montions, Léo demanda si les humains étaient tous bien partis. Le vampire qui nous escortait lui assura qu'il n'y en avait plus aucun dans l'hôtel. Une porte s'ouvrit. Nous entrâmes et nous vîmes immédiatement que le vampire allongé était sur le point de mourir. Il tourna la tête. Il avait l'air tellement triste. Il ne fit qu'énoncer l'évidence :

— Léonard, je me meurs.

— Oui, je vois, Aristide. Comment t'es-tu nourri ?

— Je n'ai bu qu'une poche de sang. Je n'étais pas séduit par les humains présents ce soir. Tu sais comme je suis difficile.

Aristide avait de plus en plus de difficultés à parler. Il commençait à saigner du nez. Il avait déjà l'apparence d'un cadavre. Sa splendeur de vampire avait disparu. Son visage était maintenant émacié. Ses yeux creux étaient sans vie. Même l'ensemble de son corps avait perdu du volume.

— Oui, je sais comme tu peux être exigeant, Aristide. À quelle heure as-tu bu cette poche ?

Léo paraissait très triste. Il s'était agenouillé au bord du lit et tenait la main d'Aristide dans les siennes.

— Cela fait à peine trois heures. Je me suis senti rapidement bizarre. Ce n'est que quand mes jambes ne m'ont plus porté que j'ai compris. Dis-moi, Léonard, dis-moi qui est cette superbe vampire ? Et pourquoi ne me l'as-tu pas présentée plus tôt ? Nous aurions formé un couple magnifique.

Je souris tristement à ce vampire qui était d'une élégance rare. Léo sourit lui aussi et lui répondit en rigolant.

— Je te présente Ismérie Fleury.

Nous nous saluâmes tous deux pendant que Léo ajoutait :

— Aucune chance que tu puisses l'approcher. C'est une chasse gardée d'Eiirin. Tu connais son sens du partage.

Je ne comprenais pas la réponse de Léo. Eiirin ne me semblait pas intéressé plus que ça par ma personne, hormis pour le travail et mes capacités extraordinaires. Peut-être qu'Eiirin était très possessif avec tous ses employés ?

Aristide était de plus en plus mal. Du sang commençait à sortir par ses oreilles. Son nez saignait de plus en plus. Il eut la force de dire qu'Eiirin avait bien de la chance, puis il ferma les yeux. Il respirait encore, mais difficilement. J'avais les larmes aux yeux. Même si je ne connaissais pas ce vampire, je me sentais extrêmement touchée par sa fin tragique.

Léo tenait toujours la main d'Aristide et me dit :

— Ismérie, sonde Aristide avec ta magie, dis-moi comment est son sang, pendant qu'il est encore en vie.

Je regrettai de ne pas y avoir pensé plus tôt. Je n'avais plus de temps à perdre. J'émis des vagues de magie pour sonder son sang. En parallèle, je lui envoyai un charme de bonheur, de sérénité, pour qu'il parte en paix. Mes vagues d'évaluation de son sang me renvoyaient la mort, la noirceur et le poison. Je tentai de pousser mon évaluation plus loin pour détecter ce poison. Ce n'était pas une drogue. Ça n'avait pas l'air chimique. Je n'arrivais pas à trouver quel était le poison. Pourtant, j'étais une vampire puissante, mais mon pouvoir butait contre quelque chose qui m'empêchait de trouver. Sensation très curieuse, comme une porte fermée que je ne pouvais pas ouvrir. Je me concentrai alors sur Aristide. Le charme de bonheur avait commencé à agir. Ses traits se détendaient. Malgré sa peau qui se creusait de plus en plus, l'apaisement avait pénétré tout son être, tout son esprit. Je fis augmenter encore la magie du bonheur pour qu'il déborde totalement d'Aristide. Il mourut très vite, mais il partit en paix. Léo lâcha sa main, se releva.

— Merci, Ismérie, pour ce bonheur que tu lui as donné. Ton charme vampirique est très fort. Il est parti totalement en paix. Cela a dû apaiser son esprit torturé par son passé. As-tu senti quelque chose en lui ?

— Oui, du poison !

Léo écarquilla les yeux de stupeur.

— Nous sommes donc en grand danger. Sais-tu quel est ce poison ?

— Non, quelque chose m'en empêche. Une sensation bizarre que je ne m'explique pas. Peut-être que je ne suis pas assez puissante pour le découvrir.

— Dans ce cas, allons voir les poches de sang, Ismérie.

Nous descendîmes vers la cuisine. Les vampires pleuraient sur notre passage. Ils avaient compris qu'Aristide n'était plus.

Dans la cuisine, nous ouvrîmes un énorme réfrigérateur. Je demandai à Léo :

— As-tu la faculté de sentir le poison ?

— Malheureusement non. Mon pouvoir me dit si je peux boire ou si je dois m'abstenir. À partir d'un certain manque de qualité du sang, je ne bois pas, même si le sang n'est pas mortel. Mais je ne sais jamais pour quelle raison, répondit-il d'un air penaud.

— Je te propose que nous croisions nos tests pour voir ce que cela donne. Nous pouvons sortir les poches que nous ne jugeons pas consommables et chacun vérifiera les deux tas de l'autre, qu'ils soient consommables ou non. Qu'en penses-tu ?

— Je suis d'accord. On pose chacun les poches non consommables de notre côté et on échange nos places pour évaluer les résultats de l'autre.

Nous évaluions avec beaucoup d'attention chaque poche. J'en sortis trois que je trouvai empoisonnées. Léo en sortit quatorze.

Nous échangeâmes nos places pour inspecter les poches non conformes mises de côté. Léo me confirma qu'il ne boirait pas mes trois poches. J'évaluai les siennes une à une. Je n'en trouvai que deux empoisonnées. Les autres contenaient une dose de drogue impressionnante. Nous décidâmes de ne pas les remettre dans le réfrigérateur. Je demandai alors à Léo :

— Veux-tu que nous enlevions les autres poches contenant de la drogue ? J'en ai senti quelques-unes.

— Oui, sors-les. Mets toutes les poches non buvables dans cette caisse. Nous les ramènerons à l'hôtel de Lauzun. Pendant que tu fais le tri, j'appelle Eiirin. Fais-moi signe dès que tu as terminé afin que nous rentrions. Il est déjà tard. Tu ne dois pas tarder à te coucher pour être à la réunion demain.

Je me hâtai d'évaluer les poches. Je ne prêtai pas attention à la conversation de Léo. J'étais pressée d'être briefée pour demain et de pouvoir me reposer. Toutes ces émotions et ce stress m'avaient fatiguée. Ma vie m'échappait. Mes repères changeaient totalement.

6 - L'attrait du sang

J'avais suivi Léo jusqu'au parking. Comme il était absorbé par sa conversation avec Eiirin, je suivais les indications de mon GPS pour retrouver l'hôtel de Lauzun. Alors que nous arrivions sur l'île Saint-Louis, j'entendis Léo dire brusquement :

— Je te laisse, Eiirin, je dois guider Isie vers sa place de parking.

Puis, il coupa son téléphone. Isie ? J'avais maintenant un surnom. Un diminutif. Je me sentais amputée d'une partie de moi-même. Je ne savais pas quel genre de relation j'avais avec Léo, je ne savais donc pas comment interpréter cette familiarité. Celui-ci interrompit ma réflexion et j'arrivai dans un parking souterrain. Il n'y avait que de très belles voitures, toutes plus chères les unes que les autres. La mienne ne devait coûter que le tiers au mieux de toutes les autres. Nous sortîmes de ma voiture et emportâmes la caisse de sang souillé par la drogue ou le poison. J'étais émerveillée par ce parking de luxe et tous ces chevaux mécaniques bien alignés. Je demandai alors à Léo :

— Quelle est ta voiture ?

— Tu verras une autre fois, dit-il avec un clin d'œil. Eiirin nous attend.

Nous arrivâmes donc rapidement dans le bureau d'Eiirin. Je sentis des fourmillements parcourir mes veines. Était-ce la présence d'Eiirin ? Le stress de la situation ? Une certaine angoisse s'installait en moi.

Il n'était pas seul sur son canapé. Une geisha l'accompagnait. Je fus très surprise de découvrir une jeune vampire habillée et maquillée dans le style remontant à une centaine d'années. Elle était magnifique. Ses cheveux coiffés en chignon haut encadraient ses traits fins. Son maquillage blanc faisait ressortir ses yeux noirs. Elle portait un kimono rouge avec une ceinture dorée. Ses pieds étaient chaussés des traditionnelles chaussures en bois et de petites chaussettes blanches. Elle semblait très raffinée et totalement d'une autre époque. Elle se fondait totalement dans la décoration de l'hôtel de Lauzun. Eiirin lisait des documents et la geisha semblait lire un recueil ancien. Eiirin leva la tête et nous présenta brièvement :

— Ismérie, je te présente Etsuko. Etsuko, voici Ismérie, qui vient de rejoindre notre clan. Tu peux nous laisser maintenant, Etsuko.

Eiirin et Etsuko se mirent face à face et s'inclinèrent. Puis, elle sortit en baissant les yeux. Elle s'arrêta à ma hauteur pour s'incliner. Je fis de même. Je ne connaissais pas les usages japonais. Cependant, il allait falloir que je m'y intéresse. Etsuko avait sûrement une place importante auprès d'Eiirin, même si je me doutais que cela dépassait la dame de compagnie. Les geishas étaient connues pour être des artistes complètes, que ce soit en musique, chant, danse, poésie... Elles savaient divertir leur public. Nous aurions peut-être des points communs puisque j'avais moi-même beaucoup travaillé dans le divertissement d'un autre genre. Etsuko ferma la porte et l'ambiance devint tout de suite pesante. Eiirin nous invita à nous asseoir avec lui, dans les fauteuils, autour de la table basse. Il était dans une tenue plus décontractée et portait un magnifique kimono en soie noire. J'attendais que quelqu'un commence à parler car je ne connaissais pas trop ma plus-value dans cette histoire et ce que je pouvais faire. Eiirin paraissait maîtriser la situation. Ce qui me surprit au vu des circonstances. Pour ma part, l'angoisse ne diminuait pas. Il prit la parole :

— Ismérie, je te remercie pour ce que tu as fait pour Aristide. Grâce à toi, il est parti en paix avec lui-même. Je te remercie aussi d'avoir évalué les poches. Nous allons contacter notre vendeur. Il est inadmissible qu'il nous vende des produits toxiques, voire mortels. J'ai fait fermer la cuisine jusqu'à ce que tu puisses évaluer les poches de sang. Dès que tu le pourras, tu iras, afin que nos vampires ne courent plus à la mort.

J'acquiesçai et lui confirmai que j'irais dès que possible.

Eiirin reprit la parole.

— Ismérie, tu dois assister à une réunion très importante demain à 15 h. Nicolas Durand viendra te chercher et tu l'accompagneras. J'ai eu jusqu'ici une grande confiance en Nicolas. C'est lui qui représente l'entreprise Duroy pendant la journée. Il a toujours défendu nos intérêts et ceux des humains. Je te demande tout de même de l'observer avec une grande attention, de l'évaluer. Demain, tu ne dois pas utiliser tes dons. Je te demande d'être mes yeux et mes oreilles et de me rapporter fidèlement tout ce qui se dit. La réunion porte sur les nouvelles lois concernant les produits chimiques et naturels à utiliser dans l'agriculture en France. Nous défendons l'agriculture biologique et la permaculture afin d'en étendre les territoires. Nicolas Durand est très attaché aux systèmes de production que nous défendons. C'est un vrai combattant en matière de discours et d'action. Tu me diras s'il est toujours aussi véhément. Il ne connaît pas tes compétences particulières. Sois discrète sur tes capacités. Mais je te rappelle que demain, tu ne dois rien tenter, juste observer.

Eiirin m'observait, comme souvent, avec grande attention. J'avais l'impression de passer un examen à chaque fois que j'étais en sa présence. Sentait-il mon sang abonder dans mes veines ? Je sentais encore plus précisément sa présence, sa puissance, depuis que nous avions mélangé notre hémoglobine. Je percevais son énergie vitale avec plus de force. Comme il se taisait, j'imaginai que c'était à moi de parler.

— J'ai bien compris, Eiirin, j'observe seulement et rien d'autre. Comment as-tu justifié ma présence auprès de lui ?

— Je lui ai dit que je t'avais chargée d'une étude sur le long terme. Il ne sait pas encore que tu es vampire. Maxence, notre majordome, qui t'a accueillie le jour où tu es arrivée, s'assurera que tu sois prête en temps et en heure. Tu peux tout lui demander en journée. Il sait que ton rôle est essentiel dans nos affaires.

Je repensai à Maxence, à ses charmes... Un très bel homme. Si je pouvais tout lui demander, il faudrait que je l'évalue en tant que donneur potentiel. Eiirin mit fin à mes envies de sang.

— Je te demande d'aller évaluer notre stock de sang maintenant, puis de te coucher afin d'être prête en temps et en heure demain.

Puisque j'étais congédiée, je partis sans délai dans la cuisine, laissant Eiirin et Léo. La présence d'Eiirin devenait insoutenable, je le sentais trop proche et trop loin à la fois. J'espérais que les picotements qui couraient dans mes veines diminueraient en m'éloignant.

Le vampire responsable de la cuisine m'attendait. Il avait défendu l'accès du réfrigérateur afin qu'il n'y ait pas d'autre accident mortel. Il s'appelait Miguel et m'expliqua qu'il avait un don prononcé pour sentir ce que contenait le sang. Il travaillait même avec un laboratoire d'analyses sanguines et faisait des permanences pour recueillir le don des humains qui voulaient une analyse fine de la composition de leur sang. Ça lui permettait d'avoir un autre salaire, de se nourrir à l'œil et de passer un bon moment. Il fallait bien avouer que boire directement à la veine était un plaisir sans comparaison pour un vampire. Celui-ci avait l'air content de sa situation. Miguel avait donc déjà mis de côté les poches de sang qui lui semblaient toxiques. L'écouter m'avait permis de me détendre malgré la situation. Les fourmis avaient ralenti leur course dans mes veines et s'étaient calmées. J'envoyai des ondes de magie pour vérifier tout de même le contenu du frigo et des poches écartées pendant qu'il regardait avec curiosité comment je procédais. J'étais soulagée de faire le même constat que lui.

— Très bien, on en arrive à la même conclusion. Je pense qu'il est inutile que je vienne vérifier le sang à chaque livraison. J'en parlerai à Eiirin ou Léo.

— Je suis d'accord, répondit-il, en acquiesçant.

Il semblait soulagé d'avoir une certaine reconnaissance de son don.

— As-tu trouvé quel était le poison ?

— Malheureusement non.

Il paraissait très contrarié, tout comme moi.

— Je ne bois jamais de poches de sang. Cependant, je suis responsable de la logistique nourriture. Il ne m'est pas venu à l'idée de vérifier la qualité des poches alors que j'en ai tout à fait le pouvoir. Je ressens beaucoup de culpabilité pour ces événements qui auraient pu être évités si je n'avais pas fait aveuglément confiance à l'entreprise qui fabrique les poches de sang.

— Le premier vampire est mort à l'hôtel de Lauzun ? demandai-je.

— Oui et c'était un ami. L'hôtel de la Païva nous appartient aussi. Je ne suis pas responsable de la logistique là-bas. Je vais proposer un plan d'organisation pour que ça n'arrive plus chez nous.

— Très bien, je te laisse alors. D'autres tâches m'attendent.

— Je comprends. Bon courage, Ismérie, et je te souhaite la bienvenue parmi nous, même si tu n'arrives pas dans les meilleures circonstances possibles.

— Merci, dis-je en sortant.

Il était temps que je reparte. J'allais avoir besoin de me coucher rapidement pour être en forme pour la réunion. Je croisai Léo dans un couloir. Ce qui me soulagea grandement car je n'avais pas envie de retourner dans le bureau d'Eiirin. Etsuko serait peut-être de nouveau présente et quelque chose me dérangeait dans leur relation, même si je ne savais pas trop quoi. Et puis toutes ces fourmis qui se réveillaient dans mon corps en la présence d'Eiirin étaient désagréables. J'allais devoir les dompter.

— Ah, Léo ! Miguel a le même type de don que moi. Il avait déjà identifié les poches empoisonnées. Il sera capable d'évaluer les poches à réception. Il va vous proposer un protocole qui lui permette de vérifier le sang de Lauzun et de la Païva.

— Très bien, Isie. Tu vérifieras quand même les poches, toi aussi, dans un premier temps. On ne peut pas se permettre de se tromper. Eiirin a fait une déclaration aux journalistes tout à l'heure. Nous ferons les gros titres demain. Va savoir ce que les journalistes vont écrire ! Je venais voir où tu en étais. Il faut te coucher maintenant. Je t'accompagne. Est-ce que tu as des questions pour demain ?

Je réfléchis… puis répondis :

— Pour l'instant, tout me paraît clair. Observer, évaluer et écouter.

Nous passâmes devant le bureau d'Eiirin. Les fourmis se réveillèrent. Léo dut le ressentir car il me demanda :

— Ça va ?

— Je ne sais pas. La présence d'Eiirin est difficile depuis… Tu sais ?

— Oui, je m'en suis rendu compte. Vous avez tous les deux changé depuis votre échange. Comme si vous aviez une nouvelle signature. Je pense que tous les vampires d'Eiirin l'ont d'ailleurs ressenti.

Je ne me faisais donc pas des illusions. C'était notre mélange qui me gênait en la présence d'Eiirin, qui réveillait toutes ces fourmis dans mes veines, comme si mon sang s'accélérait.

— Tu as connu la même chose, Léo, après votre échange ?

— Non. Mais je ne crois pas que nous ayons échangé autant de sang. Et puis, vous avez tous les deux un sang très particulier. Tu sembles être un nectar comparé à d'autres vampires. Avant ton échange avec Eiirin, j'avais l'impression d'entendre ton sang chanter une musique douce, calme, avec un ou deux instruments. Maintenant, c'est plutôt un air symphonique avec tout un orchestre qui s'emballe. Enfin, c'est une image, bien sûr.

J'étais très surprise par sa perception des choses. C'était étonnant, je n'avais jamais entendu une chose pareille. Je lui fis part de mon étonnement.

— C'est incroyable, ta façon de percevoir les autres. Et tu entends souvent le sang des vampires chanter ?

— Tout le temps. C'est ma façon de percevoir les choses : le son. Certains sont très silencieux, d'autres font un boucan du diable, dit-il en rigolant.

— Dommage que tu ne puisses pas me faire entendre. Cela doit être fascinant.

Nous arrivâmes à ma chambre. L'idée de m'endormir m'inquiétait. Mon dernier sommeil avait été difficile et je ne savais pas si je me serais réveillée sans Eiirin. Je m'adressai à Léo.

— J'ai peur de me laisser partir dans l'inconscience. Peux-tu rester avec moi le temps que je m'endorme ?

Léo me scrutait avec attention, cherchant des réponses en moi. Il me fit un clin d'œil et sortit son regard de séducteur. Il était vraiment magnifique, même si ce n'était pas son physique qui me motivait. Après, s'il fallait vraiment choisir un doudou pour dormir, il était évident qu'il ne dormirait jamais seul. D'ailleurs, il ne dormait peut-être pas seul. Il rigolait, maintenant.

— Tu ne savais pas comment me demander de passer la nuit avec moi, n'est-ce pas ?

Je fronçai les sourcils. Mais quelle arrogance !

— Euh, non ! Je ne suis pas rassurée du tout. Mais je ne veux pas te déranger. Tu as peut-être déjà prévu de passer la nuit avec quelqu'un.

J'avais maintenant l'air totalement consternée. J'étais ennuyée, voire honteuse de lui avoir fait une telle proposition. Léo conservait son air de tombeur, comme si tout ça n'était pas une blague.

— OK, ouvre la porte de ta chambre, dit-il.

Nous pénétrâmes dans ma chambre. Il me montra une porte dissimulée et ajouta :

— Ouvre cette porte avec ta clé et attends-moi là.

Il sortit de ma chambre et j'attendis patiemment devant une autre porte fermée. D'un seul coup, la porte s'ouvrit sur Léo, toujours aussi souriant. D'un coup, il devint très sérieux.

— J'habite la chambre à côté de la tienne. Nous avons une porte communicante. Je te propose de t'endormir dans mon lit. Après ton sommeil, quand tu sortiras de ma chambre, n'oublie pas de fermer cette satanée porte ! Je ne veux pas cramer dans mon sommeil si tu ouvres tes volets.

J'étais heureuse qu'il accepte de me tenir la main pour m'endormir.

— Et maintenant, va te mettre en tenue de nuit et dépêche-toi de revenir dans ma chambre.

Je me dépêchai car il fallait que je me réveille entre 13 h et 14 h.

Je revins en pyjama. Il en avait mis un aussi, même s'il lui restait un peu plus de temps que moi.

— Allez, au lit ! dit-il.

Cela me faisait très bizarre de dormir à côté de quelqu'un. Ça ne m'était pas arrivé depuis plusieurs décennies. Léo venait de s'allonger et dut sentir mon trouble.

— Allez, viens, je serai un vrai gentleman, je n'abuserai pas de toi pendant ton sommeil.

J'obtempérai et me couchai à côté de lui. Il ouvrit les bras et je me blottis dedans. J'étais épuisée. Je n'avais pas eu le temps de méditer, de faire le vide dans mon esprit... Demain, sans faute, il fallait que je trouve le temps. Léo caressa mes cheveux pour apaiser mes tensions nerveuses. Je commençais à sombrer quand je l'entendis me chuchoter :

— Vous n'auriez pas dû échanger autant de sang.

Je me réveillai naturellement peu après 13 h. J'avais dormi comme un vampire, c'est-à-dire le vide complet, rien. Nous étions dans la même position, avec Léo, nous n'avions pas bougé. Avions-nous respiré ? J'avoue n'avoir aucune idée du fonctionnement de mon corps pendant sa régénération. Je sortis délicatement du lit. Cependant, j'aurais pu sauter à pieds joints sur le matelas, que Léo ne se serait pas réveillé. Je fermai bien la porte de sa chambre avant d'ouvrir la mienne. Les portes communicantes étaient suffisamment espacées pour qu'on puisse en fermer une, avant d'ouvrir l'autre. Un tailleur m'attendait dans ma chambre. Maxence, le majordome de jour de l'hôtel de Lauzun, avait dû le déposer. Je filai à la douche et m'habillai avec le tailleur noir. Il m'allait à la perfection et mettait mes courbes en valeur. Ma paire d'escarpins noirs complétait ma tenue, tendance working girl. Je rassemblai mes cheveux pour faire un beau chignon et chaussai mes lunettes afin d'être plus discrète. Mes yeux bleu glacier hypnotiques attiraient trop l'attention et faisaient souvent perdre leurs moyens à mes interlocuteurs. Moins chez les vampires car nous avions l'habitude d'avoir des traits physiques plutôt hors norme. Cependant, aujourd'hui, je devais être très discrète, uniquement les yeux et les oreilles d'Eiirin.

J'allai à la recherche de Maxence, tâter le terrain pour un éventuel don de sang sans le charmer. Il avait l'habitude des vampires. Peut-être aimait-il donner son sang en échange d'informations sur sa santé ? Une poche de sang ne me tentait pas du tout et je n'avais rien bu hier. Rien bu depuis l'échange avec Eiirin. Boire à nouveau du sang allait sans doute atténuer mon problème de fourmis, qui se réveillait à l'approche d'Eiirin. Pendant que je descendais le magnifique escalier de marbre blanc, Maxence vint à ma rencontre. J'en étais très heureuse, espérant que cela était un bon présage. Je lui fis mon plus beau sourire. J'en profitai pour évaluer son sang, en le scannant juste avec mes yeux... Ma magie était très rapide et très discrète pour sonder. Il ferait tout à fait l'affaire. Je sentais que Maxence avait une bonne hygiène de vie.

— Merci, Maxence, pour le tailleur.

Il me tendit une petite sacoche.

— Je vous en prie. Je ne fais que mon travail. Voici une petite sacoche avec tout ce dont vous pouvez avoir besoin.

Je la pris et glissai mon portable dedans.

— Avez-vous besoin d'autre chose, Ismérie ? Il vous reste un peu de temps avant que M. Durand n'arrive.

Parfait, me dis-je intérieurement. Un peu de temps, c'est tout ce dont j'avais besoin pour une petite analyse de sang. Je laissai ma magie de côté car je ne voulais pas désobéir à Eiirin et me retrouver à la rue avec mes deux bagages. Je n'employai que mon charme physique et mon sourire bienveillant. Les deux faisaient déjà des merveilles. Je rassemblai aussi toute ma bonne foi, prête à rendre un grand service à cet humain s'il le souhaitait pour garantir sa bonne santé. Puisque le clan Duroy se proposait de protéger les humains des méchantes industries agroalimentaires, pharmaceutiques et en parallèle leur donnait un bilan complet de santé, il était temps pour moi de m'y mettre. J'y allai donc sans détour.

— Eh bien, il faudrait que je me nourrisse, Maxence. Je peux vous rendre service en vous faisant une analyse de sang si vous en avez besoin ?

Maxence me regarda avec un sourire hilare et me répondit :

— Au moins, on ne peut pas dire que vous y alliez par quatre chemins. Des poches de sang sont à disposition dans la cuisine. Vous n'aimez pas ça ?

— Non, je ne suis pas fan, répondis-je, en lui faisant non de la tête, afin qu'il n'y ait aucune ambiguïté possible sur l'interprétation du message.

Maxence rigolait, maintenant. Il était vraiment mignon, cet humain. Brun, les yeux verts, athlétique. Sa chemise et son pantalon bien coupés le mettaient en valeur. Oui, c'était un bel homme.

— C'est vrai que cela fait un moment que je n'ai pas fait une analyse de sang avec un vampire. J'avoue que me déplacer au laboratoire pour me faire croquer par un barbu n'est pas forcément une partie de plaisir, dit-il.

Bingo ! m'écriai-je mentalement. J'évitai de faire la danse de la victoire et lui dis le plus placidement possible.

— Je veux bien vous rendre ce service, Maxence, si vous y consentez. Évidemment, nous ne sommes pas obligés de le dire à Eiirin. Il m'a bien expliqué les us et coutumes de la maison et que les dons de sang ne sont pas autorisés à l'hôtel de Lauzun.

Maxence joua le jeu et répondit avec le plus grand sérieux.

— Effectivement, Ismérie, nous pouvons garder mon bilan sanguin pour nous puisque vous n'aurez pas de fiche à remplir pour le résultat. Votre bilan oral me suffira. Je vous invite à me suivre pour trouver un endroit... tranquille.

Je le suivis sans discuter. L'heure n'était plus à la parlote. Nous entrâmes dans un salon avec un canapé baroque rouge moelleux et confortable. Mmmm... Pour une fois, je pouvais me passer d'un prélèvement de sang à la va-vite en pleine nuit sous une porte cochère. Il se pourrait bien que je m'y habitue rapidement. Maxence m'invita à m'asseoir. Ce que je fis, sans aucune hésitation en lui demandant :

— Souhaitez-vous ajouter un peu de piment et de plaisir à cet échange de bons procédés ?

— C'est-à-dire ? Que me proposez-vous ?

— Comme vous êtes totalement consentant, je peux maintenant vous offrir un peu de magie afin que vous passiez un excellent moment. La morsure en elle-même n'est pas des plus agréables. Je peux la rendre fantastique.

Il était totalement ébahi par ma proposition. Il accepta en opinant de la tête. Je voyais bien qu'il n'avait plus de mots.

Je lui fis un grand sourire, rassurant, sans lui montrer mes crocs déjà descendus, trépignant d'impatience. Je commençai à déployer ma magie par vagues, mes ondes blanches, lumineuses, commençaient à l'ensorceler. Maxence avait gardé les yeux ouverts, cependant je voyais bien qu'il n'était plus vraiment là. Il ouvrit les bras pour m'accueillir et j'en profitai pour me nicher au creux de son cou. Il ferma les yeux. Je ne savais pas du tout à quoi il pensait. Je sentais les battements de son cœur accélérer. Il semblait déjà être en extase. Cela s'annonçait donc très bien. Il sentait bon, ce qui était d'autant plus agréable pour moi. Comme il était fin prêt à m'accueillir, je plantai mes crocs dans son cou. Son sang palpitait, poussé par les battements de son cœur. Il était vraiment bon. Je m'habituerais facilement à le boire régulièrement. Je savais même que j'allais aimer pouvoir le boire aussi souvent que possible. Le plaisir arrivait en vagues grossissantes, de plus en plus fortes, me donnant chaud au cœur. Je sentais l'ivresse envahir mon corps. Il ne fallait pas oublier ma mission. Je revins à la raison. J'analysai une dernière gorgée. J'avais largement assez bu. Je ne souhaitais pas l'épuiser. Je retirai mes crocs, passai ma langue pour cicatriser les deux petits trous. Je l'embrassai sur la joue pour le remercier et rompre doucement la magie afin qu'il revienne avec moi ici et maintenant. Il ouvrit les yeux. Il semblait épanoui comme quand on redescendait du septième ciel.

— Merci, Maxence, pour ce don. Vous manquez seulement de magnésium et zinc. Vous avez un peu trop de sodium. Attention à ne pas trop saler vos plats.

Maxence me regardait totalement ébloui. Il avait du mal à redescendre sur Terre malgré mon diagnostic qui n'avait rien d'excitant. Il retrouva tout de même l'usage de la parole.

— Merci, Ismérie. Nous pourrons recommencer dès que vous aurez besoin de boire.

— Il n'est pas raisonnable que je vous croque tous les jours, Maxence, je ne veux pas mettre votre santé en péril.

Je regrettais de devoir lui dire cela, mais je ne voulais pas qu'il fasse de l'anémie. Il paraissait cependant déterminé à plaider sa cause.

— Ismérie, je viens de vivre un moment extraordinaire. Le divin n'aurait pas su me toucher aussi profondément. Je connais des humains qui nourrissent des vampires tous les jours. Je sais très bien qu'avec une alimentation adaptée, une bonne hygiène de vie, je pourrais moi aussi le faire. Je ne demande pas à devenir votre familier. Mes différents besoins sont déjà comblés grâce à ce travail. Je me ferai un immense plaisir de garantir vos besoins alimentaires en échange d'un diagnostic et d'une dose de pure extase.

Je réfléchis à sa proposition. Il avait tout à fait raison. Tout cela était possible et me rendrait un grand service. Et puis, Maxence était très agréable en plus d'être un bel emballage de sang.

— Très bien, Maxence, j'accepte votre proposition. Je vous demande par contre de n'en parler à personne.

Il accepta. Le carillon de l'hôtel sonna.

— Ce doit être M. Durand.

Nous allâmes à sa rencontre. J'avais ma sacoche à la main, j'étais pleine d'énergie, les joues rosies de plaisir. Maxence n'avait pas encore reposé les pieds sur Terre, son air groggy lui donnait une attitude nonchalante qui ne cadrait pas trop avec son travail. Nous nous regardâmes avant d'ouvrir la porte. Je lui fis un clin d'œil et repris tout le sérieux dont j'étais capable. Maxence ouvrit. Nous découvrîmes M. Durand, qui nous regarda tour à tour d'un air suspicieux. Maxence retrouva toute sa contenance d'un seul coup sous cet œil réprobateur.

— Monsieur Durand, je vous prie d'entrer. Je vous présente Ismérie.

Nous nous saluâmes, étant bien sûr enchantés de nous rencontrer. Les règles de bienséance accomplies, M. Durand enchaîna.

— Mademoiselle Fleury, nous devons y aller sans tarder car je n'apprécie guère d'être en retard. Mon chauffeur nous attend.

Et il sortit. Alors, allons-y, pensai-je mentalement. Je saluai Maxence et dus marcher à grandes enjambées pour rejoindre M. Durand. Il devait avoir la cinquantaine. Ses cheveux dégarnis, ses lunettes, son costume bien coupé lui donnaient tout le sérieux et le respect dus à sa profession. Il avait dû être beau plus jeune, son visage était agréable, son charme perdurait malgré les signes de vieillesse apparents. Nous montâmes en voiture. Il m'expliqua immédiatement le contexte de la réunion qui s'annonçait plus difficile que prévu. Il me tendit plusieurs journaux. En effet, les vampires faisaient la une de plusieurs quotidiens. Les nouvelles étaient très mauvaises. Plusieurs articles mettaient en doute la santé des vampires et donnaient à penser que les suceurs de sang, comme certains nous appelaient avec beaucoup de délicatesse, véhiculaient des maladies, à coup sûr, mortelles pour les humains. Nicolas Durand était à cran devant la mauvaise foi de ces journalistes, dont il jugeait l'honnêteté douteuse. Il fallait se méfier grandement des groupes de presse qui vendaient de la publicité à prix d'or aux groupes industriels pour faire des gains plus importants. Avec l'arrivée d'internet et des smartphones de plus en plus innovants, le papier se vendait beaucoup moins. La liberté des journalistes devenait limitée, voire incertaine. Elle était proportionnelle au nombre d'encarts publicitaires, disait M. Durand. Pour un humain, Nicolas Durand en voulait beaucoup à ses congénères qu'il jugeait « radins et uniquement intéressés par le fric et le cul ». Il envoyait beaucoup d'ondes négatives de colère qui emplissaient la voiture et me donnaient l'impression qu'un petit nuage gris nous suivait. Cela m'attrista d'autant plus qu'Eiirin m'avait interdit d'utiliser ma magie aujourd'hui. J'étais condamnée à subir sa mauvaise humeur et la mienne tourna à la morosité.

7 - Courroux

Nous arrivâmes à destination. Je ne savais pas où nous étions. Beaucoup de bâtiments semblaient héberger des bureaux. Notre véhicule entra directement dans un parking en sous-sol. Nous descendîmes et M. Durand m'invita à le suivre jusqu'à l'ascenseur. Il se taisait maintenant. Je sentais qu'il tentait de s'apaiser. Ce fut plus fort que moi. Je lui envoyai un petit coup de pouce vampirique pour l'aider à se ressaisir et récupérer de la force mentale. Je l'enrobai de ma fine magie blanche, le moins possible, afin de ne pas éveiller de soupçons. Il avait l'habitude de côtoyer des vampires, il devait bien savoir que nous avions tous plus ou moins des pouvoirs particuliers. Mais je devais rester prudente, il ne savait pas que j'étais vampire. D'un seul coup, les épaules de Nicolas Durand s'affaissèrent. Il me fit un mince sourire.

Une jeune femme nous attendait à la sortie de l'ascenseur pour nous accompagner jusqu'à la salle de réunion. Beaucoup de femmes et d'hommes d'affaires étaient déjà présents, tous en tailleur ou costume bien coupé. Tous respiraient l'argent. Certains semblaient être de vrais requins, hommes ou femmes. Je comprenais mieux la colère de Nicolas Durand : entre les journaux et les personnes qui nous attendaient, il était difficile de se battre pour ses principes quand on avait le sentiment de nager à contre-courant. M. Durand me présenta comme une stagiaire. Comme j'étais jolie à regarder, les hommes me firent tous de grands sourires avenants. Certains ne cachaient pas que j'éveillais leur intérêt. Les femmes prirent plutôt un air renfrogné. La concurrence était déjà rude dans les carrières féminines. Dans les mentalités françaises de ce début de XXIe siècle, une femme se devait de réussir sa carrière professionnelle, se marier, avoir des enfants bien éduqués, une maison bien rangée, une vie épanouie, rester mince au fil de l'âge et ne pas vieillir prématurément. Tout ça en une seule vie. Tous ces symboles prouvaient sa réussite. La charge mentale de ces femmes devenait écrasante. C'était bien triste d'en arriver à ces extrémités. Beaucoup ne trouvaient pas leur épanouissement dans ce système de valeurs.

Nicolas Durand me garda une place à côté de lui. Il semblait vouloir me protéger.

La réunion commença avec un changement d'ordre du jour. M. Durand grinça des dents. Son taux de colère avait de nouveau monté, balayant totalement son seuil de tolérance et le peu de calme qu'il venait de récupérer. Cet homme finirait avec un arrêt cardiaque s'il n'apprenait pas à mieux gérer ses émotions. La société Merconi, représentée par deux requins, un homme et une femme en pleine compétition, avait réussi à faire remplacer une proposition de culture sans produits chimiques par un nouveau procédé : le « putrésherbant ». Le nom ne paraissait pas très encourageant en matière de protection de la vie. M. Durand intervint immédiatement :

— Pourquoi ce changement ? Nous devions entériner aujourd'hui une production agricole plus raisonnée, respectant la nature et le temps de régénération des sols.

— M. Durand, vous représentez l'entreprise Duroy, n'est-ce pas ? demanda M. Requin de Merconi.

— En effet.

— Ce n'est pas cette entreprise qui appartient à des vampires ?

— C'est tout à fait vrai.

— Cette même entreprise dont les vampires meurent de maladie inexpliquée alors qu'ils sont censés être immortels. Une maladie qui pourrait être transmise à l'homme et qui pourrait décimer tout Paris en moins d'une heure si j'en crois les journaux ?

M. Durand blanchit sous ce tissu de mensonges. Il répondit sous le coup de la colère.

— Les journaux racontent n'importe quoi ! Ce n'est pas une maladie qui s'attrape. Les deux vampires sont morts après avoir bu des poches de sang humain. Ce sont donc davantage les humains qui contaminent les vampires à l'heure actuelle que l'inverse. Vous ne faites que répéter des théories extravagantes pour faire peur aux humains, reprendre le contrôle dans la vente de produits plus toxiques les uns que les autres.

— Pas du tout, nous allons vous prouver que ce produit n'est pas toxique pour l'homme et amènera un grand confort aux agriculteurs, expliqua Mme Requin de Merconi.

— Allons, mesdames et messieurs, je vous prie de vous calmer. Nous n'avions aucune décision à prendre aujourd'hui. Je vous propose d'étudier la culture sans produits chimiques et le nouveau procédé, le « putrésherbant », afin de satisfaire tout le monde, intervint notre maître de réunion, d'un air tout à fait calme et diplomate.

L'assistance approuva de la tête.

On nous présenta un bref historique de l'agriculture intensive et des courbes qui montraient qu'au fil du temps, plus nous avions labouré profondément les sols, plus nous avions augmenté les pesticides, les engrais chimiques et plus les récoltes avaient diminué. Le triste constat montrait que nos sols étaient épuisés et que toute la chimie du monde ne permettait plus d'augmenter les récoltes, bien au contraire, la catastrophe nous guettait car à ce rythme, les récoltes continueraient à diminuer. Nicolas Durand était tout à fait satisfait de cette présentation. Les trois quarts des personnes autour de la grande table ovale paraissaient convaincus. Ça me semblait plutôt être une bonne chose. Si l'on voulait que les humains soient bien nourris, il fallait faire ce terrible constat et réagir.

Nous poursuivîmes par la culture sans produits chimiques et le respect de la régénération des sols. M. Durand présenta des informations qui montraient qu'au fil du temps, en respectant des temps de repos et en alternant les cultures, les sols se régénéraient, s'enrichissaient de nouveau et étaient de plus en plus productifs. Il montrait également tous les investissements de l'entreprise Duroy et les avantages des modes de culture choisis. Il avait même glissé une interview de Louis de Funès, datant de 1968, prônant tous les avantages d'une agriculture biologique, sans produits chimiques. C'était plutôt futé de montrer que certains Français connus s'étaient battus bien avant nous, pour réduire l'agriculture intensive. La moyenne d'âge autour de la table nous garantissait que Louis de Funès représentât certaines valeurs pour les présents, en plus du rire.

Puis, ce fut le tour de M. et Mme Requin de Merconi de présenter leur fameux produit miracle, le « putrésherbant ». Le nom ne paraissait tout de même pas engageant. Ils nous assurèrent que ce produit n'était pas toxique comme le glyphosate. Ils nous montrèrent de belles courbes montrant que les cultures progressaient de nouveau avec moins de mauvaises herbes, ce qui était un grand confort pour les personnes travaillant la terre. Le principe était simple : le « putrésherbant » putréfiait les mauvaises herbes lentement ; s'en dégageait une fermentation qui nourrissait les sols. On ne savait pas trop de quoi, car cela restait nébuleux. M. et Mme Requin de Merconi jugeaient donc ce désherbant intelligent. La nature des hommes étant ce qu'elle était, je jugeais qu'il valait mieux rester vigilant. Je sondai M. Durand, à côté de moi. Il semblait partager mon avis. Le seul élément négatif qui avait été noté pour les humains testant ces cultures issues du « putrésherbant » était un changement d'haleine. Et encore, assuraient-ils, rien ne prouvait pour l'instant que cela provînt du « putrésherbant ». Bizarre, je pensai qu'il allait falloir étudier la question de près. On nous remit un joli petit dossier à étudier pour la prochaine réunion. M. Durand ne souhaitant pas s'attarder, nous partîmes immédiatement.

La voiture me raccompagna jusqu'à l'hôtel de Lauzun. M. Durand était de nouveau dans tous ses états. Sa vie devait tout de même être laborieuse s'il avait en permanence autant de colère. Je comprenais bien qu'il fallait se battre pour ses convictions et les causes que l'on souhaitait défendre. Je trouvais cependant qu'il risquait de mourir avant son heure à ce rythme. Quand nous arrivâmes à destination, il m'invita à descendre et m'informa qu'il avait rendez-vous à 21 h avec Eiirin pour l'informer des éléments de la réunion.

Je fus soulagée de sortir de la voiture. Nicolas Durand était entouré comme d'un nuage gris de rancœur et de colère. Il avait vraiment le nez dans le guidon. Il n'avait fait que se lamenter en voiture et ne m'avait posé aucune question sur ce que j'avais à étudier. L'avantage était que je n'avais pas eu besoin de mentir. Je sonnai à la porte de l'hôtel de Lauzun et Maxence vint m'ouvrir. Il était très heureux de me voir. Cela me changeait de l'humeur de M. Durand. C'était bien plus agréable. Maxence me tendit une carte de visite.

— Ismérie, note mes coordonnées. Si tu as besoin de quoi que ce soit, contacte-moi.

— Merci beaucoup, Maxence.

— La réunion s'est-elle bien passée ?

Nous avancions tranquillement vers l'escalier qui menait à ma chambre. Je soufflai, relâchant toute la pression de la réunion.

— Très laborieuse. L'entreprise Merconi propose un nouveau pesticide. M. Durand était dans tous ses états, répondis-je, affligée.

— M. Durand monte vite dans les tours. Il revient ce soir. Je quitte mon service à 22 h. Je travaille tantôt le matin et tantôt l'après-midi.

— Je dois passer pas mal de coups de fil pour clôturer ma vie à Genève avant de voir Eiirin.

— Très bien.

— J'entre tes coordonnées dans mon téléphone et je t'envoie un texto, lui annonçai-je en lui faisant un clin d'œil.

Puis, je partis en courant dans l'escalier pour gérer mes propres affaires. D'ailleurs, plusieurs SMS et messages vocaux m'attendaient. L'inquiétude ou les demandes d'explications étaient restées en souffrance sur mon téléphone. Il était temps que j'affronte la situation.

J'appelai le loueur de mon studio de danse. Il me demanda d'envoyer un courrier recommandé avec les deux mois de loyer de préavis. Ça ne m'arrangeait pas du tout, mais je comprenais sa situation : je le laissais tomber du jour au lendemain. Il acceptait d'afficher un mot d'excuse pour mes élèves. Je les abandonnais, elles aussi, du jour au lendemain, et ça me fendait le cœur. La culpabilité me donnait une boule au ventre et me pesait sur les épaules. Mes élèves croyaient en moi, en la danse. Je devenais une désillusion pour elle. Une adulte en qui on croyait et qui disparaissait, pouvait devenir une source de manque de confiance dans la vie, dans sa personne. Étions-nous assez importants puisque nous étions abandonnés de la sorte ? Étions-nous assez aimés puisque nous étions délaissés du jour au lendemain sans explications ? Les larmes aux yeux, je décidai de me rappeler les raisons de l'urgence de mon départ et le fait que j'avais dû faire preuve d'instinct de survie pour ne pas disparaître. Si ces vampires m'avaient volé mon immortalité, je ne leur aurais plus enseigné la danse non plus.

Je répondis aussi au SMS de Clara, la priant de m'excuser, lui expliquant que des problèmes familiaux m'avaient obligée à quitter Genève et que j'étais dans l'impossibilité de revenir pour l'instant. Je sentais bien toute la tristesse de Clara au travers de nos échanges. Je l'encourageai à poursuivre dans la danse pour réaliser ses propres rêves.

J'appelai ensuite Joe, mon patron de cabaret à Genève. Lui non plus ne sauta pas de joie. J'étais un élément important de ses shows. Plusieurs clients étaient fidèles car ils ne se lassaient pas de me regarder. Évidemment, ma magie ensorcelante n'était pas étrangère à l'attrait pour ma petite personne. Je lui expliquai bien que ma situation ne me permettait pas de revenir dans les six prochains mois, mais que j'allais y voir plus clair dans le temps. Je verrais bien où ce clan Duroy m'emmènerait mais je me gardai bien de le dire à Joe.

J'appelai ensuite le loueur de mon appartement, lui expliquant à lui aussi que j'avais dû partir sans délai. Je lui demandai s'il pouvait me trouver un déménageur pour faire emballer mes affaires et me les envoyer. Je louais un meublé, je n'avais donc pas beaucoup de cartons à récupérer.

Tous ces appels terminés, les courriers écrits, j'espérai ne pas regretter toutes ces démarches. Je tournais une nouvelle page. Un nouveau chapitre était à écrire...

Je reçus un nouveau SMS. Celui-ci était de Maxence et n'annonçait rien de bon. Eiirin s'était rendu compte que j'avais bu le sang du majordome. Eiirin semblait très contrarié de ma désobéissance. Pour un samouraï qui se devait de rester imperturbable, je ne voyais pas pourquoi il se laissait envahir par la colère. Maxence lui avait bien assuré qu'il m'avait donné son consentement, puis son sang... En vain. Quelle galère, cela tombait mal. Ce n'était pas un crime. J'étais exaspérée par autant d'autorité et de fermeture d'esprit.

On frappa à ma porte. Je n'avais même pas eu le temps de me changer, ni de méditer, ce qui m'aurait fait le plus grand bien au vu de toutes ces émotions qui m'avaient envahie aujourd'hui. Je pestai en allant ouvrir la porte. Léo était devant moi, appuyé contre la porte dans une attitude nonchalante, magnifique, hilare.

— Alors, jeune fille, tu as fait une grosse bêtise ?

Il rigolait. Il se moquait carrément de moi. Maudit vampire ! J'espérais un peu de soutien.

— Le grand Sensei requiert ta présence pour la réunion avec M. Durand. Et puis après, tu auras droit à une séance punitive et mea culpa.

Léo rigolait de toutes ses dents, très content de sa répartie. Je marmonnai quelques injures et le suivis. Il partit d'un pas dansant, d'une excellente humeur. C'était carrément douteux au vu de la situation. J'étais exaspérée.

Nous arrivâmes dans le bureau d'Eiirin. Il était magnifique comme toujours. Dommage, son visage était sévère. Ses yeux noirs me jetaient des flèches mortelles. Cela gâchait tout son charme, même si ça n'égratignait pas sa beauté. Il aurait été finalement plus agréable en étant moins beau et plus souriant. M. Durand était déjà là, toujours aussi stressé. Les courroux d'Eiirin et Nicolas Durand débordaient de la pièce, nous mettant un poids sur les épaules. Les fourmis dans mon corps, dues à la présence du grand Sensei, se réveillèrent. Maudites fourmis. Ça allait donc être ça, mon lien de sang avec Eiirin ? Sentir sa présence au plus profond de moi ? Une attirance irrépressible, m'invitant à lui sauter à la carotide dès que possible ? Léo était toujours souriant, sa bonne humeur détonnait dans cette ambiance pesante. Eiirin lui jeta un œil intimidant pour qu'il se reprenne. Mais Léo restait imperturbable. Il fit un petit balayage de la main comme pour éviter l'ascendant d'Eiirin sur lui. Il ne voulait pas se défaire de sa bonne humeur. Nous nous retrouvâmes de nouveau tous assis autour d'une table ovale.

Nicolas Durand exposa son incrédulité à voir repousser sans cesse les prises de décision pour le nouveau projet de loi sans pesticides. Non seulement rien n'avait été décidé mais en plus, il fallait étudier le « putrésherbant ». Son impatience était à son comble quand il présenta le dossier de ce soi-disant pesticide intelligent et le discours de Merconi. Son analyse de la situation était tout à fait objective malgré sa rancœur. Preuve que sa réflexion restait tout à fait logique et impartiale malgré sa colère. Eiirin était écœuré par l'appât du gain de la société Merconi. Mis à part la vente du « putrésherbant », elle ne proposait rien de concret. C'était donc uniquement un moyen de gagner de l'argent avec une nouvelle cochonnerie qui polluerait les humains et la nature. Les vampires étaient immortels et se nourrissaient de sang. Ils n'étaient cependant pas prêts à vivre dans n'importe quelles conditions.

Plusieurs tablettes numériques étaient posées sur la table. Eiirin proposa d'en prendre chacun une pour voir ce que les moteurs de recherche pouvaient nous donner comme informations. Nous savions que le « putrésherbant » était composé de putrescine. Nous nous rendîmes bien vite compte que la putrescine avait des effets secondaires plus ou moins importants. Elle était déjà utilisée dans la synthèse de certains médicaments ou pesticides. Le changement d'haleine chez les humains, dont parlait l'entreprise Merconi, se changea en mauvaise haleine dans notre enquête. Nous pouvions supposer que cette putrescine avait des effets sur le foie ou certaines glandes, ou bien les deux. Rien d'engageant dans tous les cas. De plus, la putrescine donnait des vaginoses bactériennes. Là aussi, ces effets secondaires indésirables n'étaient pas acceptables. Et enfin, la putrescine se dévoila toxique à haute dose. Nous étions de nouveau loin des investissements de l'entreprise Duroy, qui ne soutenait que les agricultures biologiques sans produits chimiques, sans produits de synthèse. Nous allions donc devoir de nouveau nous battre contre ce lobbying économique pour protéger les humains.

Eiirin expliqua qu'il en était ainsi depuis plus de trente ans et qu'il lui avait fallu du temps pour imposer les investissements de l'entreprise Duroy en parallèle d'une politique d'agriculture respectant la santé des humains et le respect de notre planète. Le clan Duroy avait maintenant beaucoup d'alliés mais la situation pouvait vite se retourner. D'ailleurs, Eiirin se demandait si les deux vampires malades n'étaient pas le résultat d'un stratagème machiavélique, visant à mettre en porte-à-faux l'image des vampires. La communauté de ceux de Paris avait une très belle image de protecteur des humains. Un gros tri avait été fait parmi les vampires afin qu'il n'y ait plus de scandales sanguinaires. Je préférais ne pas savoir comment Eiirin et ses hommes de main s'y étaient pris. Eiirin, Sensei ou grand maître samouraï, avait réussi à s'implanter sûrement dans la vie parisienne, s'entourant de personnes fidèles, humains ou vampires, qui lui garantissaient d'avoir un rôle politique et économique. Il contrôlait son image pour apparaître systématiquement comme un protecteur, une personne respectable. Si bien que les laboratoires d'analyses sanguines avaient ouvert leurs portes aux vampires. Les diagnostics de ceux-ci prenaient bien moins de temps, étaient très sûrs et permettaient aux laboratoires de gagner de l'argent. Encore l'argent. Mais il fallait en passer par là pour avoir un rôle à jouer dans la vie politique et imposer sa place. Eiirin allait demander à une de ses équipes de plancher sur toutes les études concernant la putrescine et faire une synthèse avant la prochaine réunion. Cette synthèse, avec preuves scientifiques à l'appui, serait envoyée à tous les acteurs de la réunion. Nous approuvâmes tous sa proposition.

Eiirin nous demanda alors si nous avions des questions, des points à aborder. Personnellement, je préférais n'aborder aucun point supplémentaire. Je souhaitais sortir de ce bureau dans les plus brefs délais.

Eiirin nous remercia, raccompagna M. Durand à la porte de son bureau où un autre majordome, que je ne connaissais pas, attendait pour raccompagner notre hôte. Eiirin ferma la porte. J'eus immédiatement le mauvais pressentiment d'être prise au piège. Puis, il se tourna vers nous et son sourire s'envola immédiatement pour me montrer un visage fermé, un regard glacial. Il passa immédiatement à l'attaque. Sa voix tonnait sous une impatience contrôlée :

— Ismérie, je t'avais demandé de ne boire aucun humain dans l'hôtel de Lauzun. Peux-tu m'expliquer pourquoi tu n'as pas accédé à ma demande ?

— Je n'ai pas forcé Maxence. Je n'ai pas utilisé ma magie. Nous avons simplement fait un échange de bons procédés. J'avais besoin de sang et cela faisait longtemps que Maxence n'avait pas eu une analyse sanguine. De plus, il m'a expliqué qu'un prélèvement fait par mes soins serait plus agréable qu'un fait par un barbu.

Mon trait d'humour et mon honnêteté ne semblèrent pas marquer de points. Je m'étais redressée et j'attendais son verdict, persuadée que mes arguments restaient tout à fait honorables. Eiirin m'observait, la tête penchée, un peu comme on examinerait une expérience scientifique. Il tentait de rester imperturbable. Cependant, les fourmis dans mon corps s'accélérèrent encore, me donnant le vertige. Je n'avais plus de doute, nous étions liés par le sang.

L'image imperturbable qu'il tentait de laisser paraître à l'extérieur n'avait rien à voir avec le tourbillon d'émotions qui l'habitait. Je pris sur moi pour prendre du recul. Je n'avais pas eu le temps de faire le vide dans ma tête aujourd'hui. Il devenait urgent de le faire maintenant, de calmer ces fourmis. Je ne voulais pas de sa colère. Cette colère appartenait à Eiirin et je ne voulais pas la partager. À lui de s'en accommoder. Je me redressai encore, fermai les yeux, détendis mes épaules et pris une grande inspiration. Je repoussai toutes ces fourmis sous mes pieds, afin qu'elles retournent à la terre. Je m'entourai d'un halo blanc et je rouvris les yeux. Les fourmis s'étaient apaisées, attendant patiemment à mes pieds. Je ne pouvais pas rompre notre lien de sang, mais je pouvais me détacher d'Eiirin, faisant que nos sangs ne courent plus à l'unisson, mais chacun avec ses propres émotions. Léo souriait toujours, confiant, il avait senti ce que j'avais fait. Eiirin écarquillait les yeux, il n'en était pas moins fâché. J'avais osé rompre le chant à l'unisson de nos sangs. Il reprit la parole d'une voix blanche :

— Léonard, je te demande de sortir.

— Pas question, Sensei, vous avez bien trop mélangé vos sangs. Je ne veux pas qu'il y ait un regrettable accident. Je resterai jusqu'à ce que vous ayez trouvé un accord.

Léo se cala dans un fauteuil pour assister au spectacle à venir.

Eiirin, le grand maître samouraï, grogna de mécontentement. Il semblait passer de Léo à Léonard quand la situation était grave. C'était bon à savoir. Je sentais bien qu'Eiirin pardonnait à Léo son audace, uniquement parce qu'il était son second, qu'ils avaient vécu beaucoup de choses et que Léo n'avait pas tout à fait tort. Eiirin reprit la parole :

— Si tu vis ici, avec nous, ce sera à mes conditions. Si les poches de sang ne sont pas assez bien pour toi, tu peux prendre un familier ou tu peux prendre un appartement.

Ni l'un ni l'autre ne me convenait. Je n'étais pas prête à m'encombrer d'un familier. Il fallait avoir des sentiments pour vivre avec quelqu'un, quelle que soit son espèce, sinon la vie devenait très vite compliquée. Je n'aimais personne suffisamment pour cela. Je constatais cependant que dormir avec Léo et avoir Maxence comme donneur était un luxe très confortable qui me convenait tout à fait. Après toutes ces années de solitude, tisser des liens était bien agréable. Eiirin devait suivre le cours de mes pensées. Je le soupçonnais d'être télépathe. Je n'avais donc pas réussi à nous déconnecter totalement, mais seulement à m'isoler de ses émotions.

— Mais quel genre de femme es-tu ? Tu couches avec Léo. Tu te jettes dans les bras de Maxence à ton réveil. Tu n'as donc pas d'honneur ?

Léo continuait de nous regarder en riant. Je fulminais, qu'il n'essayât même pas de rétablir la vérité.

— Je ne couche pas avec Léo, j'ai simplement dormi avec lui car je n'étais pas rassurée après la nuit que j'avais passée avec tous ces fantômes. Et je te le répète, nous avons simplement convenu avec Maxence un arrangement qui nous satisfait tous les deux. Aucune promesse. Aucune envie d'aller plus loin, ni d'un côté, ni de l'autre.

— Je ne vois pas en quoi lui faire une analyse de sang tous les jours va lui rendre service. À moins que tu ne lui proposes finalement autre chose pour le combler ? me demanda Eiirin en haussant un sourcil, l'air soupçonneux.

Je haussai les épaules et je ne pus me retenir de rougir. Je n'avais pourtant pas à avoir honte de donner un petit moment de plaisir grâce à ma magie.

Eiirin interpréta mal ma réaction. Sa colère ricocha sur moi, éveillant les fourmis qui dévalèrent de nouveau dans mon corps comme des furies. Maudites soient ces fourmis. Nous allions devoir avoir une discussion sérieuse pour pouvoir cohabiter en paix. Leur désir du sang d'Eiirin ne devait pas supplanter mes besoins et mes envies. Je me sentais étourdie et consternée par la situation.

— Tu te prostitues pour du sang ? Jusqu'où va votre accord ? Tu n'étais peut-être pas qu'une danseuse de cabaret après tout ?

Il m'arrosait de questions avec des suppositions qui ne doraient pas mon blason… bien au contraire. Cela me mit hors de moi. Je sentis sa colère allumer la mienne comme on met le feu aux poudres. Et tel un volcan entrant en éruption, je ne pus me contenir. J'avais toujours fait des échanges équitables avec les humains. Je n'avais jamais été acceptée par les vampires. Je ne m'étais jamais prostituée pour quoi que ce soit. Il était vrai que j'utilisais énormément ma magie pour atteindre mon but, mais je m'arrangeais toujours pour que la personne reçoive quelque chose qui lui donne satisfaction en échange. Devant tant d'arrogance et d'autorité, je sentais la révolte en moi demander réparation. Mon aura blanche de protection sauta en éclats. Eiirin recula, sentant la force énergétique qui m'animait. Léo se redressa, prêt à intervenir. Mes cheveux devenaient électriques. Mes yeux bleu glacier devenaient incandescents. Ma colère alimenta les fourmis, qui fonçaient maintenant dans mes veines, annihilant sur leur passage le peu de raison qu'il me restait. J'étais choquée par tant de mauvaise foi. Je comprenais qu'en tant que maître de clan, il devait s'assurer que les vampires qui lui avaient fait allégeance respectaient son code d'honneur. Je me rendais bien compte qu'Eiirin avait de hautes responsabilités sur les plans politique et économique. Mais je trouvais sa mauvaise foi et son besoin d'autorité sur moi inacceptables. Après tout, je n'étais peut-être pas prête à me soumettre. Il fallait que je sorte immédiatement d'ici. Cela devenait urgent. Léo me regardait, ahuri, son sourire s'étant évanoui. Il avait senti qu'un barrage émotionnel avait cédé et que ce n'était pas bon signe. Je sentais le sol commencer à vibrer sous mes pieds. Il devenait urgent que je sorte, avant de commettre l'irréparable. Eiirin restait coincé dans sa superbe arrogance, maître du monde, prêt à bondir sur moi. Je le fixai.

— Va te faire foutre, dis-je en gagnant la porte à grandes enjambées.

— Isie, attends... dit Léo en se relevant.

— Léonard, laisse-la.

Je claquai la porte sans jeter un œil derrière moi. Je dévalai l'escalier pour sortir. J'avais besoin d'être loin d'Eiirin, de son ego démesuré. J'avais besoin de respirer, de me calmer. Je savais pourtant que c'était une mauvaise idée de sortir dans ce débordement émotionnel car mes sens de protection ne pouvaient pas s'étendre si j'étais dans cet état-là.

En sortant de l'hôtel de Lauzun, je tournai vers la droite, vers le petit parc au bout de l'île Saint-Louis. Un brin de nature et la Seine pourraient peut-être m'apaiser.

Je fonçai vers le boulevard Henri IV et arrivai au square Barye. Je respirais l'air frais de la nuit. Les arbres étendaient leurs bourgeons. Un monument célébrait le sculpteur Antoine-Louis Barye. Je butai sur ce monument qui reprenait des répliques de *La Force* et *L'Ordre*. Je ruminais. Je n'avais pas besoin de ces symboles en ce moment. Je sentais la Seine autour de moi. Les eaux sombres me renvoyaient l'écho de mes pensées. Mais nos flux étaient aux antipodes. Je bouillais intérieurement alors que la Seine s'écoulait tranquillement. J'étais concentrée sur mes pensées et ces sculptures qui faisaient écho à ma colère et la domination d'Eiirin, quand... d'un seul coup, je sentis une grosse douleur à la tête. Je passai une main dans mes cheveux par réflexe. L'odeur de mon sang me laissa interdite. Je sentis la chaleur du liquide dans mes cheveux et sur ma main. Mon sang s'écoulait, chaud, poisseux. Je voulus me tourner... Trop tard. Je m'écroulai, tombai dans l'inconscience.

8 - La rencontre

Je revins à moi péniblement, tout doucement. Je me sentais très faible. J'avais surtout très mal. Douleurs à la tête, aux mains et aux pieds, au flanc. J'entendais des voix. Je pris conscience du fait que je les connaissais, sans toutefois vraiment les connaître. Je fouillai dans ma mémoire. C'est avec un sursaut intérieur que je reconnus les vampires de Genève, ceux qui m'avaient attaquée. Je gardai les yeux fermés, le temps d'analyser la situation, gaspillant le moins d'énergie possible. Je devinais qu'ils ne seraient pas plus doux quand ils prendraient conscience que j'avais repris connaissance. Ma douleur lancinante à la tête ne m'aidait pas à penser. Toute colère m'avait désertée. Je me sentais tellement faible que je me trouvais misérable. Effrayée, j'essayais de deviner pourquoi j'avais mal. Quelle était ma position ? Je compris avec horreur qu'on m'avait crucifiée comme le Christ sur sa croix. Je sentais que mes mains et mes pieds étaient transpercés. J'étais clouée à la verticale. Le poids de mon corps ajoutait des pressions dans mes chairs déchirées, augmentant mon calvaire de souffrance. Je tentai de suivre leur conversation. Ces vampires devaient être des fanatiques pour m'avoir clouée dans cette position. Ils n'arrêtaient pas de parler. Je compris qu'ils utilisaient ma blessure au flanc pour récupérer mon sang et faire quelques prélèvements de mes chairs.

— Nous avons cinq fioles. Ce n'est pas assez. Le mage en veut plus, disait l'un.

— Le mage se contentera de ce qu'on lui donnera.

— Mais comment fait-elle pour sortir à la lumière du jour ? On est sûrs que c'est une vampire ?

— Le mage en est sûr.

— Il faut qu'elle tienne encore, la clouer sur cet arbre n'était pas la meilleure idée, Karl.

— Tu crois qu'elle ne nous a pas assez ridiculisés à Genève en nous faisant compter les étoiles toute la nuit ?

Son air était vraiment mauvais, il semblait avoir l'ascendant sur les autres vampires. Un autre lui répondit :

— Évidemment. Nous n'avons pas été assez méfiants. Il faut tout de même qu'elle vive encore pour que l'on puisse terminer si l'on veut être payé de l'intégralité de la somme. Cela nous fera une belle prime.

— Dès que nous avons tout ce dont nous avons besoin, nous la liquidons.

Je sentais le sourire dans leur voix. Comment pouvait-on être aussi démoniaque ? Ils semblaient très contents de ce qu'ils allaient toucher.

Je ne pouvais malheureusement pas agir. J'étais dans une situation dramatique qui m'amenait vers un destin funeste. Je fis le choix de garder les yeux fermés. Il me fallait trouver rapidement une stratégie. Clouée comme je l'étais, je ne pouvais rien faire. Je n'étais plus assez forte physiquement pour déployer mes puissants dons de manipulation, d'autant plus si je n'avais pas d'aide. Ma magie risquait de s'effondrer rapidement. Je regrettais d'être partie sur un coup de tête, pleine de rage. J'avais été très mal inspirée. Cela faisait longtemps que je ne m'étais pas laissée envahir comme ça, par autant d'emportement. Ça ne m'avait jamais réussi. D'ailleurs, la colère n'était jamais bonne conseillère. Tout cela était la faute d'Eiirin ! Eiirin ! Avec le lien puissant que j'avais avec lui, je pouvais peut-être le contacter. Ou même Léo, par effet de ricochet sanguin ? Eiirin était notre maître à tous, que je le veuille ou non. Je fis attention à garder mon corps aussi pesant que possible, malgré toute la douleur que cela m'imposait, pour ne pas éveiller les soupçons chez ces vampires malfaisants. Je me concentrai pour rassembler mon énergie et envoyer un message mental vers Eiirin. Je ne savais pas si je pouvais ouvrir un canal de communication avec lui. Il était temps de tester. Je tentai de faire appel à ces fourmis qui se manifestaient en moi, en présence d'Eiirin. Je ne les sentais pas. J'avais beau chercher dans mon corps, où étaient-elles passées ? Maudites fourmis. Alors, j'essayai de lui envoyer un message mental puissant : « Eiirin, je suis prisonnière... Des vampires m'ont capturée... Je vais mourir... » J'envoyai cette litanie en boucle, comme un SOS de naufragé. « Eiirin, je suis prisonnière... Des vampires m'ont capturée... Je vais mourir... » Un SOS... *Save Our Soul*. Cet acronyme était particulièrement adapté quand nous étions sur le point de mourir. Avais-je encore une âme maintenant que j'étais vampire ? Je m'étais posé plusieurs fois la question. « Eiirin, je suis prisonnière...

Des vampires m'ont capturée... Je vais mourir... » La souffrance continuait d'augmenter. Mes forces diminuaient. Au bout d'un moment, ne sentant aucun message revenir vers moi, je tentai ma chance avec Léo. « Léo, je suis prisonnière... Des vampires m'ont capturée... Je vais mourir... » Je tentais de me concentrer au maximum pour envoyer des ondes relayant ces deux messages mentaux. D'un seul coup, ma douleur à la tête s'intensifia, me forçant à gémir, tellement elle était devenue intense. J'avais l'impression qu'un étau me comprimait la tête et qu'elle allait exploser. Les vampires autour de moi s'arrêtèrent immédiatement. Je sentais qu'ils m'observaient, m'évaluaient.

— Dépêchons-nous, elle n'a pas l'air bien.

— Mmmm... On dirait qu'elle va mourir. J'ai peut-être tapé trop fort sur la tête.

— Mais non, les vampires sont immortelles, même les femmes. Elle mourra quand je la décapiterai, pas avant.

Je continuai de gémir, ne pouvant plus me retenir, mais je fermais toujours les yeux. Les vampires s'activèrent de nouveau sur moi.

D'un seul coup, une grosse lumière bleue pénétra mon esprit. La douleur fut tellement forte que j'écarquillai les yeux. M'en rendant compte, je tentai de les fermer immédiatement. Même fermer les paupières devenait un acte insurmontable. Avec la lumière surgit la voix d'Eiirin. « Où es-tu, Ismérie ? » Je faillis pleurer de joie. Je me ressaisis immédiatement. Nous avions établi un contact. Nous pouvions communiquer. Je savais maintenant qu'il viendrait me sauver. Après tout, malgré mon comportement, j'étais toujours l'un de ses employés, un de ses sujets. Il devait me sauver. Quand j'avais écarquillé les yeux, j'avais vu que j'étais toujours au square Barye. J'envoyai simplement un nouveau message mental en boucle maintenant pour Eiirin : « Square Barye... Attention ». J'avais de plus en plus de difficulté à me concentrer. Ce simple message devenait difficile à envoyer. J'allais de nouveau tomber dans l'inconscience. Un flash bleu dans la tête m'éblouit à nouveau avec un simple message d'Eiirin : « C'est bon ! » J'abandonnai immédiatement, espérant que j'interprétais bien ce message. Je me rendis compte que j'avais raidi mon corps malgré moi car je m'affaissai totalement de nouveau. Les vampires marmonnaient des paroles que je n'avais plus la force d'écouter. Un prélèvement au flanc m'arracha un cri de douleur au milieu de mes gémissements. J'étais totalement abattue. Je me sentais méprisée par ces vampires, un simple sujet d'expérience scientifique. Mes gémissements résonnaient de plus en plus fort dans mes oreilles. D'un seul coup, des cris surgirent. Je sentis des souffles d'air autour de moi. J'écarquillai les yeux. Je vis comme des éclairs. Eiirin, Léo et d'autres vampires étaient là, dans le square. Ils étaient armés de sabres. La lune se reflétait dans les lames quand elles étaient en mouvement, renvoyant des éclairs de lumière. Ces guerriers libérateurs étaient tellement rapides que leurs lames devenaient floues sous la vitesse d'exécution. Les sabres étaient tellement tranchants que des bras et des jambes jonchaient le sol. Tout redevint calme. Le bruit s'arrêta. Eiirin vint devant moi. Il analysait l'ampleur de mes blessures. Mon tailleur était en sale état, déchiré, plein de sang. Mon chemisier était déchiré, grand ouvert sur mon buste. Mon soutien-gorge avait été relativement épargné même s'il était passé de blanc à rouge. Toujours clouée sur l'arbre, je ne pouvais pas cacher ma nudité. Ma plaie au flanc avait l'air sévère.

— Ce n'est pas joli, Ismérie, mais tu vas guérir, dit Eiirin pour me rassurer.

Mes sanglots redoublèrent. Je n'arrivais plus à les contrôler. Eiirin ordonna :

— Faites disparaître ces vampires et qu'ils ne se régénèrent pas. Récupérez tous les prélèvements. N'oubliez rien, personne ne doit mettre la main dessus. Léonard, viens m'aider à détacher Ismérie. Mmmm… Miguel, viens aussi. L'opération va être délicate.

J'ouvrais les yeux péniblement comme je pouvais. La douleur et l'épuisement m'anéantissaient.

— Isie, tu vas devoir être courageuse. Te détacher va être éprouvant. Je m'excuse par avance de la souffrance que l'on va devoir t'infliger, dit Léo en me caressant la joue.

Je me rendais compte que j'avais été clouée sur un arbre dont les branches étaient basses. Mes pieds ne touchaient pas le sol, mais ils n'en étaient pas très loin. Je lui fis un faible sourire car je ne pouvais pas faire autre chose.

— J'ai une meilleure idée, annonça Eiirin. Je vais utiliser ma magie pour stopper tes souffrances. Et je vais aussi te faire perdre connaissance pour t'éviter trop de douleurs. Tu en as assez vécu pour aujourd'hui. Nous te soignerons en arrivant à la maison.

Je clignai des paupières pour acquiescer car je n'avais pas la force de bouger la tête. J'avais perdu énormément de sang.

Eiirin passa les mains sur l'ensemble de mon corps. Je sentis les fourmis s'activer. J'étais heureuse de les sentir de nouveau. Mais cette fois c'était différent. Partout où elles passaient, j'oubliais mon corps, comme s'il n'était plus là. J'eus soudain peur et dans une plainte, je lâchai :

— Je ne sens plus mon corps.
— Ne t'inquiète pas, Ismérie. Quand j'arriverai à la tête, tu vas t'évanouir.

La main d'Eiirin montait. Mon corps s'engourdissait. Sa main arriva devant mon visage. Mon esprit se détendit d'un seul coup. Il n'existait plus rien... Le trou noir.

Je me réveillai dans ma chambre. Quand j'ouvris subitement les yeux, je découvris ceux d'Eiirin plantés dans les miens. Il était sur mon lit avec moi, penché au-dessus de moi, son poignet au-dessus de ma bouche, et je me rendis compte seulement à cet instant que j'avalais goulûment son sang. Léo faisait les cent pas autour de nous. Il marmonnait sans discontinuer. Mes sens revenaient. Je voyais plus nettement. Mes oreilles entendaient plus clairement. Ma peau retrouvait le contact doux du toucher d'Eiirin. Mon corps sentait sa chaleur, son odeur. Je commençais à capter les paroles de Léo. Il se plaignait que j'allais encore boire trop de sang d'Eiirin, que cela compliquerait mes relations avec lui, que cela compliquerait les affaires du clan. Léo s'en prenait surtout à Eiirin. Pour la première fois, je voyais de la douceur dans le regard du Sensei. J'en étais stupéfaite. Et puis, Léo finit par trouver l'argument qui tomba net comme un couperet :

— Eiirin, tu sais très bien que si tu ne veux pas aller plus loin avec elle, tu dois arrêter immédiatement, tonna-t-il.

Eiirin soupira, hocha la tête, retira son bras à regret et me dit :
— Tu as bu suffisamment pour retrouver toutes tes forces et peut-être même plus encore. Mais tu n'es pas totalement guérie, dors, maintenant.

Eiirin se releva et se tourna vers Léo.
— Léo, je te la confie. Il serait plus prudent de ne pas la laisser. Appelle-moi au moindre problème. Je vous envoie le doc pour terminer.

Puis, il sortit. Léo s'assit sur mon lit et m'annonça :
— C'est une façon de nous donner son assentiment pour dormir ensemble.

Léo souriait de toutes ses dents. Il était soulagé qu'Eiirin ait arrêté de me donner son sang. Je ne comprenais pas trop leurs inquiétudes vis-à-vis des échanges entre vampires. Mais je n'étais pas coutumière du fait. Je regardai mes mains. Les trous s'étaient comblés, même si la chair n'avait pas totalement repoussé. Mes pieds n'étaient plus troués eux non plus. La chair restait creusée, toujours à vif. Mon flanc était dans le même état. Le sang ne coulait plus.

Deux vampires magnifiques entrèrent après avoir frappé. Un homme et une femme vinrent s'asseoir sur mon lit.

— Je suis David, le docteur du clan Duroy. Je vais vous examiner, Ismérie. Voici Sacha, qui va s'occuper de vous aussi.

Il regarda attentivement les plaies et déclara :

— Tout va bien, on ne verra quasiment plus rien dans un jour. Sacha, je te laisse nettoyer les plaies et faire des pansements pour la nuit. Ce sera plus confortable. Ismérie, demain, ôtez tous les pansements et prenez une bonne douche.

David était très souriant. Son regard doux dégageait beaucoup de bienveillance. Il sortit. Sacha fit un signe à Léo pour qu'il nous laisse.

— Je laisse les portes communicantes ouvertes, dis-moi quand tu as fini, Sacha.

Puis il sortit en me faisant un clin d'œil. Léo restait toujours un charmeur, quelles que soient les circonstances.

Sacha commença à m'aider à me déshabiller, me disant au fur et à mesure ce qu'elle allait faire. Nous discutions tranquillement de l'agression. Elle cherchait sûrement à évaluer mon niveau de traumatisme. Elle était très douce, très respectueuse de mon intimité. Elle fit plusieurs aller-retour jusqu'à ma salle de bains avec des gants d'eau chaude pour me nettoyer le mieux possible. Elle pansa mes mains, mes pieds, mon flanc et m'aida à enfiler mon pyjama. Ma tête ne nécessitait plus de pansement. Elle me souhaita bonne nuit et rappela Léo.

Celui-ci revint dans ma chambre, en sifflotant, tout guilleret.

— Je préfère que l'on dorme dans ma chambre. Je suis sûr de dormir toute la journée, moi !

— D'accord, répondis-je en essayant de me lever, mes plaies me faisant encore un mal de chien.

— Ne bouge pas, je te jette sur mon épaule et je t'emmène.

J'allais protester que c'était inenvisageable. Mais je n'en eus pas le temps, j'étais déjà dans ses bras. Il m'emmenait, plein de délicatesse, comme si j'étais une petite chose précieuse. Il me déposa délicatement sur son lit.

— Tu peux t'endormir tranquillement ici, il ne t'arrivera rien. Je vais baisser les lumières et je vais prendre une douche. J'ai un peu de lecture à faire tout à l'heure pour Eiirin.

Je me sentis brusquement abandonnée. J'espérais me blottir dans ses bras. Je hochai tout de même la tête, tentant de cacher mes émotions pendant qu'il baissait les lumières. Je me retrouvai seule. Le désespoir monta. L'angoisse me prit les entrailles, une boule très dure qui grossissait de plus en plus et commençait à m'oppresser. Que me voulaient ces vampires ? Même s'ils étaient morts pour l'éternité, ils avaient parlé d'un mage. Ce mage voulait du sang, des prélèvements de mes chairs. Mais pour quoi faire ? À quoi cela pouvait-il lui servir ? Les larmes commencèrent à couler sur mon visage. Je ne me sentais plus en sécurité. Heureusement que j'avais rallié le clan Duroy. À Genève, personne ne m'aurait sauvée. J'en étais là de mes réflexions quand Léo revint me voir en pyjama.

— Hé ! Que se passe-t-il, Isie ? Tout est fini, maintenant.

Il s'allongea à côté de moi, me prit dans ses bras et caressa mon dos pour me réconforter.

— Non, ce n'est pas fini, dis-je en reniflant. Un mage est à mes trousses. C'est lui qui voulait mon sang et ma chair. Mais que veut-il en faire ?

— Je ne sais pas. Tu as des particularités étonnantes, incroyables même. Sans doute qu'il est persuadé qu'il peut faire des expériences, apprendre des choses. Dors, maintenant. Tu es en sécurité ici. Tu ne sortiras plus seule.

Il me releva le menton pour que nous nous regardions. Ses yeux bleus étaient magnifiques.

— Ismérie, tu dois me promettre que tu n'essaieras plus de sortir seule.

— Comment vais-je pouvoir mener à bien mes missions si je ne peux pas sortir dans la journée ?

— Eiirin est en train de recruter un ou deux gardes du corps pour que tu ne sois plus jamais seule.

— OK, répondis-je en hochant la tête.

Léo m'embrassa le front et lâcha mon menton.

— Repose-toi, maintenant. Tu dois te régénérer, sinon Eiirin va encore vouloir te donner du sang. Ça va devenir un sacré problème.

— Pourquoi ?

— Tu ne connais rien aux mélanges de sang entre vampires, toi ? C'est bien d'avoir un lien, une connexion avec les vampires que l'on apprécie ou son chef de clan. Mais plus nous partageons le même sang et plus l'attirance grandit. Les vampires finissent par fusionner. C'est bien s'ils sont en couple, sinon ça complique drôlement les choses. Il vaut mieux éviter cette communion si elle n'est pas désirée. Ce n'est pas sain. C'est difficile de rester objectif.

— C'est vrai que je sens énormément sa présence. D'autant plus, s'il est proche. Mais je n'ai pas l'impression d'avoir d'influence sur Eiirin.

— Tu as bien plus d'influence sur lui que tu ne le crois. Il essaie de le cacher. J'en ai discuté avec lui.

— Pourtant, il a mis du temps à répondre à mon appel.

— Sans doute qu'il boudait après ton départ volcanique. Il n'a pas l'habitude d'un tel comportement. Pour lui, c'est du manque de respect, de loyauté. N'oublie pas que c'est un grand samouraï.

— Qu'est-ce qui l'a fait changer d'avis, alors ?

— J'ai senti quelque chose de malsain, alors je suis allé voir Eiirin, me répondit Léo en haussant les épaules. Quand je suis arrivé dans ses appartements, j'étais très inquiet. Il a compris quand il m'a vu, car il m'a simplement dit : « Ismérie m'appelle ». Nous avons juste réuni nos plus valeureux guerriers pour voler à ton secours immédiatement.

— Merci, dis-je simplement.

Je commençais à partir dans les bras de Morphée.

Je me réveillai le lendemain soir après Léo. Il était déjà habillé, prêt à commencer sa nuit. Son petit salon était séparé par un muret. Il était assis dans un fauteuil et semblait travailler. Il bénéficiait d'une petite suite, contrairement à moi qui n'avais qu'une chambre. Il sentit mon agitation et vint me voir immédiatement.

— Tu vas bien ?

— Oui... Je crois.

— J'étais prêt à aller chercher Eiirin si tu ne te réveillais pas. Tu as de la chance.

Il me fit un clin d'œil. Il avait retrouvé toute sa gaieté et sa bonne humeur.

— Quel est le programme aujourd'hui ?

— Toi, tu te reposes.

J'allais protester. Je ne voulais pas être payée à ne rien faire. Mais je n'eus pas le temps de parler qu'il ajouta :

— Sur ordre d'Eiirin. Ma foi, si tu n'es pas d'accord, tu iras défendre ta cause toute seule.

Alors, j'allais rester à me reposer. Les discussions avec Eiirin étaient trop compliquées si nous étions en désaccord. J'avais eu assez d'émotions depuis que j'étais arrivée à Paris. Je me levais tranquillement pour aller vers ma chambre quand Léo me dit :

— Tu ne dois pas sortir, sous aucun prétexte.

— Je suis encore prisonnière, rigolai-je.

— Je suis très sérieux, Isie. Tu restes sous notre protection. Avec Eiirin, nous voulons savoir en permanence où tu es et ce que tu fais.

Je me sentis d'un seul coup totalement dépitée et frustrée.

— Alors, je ne suis plus libre.
— Bien sûr que si, ne dis pas de sottises.
— Alors, je vais faire du yoga et méditer, ça fait trop longtemps que je ne l'ai pas fait.
— Un vampire qui médite ?! Tu vas me surprendre encore beaucoup ?
— Tu n'es pas au bout de tes peines. À plus...

Je sortis et fermai la porte. Un peu de tranquillité me ferait du bien. J'en avais déjà ras le bol des vampires qui me dictaient ma conduite. Je pris une bonne douche, enlevai tous les pansements. J'avais encore des traces un peu rouges mais elles allaient disparaître avec le temps. Je me sentais totalement remise physiquement. J'étais très contente d'avoir entièrement récupéré.

Je passai deux jours à prendre le temps de me faire de longues séances de yoga, méditation et à écouter de la musique. J'avais mes artistes de prédilection. *Thunderclouds* (1) dans les oreilles, je chassais mes nuages noirs, vibrant sous ces envolées passionnées. Je retrouvais mon calme, passais à autre chose.

J'apprenais à contrôler gentiment les fourmis provoquées par les va-et-vient d'Eiirin dans l'hôtel de Lauzun. Dès qu'il se rapprochait de ma chambre, je le sentais. Mes fourmis se réveillaient, me poussant à aller au-devant de lui. Il ne vint pas me voir mais je savais qu'il avait des nouvelles par Léo. Alors, je résistais du mieux possible à trouver un prétexte pour aller le retrouver. Et je réussis, domptant mes fourmis qui cherchaient régulièrement à se rebeller.

Je passais mes heures de sommeil avec Léo, même si nous n'avions pas tout à fait le même rythme. J'allais me coucher dans son lit, pendant qu'il travaillait dans son petit salon. Puis, je me levais quand j'étais réveillée, veillant bien à le laisser dans une obscurité totale. Cela me rassurait énormément de dormir avec lui. Je reprenais tranquillement confiance en moi, en la vie. Cela n'avait pas l'air de déranger Léo de m'avoir dans son lit. Il s'absentait une partie de la nuit pour aller à l'hôtel de la Païva. Je le soupçonnais de faire aussi des rencontres coquines : quand il était rentré en fin de nuit dernière, il sentait un parfum lourd de femme et semblait assouvi à tout point de vue.

Un vampire de l'hôtel de Lauzun me fit faire une visite historique de notre hôtel particulier. Il avait l'air féru d'histoire. Il y avait bien évidemment la partie officielle et la partie officieuse de l'histoire. L'hôtel de Lauzun avait été construit en 1650 par Charles Gruyn. Huit ans de construction. Le propriétaire voulant rester très discret, nous ne savions donc pas avec certitude quels étaient les architectes et les peintres qui avaient œuvré. Et pour cause, la discrétion était de rigueur puisque des vampires avaient participé à ce projet. Côté vampires, nous en savions un peu plus. Cela devait bien évidemment rester entre nous. Alrik, un très puissant vampire, ancien Viking, était bien connu des rois de France. Louis XIII lui avait d'ailleurs donné le patronyme « Du Roy ». Alrik Du Roy avait dans son clan un architecte qui avait bien connu Léonard de Vinci et aussi des vampires artistes, issus de la formation du fameux Michel Angelo, m'expliqua-t-il avec un clin d'œil. Ces vampires avaient participé à ces œuvres, avec des architectes et des peintres humains bien sûr. Alrik voyageait beaucoup avec une partie de son clan. Il remplissait des missions pour les différents rois de France. Alrik et son clan séjournèrent à l'hôtel de Lauzun dès qu'il fut terminé. Malgré les propriétaires humains successifs, les vampires avaient hérité officieusement du bâtiment. C'est Louis XIV lui-même qui leur avait donné l'hôtel contre un très grand service. C'est lors d'un voyage au Japon, en 1657, qu'Alrik transforma Eiirin en vampire et le ramena avec lui. Alrik sélectionnait très rigoureusement ses futurs vampires. Il paraît qu'Eiirin était déjà magnifique et fantastique en tant qu'humain, une perle rare, un joyau éternel, comme signifiait son prénom. Ses parents avaient été bien inspirés. Ce vampire historien paraissait parti dans un autre temps, une autre contrée, perdu dans ses songes… Bref, dit-il d'un seul coup, revenant avec moi, m'observant : « Eiirin aussi choisit ses vampires avec beaucoup d'attention ». Évidemment, me dis-je mentalement, j'étais unique en mon genre, même si je me voyais plutôt comme une vampire ratée. Puis, l'historien continua à me raconter l'histoire de cet hôtel très spécial et du clan « Du Roy ». Eiirin était devenu chef de clan à la suite de la combustion spontanée d'Alrik. Il avait abandonné l'usage de son patronyme Kinoshita, même s'il l'utilisait encore pour toutes ses affaires personnelles. Ce n'était qu'au début du XXe siècle qu'Eiirin avait transformé « Du Roy » en « Duroy » pour faire plus moderne. L'hôtel de Lauzun appartenait officiellement à Eiirin et il avait fait l'acquisition de l'hôtel de la Païva pour séparer le travail du plaisir. C'était tout lui, conclus-je mentalement. Un autre clin d'œil de mon historien finit son explication. Toutes ces histoires étaient passionnantes. Je comprenais plus de choses sur Eiirin et son clan. Je remerciai mon historien. J'espérais le revoir dès que possible pour glaner d'autres informations sur le clan Duroy et bien sûr, sur Eiirin. Il avait éveillé ma curiosité. Je comprenais maintenant qu'Eiirin était bien plus complexe qu'un simple samouraï et qu'il avait énormément de responsabilités. De plus, il avait pris place dans beaucoup d'événements historiques.

Ce fut à la troisième nuit qu'Eiirin me fit demander. J'étais persuadée que mon heure approchait de le revoir puisqu'il me payait tout de même pour travailler. Un soir, au réveil de Léo, ce dernier me dit qu'Eiirin m'attendait à 21 h. Prise au dépourvu, je lui demandai :

— Tu m'accompagnes ?

— Eh non, j'ai à faire. Tu iras toute seule comme une grande. Et peut-être que le grand méchant loup te mangera.

Léo rigolait, comme toujours, et finit sa phrase par un clin d'œil. Moi, je n'étais pas très rassurée. Bien sûr, je lui devais la vie sauve mais son attitude et mes fourmis malmenaient mes émotions alors que j'aspirais à plus de sérénité.

Je descendis jusqu'au bureau d'Eiirin et toquai à la porte. Il m'invita à entrer. Il était derrière son bureau en train de travailler. Il releva la tête et me sourit. Les fourmis se réveillèrent tranquillement, sautant de joie à l'idée de se rapprocher de leur maître. Eiirin semblait calme.

— Comment vas-tu, Ismérie ?

— Bien. Je te remercie, Eiirin, de m'avoir sauvée. Je souhaitais te remercier plus tôt mais je ne voulais pas te déranger.

— Je t'en prie. Tu fais partie de mes vampires. Je te dois secours et sécurité, dit-il, me saluant en samouraï.

Je lui rendis son salut. Eiirin m'observait, paisible. J'éprouvais finalement l'envie de lui parler, de davantage le connaître. Eiirin commençait à devenir pour moi une énigme que j'avais envie de découvrir. Je n'eus pas le temps... Quelqu'un frappa de nouveau à sa porte.

Sur autorisation d'Eiirin, la porte s'ouvrit sur un homme, plutôt maigrichon. Il avait l'air maladif. Les cheveux bruns, les yeux très foncés. Eiirin commença les présentations, souriant :

— Ismérie, je te présente Lucien, le médium grâce à qui nous t'avons découverte. Lucien, je te présente Ismérie. Tu avais raison, c'est une vampire extraordinaire.

Nous nous saluâmes, sans nous serrer la main. Lucien semblait impassible. Malgré tout, je sentais qu'il m'observait, me sondait. Mal à l'aise, je ne savais pas s'il était malade, mais quelque chose, que je ne m'expliquais pas, me rendait méfiante. Lucien prit la parole.

— Je suis très heureux, Ismérie, que vous ayez pu venir à Paris. Malheureusement, les vampires sont en mauvaise posture ici. Je suis convaincu que vous pourrez les aider. J'ai vu certaines capacités particulières en vous. J'aimerais connaître plus précisément l'étendue de vos pouvoirs.

Je ne trouvais pas le sourire pincé de Lucien très engageant. Je préférai tourner court à la discussion. Je n'allais pas me dévoiler à quelqu'un que je ne connaissais pas.

— Malheureusement, il n'y a rien de mystérieux. Je me qualifierais plutôt de vampire raté. Et vous, qu'êtes-vous donc pour avoir connu mon existence ?

— Je ne suis qu'un pauvre médium.

Eiirin nous regardait, un peu surpris. Il sentait que quelque chose clochait en moi. Il ne nous laissa donc pas poursuivre notre échange stérile. Il nous invita à nous asseoir dans ses fauteuils et profita de la présence de Lucien pour l'informer des dernières informations sur la maladie des vampires ou le « putrésherbant ». Je notai toutefois qu'il ne lui parlait que des informations qui étaient publiques. Eiirin lui cachait mes capacités à évaluer la comestibilité du sang, nos dernières analyses du « putrésherbant ». Leur échange était du niveau de la conversation mondaine. Étrange...

(1) **Chanson de LSD (groupe formé par Sia, Diplo et Labrinth).**

9 - Servir ou assouvir ?

À l'hôtel Lauzun, nous préparâmes la deuxième réunion avec beaucoup de sérieux pour couper l'herbe sous le pied au « putrésherbant ».

La société Merconi était connue de longue date par Eiirin. Il les combattait depuis longtemps. Cette entreprise se passait de père en fils. Les filles Merconi, n'étant pas élues à cette succession, la descendance Merconi était prolifique. Il semblait même que les descendants les plus durs étaient sûrs d'avoir une place au sein de l'entreprise. Effectivement, pour empoisonner, il valait mieux ne pas avoir trop d'états d'âme.

Eiirin avait mis une équipe impressionnante sur le « putrésherbant ». Le but était de contrecarrer le plus sûrement possible cette entreprise afin que les lois sur l'agriculture française garantissent une alimentation de plus en plus saine pour les humains. Faire supprimer le glyphosate avait déjà été un travail coûteux en temps et en investissements financiers. Eiirin s'était entouré de sympathisants puissants pour faire admettre que les Français devaient produire eux-mêmes leurs récoltes, gérer leurs propres élevages s'ils souhaitaient contrôler leur santé.

Eiirin se battait aussi contre les chaînes de fast-food en lançant « Aux Mets Verts ». Prendre une licence « Aux Mets Verts » garantissait d'accéder à un réseau de produits locaux et issus de l'agriculture biologique. Trois restaurants existaient en France, dont deux à Paris. Ils avaient tous un grand succès. Un cadre raffiné sur un style « baroque nature », une nouvelle tendance qui mêlait le style rococo avec des couleurs et des matériaux naturels. L'ensemble était très original. Le micro-ondes était absent des cuisines. Les menus du jour étaient établis en fonction de l'arrivage. Pour l'instant, les restaurants ne pâtissaient pas des théories extravagantes de certains journalistes concernant la mortelle maladie des vampires qui pouvait contaminer les humains.

Eiirin avait d'ailleurs attaqué ces journalistes pour diffamation puisqu'ils n'avaient pas de preuve. Les vampires devaient donc rester très vigilants dans leurs déplacements et leurs paroles. Tous avaient été briefés sur le discours à adopter et aucune liberté de parole n'était autorisée tant que l'affaire ne serait pas close. Les cuisines des hôtels Lauzun et la Païva étaient très contrôlées. Les arrivages de sang passaient systématiquement par Lauzun. Miguel faisait une première évaluation et je confirmais si les poches de sang étaient comestibles. D'ailleurs, depuis qu'Eiirin avait fait remonter les problèmes de qualité du sang acheté, nous n'avions plus eu de mauvaise surprise. Il n'y avait plus non plus de poches chargées en drogue, comme par hasard. Les vampires étaient toutefois devenus réticents à boire le sang en poche.

Nous avions choisi des vampires capables aussi de sonder les humains qui venaient à l'hôtel de la Païva. Ces vampires, les experts comme nous les nommions, assuraient des permanences pour contrôler l'entrée des humains dans nos hôtels. Nous ne savions pas si ce mal qui anéantissait les vampires était mortel pour les humains. Certains humains, qui avaient l'habitude de prendre des substances illicites, s'étaient vu refuser l'entrée de l'hôtel de la Païva. Ces humains avaient dû faire des choix s'ils souhaitaient s'amuser avec les vampires. Les soirées intimes de la Païva étaient connues pour être frivoles, mais saines. Passer du bon temps avec un vampire restait un excellent moment d'ivresse pour un humain.

En moins d'une semaine, l'ordre avait repris le pas sur les destins funestes de ces deux vampires et les études sur le « putrésherbant » concluaient que c'était un nouveau moyen d'empoisonner les humains. Un nouveau combat à mener.

Cette fois-ci, j'avais ordre d'influencer les Merconi et leurs sympathisants pour gagner du temps à la prochaine réunion, mais en douceur. Un nouveau tailleur avait été commandé, le mien étant irrécupérable. Nous aurions aussi deux gardes avec nous. Un pour moi et un pour Nicolas Durand. Eiirin craignait que nos détracteurs s'en prennent aussi à lui pour nous affaiblir. M. Durand était un élément incontournable de notre présence politique, puisqu'il était actuellement député. Nicolas Durand était donc, lui aussi, gardé en permanence. Il savait maintenant que j'étais une vampire très particulière. Il avait été informé de mon agression.

Je continuais à dormir avec Léo, à boire Maxence presque tous les jours et voir Eiirin de plus en plus souvent. J'accomplissais les tâches que l'on me donnait : étude, synthèse, rencontres... Tout et n'importe quoi. Ce travail n'était pas difficile. Il était même finalement intéressant. Je commençais à dompter les fourmis qui se réveillaient en la présence d'Eiirin. Elles me révélaient finalement son état émotionnel. C'était bien pratique tout de même. Il avait beau paraître imperturbable, mes fourmis me révélaient bien autre chose. Je devais quand même rester vigilante car mes maudites fourmis n'avaient jamais assez de sang d'Eiirin. Être trop proche de lui me donnait parfois l'impression d'être en manque, comme une junkie. J'avais constaté qu'en présence d'Etsuko, sa geisha, il était plus calme, plus apaisé et moins nostalgique. La nostalgie restait une difficulté pour les vampires. Il fallait avancer avec son temps si nous ne voulions pas nous faire larguer par l'humanité. Je soupçonnais Eiirin d'être allé chercher Etsuko pour ramener un peu du Japon et de sa culture à Paris. Je ne savais pas trop s'ils vivaient ensemble. Ils restaient très discrets tous les deux. Cela ne faisait qu'augmenter ma curiosité. Etsuko ne parlait qu'à Eiirin, parfois à Léo ou aux majordomes, personne d'autre. Elle restait pour moi très mystérieuse.

Mes cartons étaient arrivés de Genève. J'en profitai pour remplir les armoires vides dans ma chambre. J'étais rassurée d'avoir récupéré toutes mes affaires.

Le jour de la deuxième réunion arriva. J'étais prête. Maxence m'avait rendu visite dans ma chambre pour notre échange de bons procédés. Je portais mon nouveau tailleur, ma sacoche, mes lunettes roses. Mon collier d'amarante pendait à mon cou, en symbole de protection de mon immortalité. J'étais totalement remise de mon agression. Mon garde du corps m'attendait dans le hall. C'est le chauffeur de Nicolas Durand qui vint sonner à la porte. Nous montâmes dans la voiture.

Nicolas Durand était plutôt calme aujourd'hui. Cela me soulagea beaucoup.

— Alors, comme ça, vous êtes vampire ? me demanda M. Durand.

— Eh bien oui, dis-je en souriant.

— Et comment se fait-il que vous puissiez sortir dehors et pas les autres ?

— Mmmm.... C'est une longue histoire. Le vampire qui m'a transformée a fait une erreur de jugement. Il en est mort et moi, je suis une vampire ratée.

— Ratée ?! Vous m'avez l'air plutôt pleine de ressources. J'adore les histoires. Racontez-moi.

— Une autre fois peut-être. Comment sentez-vous la réunion ?

demandai-je, histoire de changer de sujet de conversation.

— Plutôt mal. Je suis persuadé que Merconi a fait son travail de recrutement de partisans pour rallier sa cause. Probablement à grand renfort de pots-de-vin. À moins d'avoir des convictions vitales, nous avons tous une somme d'argent que nous ne pouvons pas refuser. Merconi est très fort pour trouver cette limite.

— Ils ont essayé de vous acheter, vous aussi ?

— Bien sûr ! Cependant, mes convictions me poussaient davantage vers Eiirin.

— Il vous a promis l'immortalité ?

M. Durand rigola avant de répondre :

— Non, voyez-vous, je crois en la réincarnation. Alors, je préfère changer de vie régulièrement plutôt que de devenir immortel. Dans une autre vie peut-être... Eiirin m'a expliqué que vous alliez manipuler les pensées des assistants pour rallier notre camp.

— Oui, je dois faire ça en douceur...

— Très bien, j'attends beaucoup de vous car les bruits de couloir nous sont défavorables. J'ai vu assez de proches combattre le cancer. J'aimerais ne plus avoir à en perdre par ce fléau.

Je hochai la tête, comprenant sa douleur. Je m'étais isolée pour moins souffrir, même si la solitude amenait d'autres tourments.

Nous arrivâmes au même parking que la dernière fois. Je m'apprêtais à sortir de la voiture quand Nicolas Durand posa sa main sur mon bras pour m'arrêter.

— Allez, faites-nous votre numéro de charme, mais je ne veux pas être manipulé, dit-il en souriant.

Je lui répondis avec un magnifique sourire et un clin d'œil après avoir baissé mes lunettes. Il sourit de plus belle. Voilà un homme de bien belle humeur alors que je n'avais encore rien fait. Dans l'ascenseur, je fermai les yeux, sortis ma bulle de protection et préparai ma magie à se rassembler dans ma main droite. Je la sentais vibrer dans tout mon bras, prête à agir. Je rouvris mes yeux, scintillant sous les ondes de magie prêtes à s'étendre. Je réajustai bien mes lunettes. Nos gardes du corps nous escortèrent jusqu'à la salle de réunion et restèrent dans un coin à observer. L'ambiance était pesante. J'accompagnai Nicolas Durand pour faire le tour de la salle et saluai tous les représentants des différentes sociétés ou politiciens présents. Je profitai de leur serrer la main pour les toucher avec ma magie. Après chaque serrage de main, leurs épaules se détendaient, preuve qu'ils avaient lâché un peu de leur contrôle, me laissant passer tranquillement aux commandes. Ma magie les obligeait aussi à être plus honnêtes dans leur comportement. Nous

nous assîmes tous autour de la table. J'étais à côté de M. Durand, qui semblait très satisfait de la tournure que prenaient les événements.

Le maître de réunion commença par distribuer un certain nombre de documents à étudier, provenant des différents acteurs ici présents, dont la synthèse de l'entreprise Duroy. Nous suivîmes cette fois l'ordre du jour. Tous les documents apparaîtraient au moment opportun et permettraient de conclure par une prise de décision. Au sujet du « putrésherbant », la société Merconi, représentée par son couple de requins, nous apporta de nouveaux éléments louant les bienfaits de ce produit, en insistant sur tous les bénéfices apportés aux agriculteurs. Bien sûr, il fallait acheter ce « putrésherbant », mais que de temps gagné puisqu'il n'y avait plus besoin de désherber. La société Merconi promettait de le commercialiser à un prix très raisonnable. Les trois quarts des personnes acquiesçaient autour de la table, approuvant la pertinence des arguments Merconi. Comme quoi, entre les deux réunions, Merconi avait soudoyé beaucoup de personnes. De minoritaires à la première réunion, les partisans étaient devenus majoritaires. Je savais que ma magie n'était pas étrangère au fait que les personnes laissaient découvrir leur tendance : pour ou contre le « putrésherbant ». M. Durand était effaré de voir le nombre de personnes ayant retourné leur veste. Il se sentait floué. Je posai ma main à côté de lui sur la table, en signe d'apaisement. Inutile de s'inquiéter pour l'instant. Je devais connaître le camp de chacun pour bien agir. Il hocha la tête pour me signifier qu'il avait compris.

On nous demanda d'ouvrir la synthèse des travaux de l'entreprise Duroy. Le camp adverse au « putrésherbant » se réveilla en expliquant que la putrescine était hautement toxique. Ils énumérèrent les symptômes relevés. Concernant la mauvaise haleine, la cause n'était pas encore trouvée mais les études se portaient sur le foie, les poumons, la langue des cobayes humains pour évaluer davantage les dégâts de ce toxique. Les vaginoses bactériennes furent révélées, avec des questions sur la possible contamination du fœtus en cas de grossesse. Les conséquences sur le sperme n'étaient pas négligeables, elles non plus. En effet, le sperme contenait de la putrescine. Les analyses montraient qu'en mangeant des aliments issus d'une agriculture utilisant le « putrésherbant », la putrescine augmentait dans le sperme à un niveau où l'on pouvait sans risque supposer une augmentation du cancer de la prostate. Nous pouvions nous demander quels seraient les effets, là aussi, sur le fœtus, en termes de malformation ou développement neurologique. Des études étaient en cours. Nous n'avions pas toutes les réponses. Cependant les résultats étaient défavorables à l'emploi du « putrésherbant ».

S'ensuivit une cacophonie entre les « pro-putrésherbant » et les farouchement « contre ». J'observais la scène d'un œil détaché. La reprise du yoga et de la méditation m'avait recentrée. J'étais maintenant bien ancrée, en possession de tous mes moyens. Nicolas Durand était, lui aussi, entré dans l'arène. Il s'acharnait à défendre une agriculture dans le respect de la santé des humains et de la nature. Pourquoi s'agacer de la sorte ? Plus personne ne s'écoutait. Ils s'étaient tous levés. Certains semblaient même prêts à monter sur la table tant leur véhémence était grande. Il était temps que j'intervienne. Je déployai ma magie en ondes douces et fines tout autour de la table. Je vis leur main droite briller immédiatement, preuve qu'ils étaient tous bien sous mon emprise... sauf Nicolas Durand, à qui je n'avais pas serré la main dans cette salle de réunion. Il était temps que cet homme se calme, je sentais son cœur palpiter bien trop vite pour avoir une vie durable. Il croyait peut-être en la réincarnation mais il n'était pas forcément pressé. Il faudrait que je le lui demande. Je posai donc la main sur son bras, lui déposant une empreinte de ma magie. Il était maintenant en accord avec le reste de la salle, ce qui facilitait aussi mon travail. Mes ondes de magie blanche augmentaient, fines, à un rythme soutenu afin de calmer l'assistance. Puis, je fis passer les messages subliminaux où je relayais tous les résultats d'études sur la putrescine. Dans la salle, la cacophonie diminua. J'ajoutai des messages mentaux sur les études qui n'étaient pas terminées mais dont l'avancée mettait en avant des conséquences inquiétantes pour les humains. Il me restait à ajouter des visions d'humains malades, de femmes enceintes pleurant, de bébés mal formés... Le brouhaha continuait de diminuer. L'ensemble de l'assistance commençait à parler d'une même voix, mais ils ne s'en rendaient pas compte car ils ne s'écoutaient pas. Je continuais à observer la scène... Il était temps qu'ils s'écoutent puisqu'ils étaient maintenant tous d'accord sur le fait qu'il ne fallait pas commercialiser le « putrésherbant ». C'était comique de voir les requins Merconi s'en prendre avec tant de véhémence à leur produit. Heureusement que leur patron n'était pas là. Cependant, cela risquait de très mal se passer pour eux en rentrant au siège de la société. J'envoyai un nouveau message mental dans mes ondes magiques afin qu'ils arrêtent de parler tous en même temps et qu'ils s'écoutent... enfin. J'attendis patiemment que le temps opère, envoyant constamment mes messages subliminaux sur tous les dangers du « putrésherbant », que ce soit sous forme de pensées, d'images ou d'émotions telles que la tristesse, le malheur… En quelques minutes, tout le monde s'était rassis. Même Nicolas Durand attendait, très calme, m'observant. Il me chuchota à l'oreille qu'il allait louer mes services à Eiirin pour m'emmener à ses réunions. Cela me fit sourire car Eiirin semblait très possessif. Je ne le voyais pas trop louer mes services. Tout le monde tomba d'accord sur le fait qu'il était hors de question d'utiliser le « putrésherbant ». Cela fut acté. La prochaine proposition de loi à soumettre à l'Assemblée nationale en faveur d'une agriculture biologique sans produits chimiques ou de synthèse fut validée. Tout le monde se serrait la main, approuvant la décision. Nous étions passés du combat à la fraternité. Je n'étais pas sûre d'avoir respectée l'exigence d'Eiirin qui ne souhaitait pas éveiller les soupçons, mais chaque chose en son temps. Je gérerais Eiirin plus tard.

Nous allions sortir de la salle quand je sentis une présence. Quelqu'un était caché et observait. Je scrutai la salle. Je sentis que cela venait de l'autre côté du mur. J'avais déjà croisé cette personne. Chacun laissait une empreinte. Pour l'instant, je ne la reconnaissais pas. Cependant, je m'en imprégnai pour y réfléchir. Je sentais un mauvais présage. Cette empreinte, je m'en rendais compte maintenant, n'était pas saine. Le porteur dut sentir mon trouble car d'un seul coup, il disparut. Je sortis rapidement de la salle, talonnée par mon garde du corps. Je scrutai les alentours avec mes sens. Il s'était volatilisé. Avait-il disparu physiquement ? Ou s'était il simplement caché de moi ?

Nicolas Durand me rejoignit, suivi lui aussi de son garde du corps. Il sentait mon trouble. Il me posa une question muette d'un simple hochement de tête pour savoir si tout allait bien. Je répondis en acquiesçant. Je n'avais rien à ajouter pour l'instant. Nous repartîmes en voiture. M. Durand était très content de l'issue de la réunion car la loi pour une agriculture française sans produits chimiques serait présentée à l'Assemblée nationale prochainement. Il n'avait pas le temps de passer à l'hôtel de Lauzun ce soir. Ils avaient déjà prévu une conférence téléphonique avec Eiirin. M. Durand nous ramena donc à l'hôtel de Lauzun. Mon garde du corps était toujours le premier à descendre du véhicule. Je devais attendre qu'il me donne le feu vert. Je n'étais plus seule. En tout cas, je ne me sentais plus seule. Par contre, je me sentais moins libre. Physiquement, j'avais bien récupéré de mes blessures. Émotionnellement, je restais fragile. Ce que j'avais ressenti en fin de réunion se traduisait comme une menace. Une menace pour moi ? Pour les vampires ? Je ne savais pas trop, mais une menace tout de même. J'étais troublée.

Une fois en sécurité à l'hôtel de Lauzun, je libérai mon garde du corps et partis mettre ma tenue de yoga. Les vampires dormaient encore. Finalement, mon métabolisme de vampire raté n'était pas si mal. Je ne dormais qu'environ huit heures quand il ne m'arrivait pas de mésaventure. J'avais de super pouvoirs de régénération. Et je voyais toujours la lumière du jour. Pour l'heure, j'avais besoin de me recentrer, me détendre car cette mauvaise impression me collait à la peau depuis la fin de la réunion, renforçant mon sentiment d'insécurité.

Le yoga et la méditation remplacèrent une bonne régénération en attendant le réveil des vampires. Toute requinquée, l'esprit apaisé, je descendis voir Eiirin pour la réunion en visioconférence. Léo était déjà dans le bureau. Il avait pris l'habitude de m'embrasser sur le front à son réveil. J'étais peut-être trop petite à son goût. Eiirin nous regardait. Je me contentai de le saluer. Nous avions tendance à éviter tout contact physique. Notre lien de sang permettait de nous sentir proches sans avoir à nous toucher. M. Durand appela et nous nous installâmes à la table de réunion. Nicolas Durand était très souriant. Il chanta mes louanges, mes capacités incroyables à mettre tout le monde d'accord sur un sujet aussi épineux. Pourquoi n'avait-on pas fait appel à moi plus tôt ? Oui, c'était une excellente question. Eiirin me regardait en fronçant les sourcils. Je sentais son agitation au travers de mes fourmis. Il n'allait pas se prosterner devant moi après cette réunion téléphonique. Léo commençait à sourire avec espièglerie. Et moi, je commençais à me ratatiner sur mon siège. Je pensais finir sous la table et sortir en rampant ni vue ni connue. Je pensais que M. Durand n'irait pas plus loin dans ses explications. Malheureusement pour moi, il raconta tout, le début avec les échanges épineux. Ceux qui étaient prêts à se battre. Toute cette cacophonie où l'on ne s'entendait plus. Et pour finir, le fait que j'avais mis tout le monde au diapason. Tous les intervenants s'étaient calmés, s'étaient mis à écouter les autres. Même les requins de Merconi avaient fini par parler de scandale concernant le « putrésherbant ». Eiirin oscillait la tête de droite à gauche d'un air incrédule. Léo était maintenant hilare. Et moi, eh bien, je m'avachissais au maximum sur ma chaise. J'étais heureuse de m'être habillée de sombre, pensant que je passais plus inaperçue. Je me rendis compte immédiatement de mon erreur car on ne pouvait que remarquer une tache noire devant toutes ces décorations baroques, dont l'or faisait ressortir le noir, le mettant en évidence. J'avais vu des Parisiennes se promenant dans des tenues très colorées. Peut-être faudrait-il que je m'achète ces tenues pour passer inaperçue dans l'hôtel de Lauzun ? Toute à mes réflexions, j'avais perdu le fil de la conversation. Nicolas Durand parlait maintenant de mon malaise de fin de réunion. Ce n'était donc pas passé inaperçu. Léo avait perdu son sourire. Il m'observait maintenant, avec Eiirin, d'un regard interrogateur. Eiirin remercia M. Durand et ils coupèrent la communication. Je sentais l'impatience et la curiosité d'Eiirin au travers de mes fourmis qui s'agitaient.

— Qu'as-tu senti ?

— Quelqu'un, je pense. Mais je n'en suis pas sûre. Cette chose s'est manifestée à la fin de notre réunion. Elle était de l'autre côté du mur. Quelqu'un qui scrutait, observait à travers le mur, peut-être même évaluait. Je me demande si quelqu'un n'a pas essayé de m'évaluer, ainsi que le résultat de ma magie. Quand cette personne s'est rendu compte que je l'avais détectée, elle s'est camouflée. Mais j'ai eu le temps de sentir son empreinte. Une empreinte que j'ai rencontrée, mais je ne la remets pas.

— Quelqu'un de malveillant ?

— J'en suis persuadée, dis-je en hochant la tête. Oui, quelqu'un de malveillant.

Nous étions tous les trois en train de réfléchir... Léo rompit le silence.

— Nous devons passer en niveau d'alerte supérieur, Sensei.

— Oui, répondit Eiirin en hochant la tête.

— C'est quoi, le niveau d'alerte supérieur ? demandai-je.

Léo me répondit.

— Nous surveillons l'île Saint-Louis. Nous sommes même capables d'en contrôler les entrées et sorties, si nécessaire. Nous connaissons tous les habitants de l'île. D'autres vampires y habitent, mais aussi des humains qui sont très intéressés par notre protection. Beaucoup ont investi dans la société Duroy. Donc pour eux, nous protéger, c'est aussi renforcer leur propre protection. Et puis, nous avons des protocoles de protection entre vampires pour sortir de l'hôtel et rejoindre la Païva ou tout autre endroit. Nous allons aussi renforcer ta protection. Tu es finalement notre grande force mais aussi maintenant notre grande faiblesse. Tu attires la convoitise par ton patrimoine génétique hors norme.

J'en étais vraiment désolée. Cela me chagrinait de les mettre dans l'embarras. Eiirin dut deviner le tour de mes pensées car il m'arrêta tout de suite.

— Ne te morfonds pas dans la culpabilité, Ismérie. Tu nous as été d'une aide précieuse pour l'instant. Je suis heureux que Lucien nous ait révélé une vision de ton existence. Léo, peux-tu aller de ce pas donner les nouvelles consignes de sécurité ?

La phrase d'Eiirin à peine terminée, Léo était sorti, son espièglerie remplacée par le plus grand sérieux du monde. Je me dirigeais vers la porte, quand je fus arrêtée par la main d'Eiirin sur mon poignet. Je n'avais pas eu le temps de le voir se déplacer. Les fourmis frétillaient dans mon bras à son contact. Il devait le sentir aussi.

— Attends, Ismérie. Tu as été imprudente une fois de plus.

Voilà, c'était le temps des reproches, de ma séance punitive et de mea culpa comme disait Léo. Je le regardai dans les yeux, confuse. Il n'avait pas lâché mon poignet. Les fourmis m'envoyaient des informations contradictoires entre les paroles d'Eiirin et ses émotions. Il était plus prudent d'attendre, alors j'attendais.

— Je t'ai demandé d'être discrète, Ismérie.

— J'ai fait preuve de discrétion. Personne ne s'est rendu compte de rien.

— Parce que tu crois que Merconi va trouver cela tout à fait normal d'entendre ses sbires lui proclamer que le « putrésherbant » est hautement toxique et qu'ils ont voté pour proposer une loi sans produits chimiques à l'Assemblée nationale ?

Mmmm... Vu comme ça, effectivement, ça ne passait pas bien.

— Et puis tu crois que cette chose que tu as sentie n'était pas là justement pour évaluer l'ennemi ? Tu leur as donné sur un plateau d'argent tous les arguments pour prouver que nous les avons manipulés d'une manière ou d'une autre. Les humains savent qu'une certaine magie de vampire existe. Nous avons juré de ne pas l'utiliser pendant les réunions avec les humains.

— Eiirin, ils ne savent pas que je suis vampire, puisque je sors de jour.

— Ils vont penser que nous avons recruté une magicienne ou une sorcière. Nous avons toujours refusé d'avoir ce type d'allié.

— Ceux qui empoisonnent les poches de sang ou les donneurs utilisent la magie pour le camoufler. C'est pour cela que les vampires ne pouvaient pas tous le détecter. Tout dépend de leur capacité à analyser le sang.

— C'est vrai, Ismérie, mais nous ne pouvons pas le prouver pour l'instant.

— Mais que voulais-tu que je fasse ? Tu m'avais demandé de les charmer pour aboutir à une conclusion saine pour les humains et les vampires.

Je sentis que j'avais marqué un point car Eiirin se tut. Il me regardait dans les yeux. Sa main encerclait toujours mon poignet. Je sentais les fourmis dans mon bras de plus en plus confuses. Cependant, je ne détectais pas ce qu'il se passait dans Eiirin et à quelle conclusion il arriverait.

D'un seul coup, Eiirin se rapprocha de moi. Si près que je voulus reculer, mais il maintenait mon poignet fermement et me humait. Je compris tout de suite qu'il humait mon sang, comme on sent un plat délicieux avant de le déguster, comme on flaire une proie avant de la dévorer.

— Ton sang est enivrant, Ismérie. Il m'attire comme le soleil attirait Icar. Tu sens cette attirance ?

Je déglutis. Ce n'était pas vraiment une question. Il savait que je sentais cette attirance pour son sang, moi aussi. Son sang était puissant. Un nectar délicieux que l'on savourerait tous les jours si l'on pouvait. Je fermai les yeux. Une substance qui se transformerait en drogue si je n'y prenais pas garde. Eiirin pencha la tête et posa sa bouche dans mon cou, sur ma carotide. Mon sang palpitait dans mes veines. Mon cœur battait la chamade pour envoyer mon énergie vitale vers Eiirin. Mes crocs descendirent malgré moi. Je levai la tête vers lui. Eiirin me prit dans ses bras, nous lovant l'un dans l'autre, bouche contre cou, crocs acérés prêts à cueillir leur proie. Et dans un ensemble parfait, nous plongeâmes nos crocs l'un dans l'autre. La douleur fut vive, mais passa immédiatement cette fois-ci. Nous savourant, nous buvant à grandes gorgées de ce puissant nectar que nous étions désormais l'un pour l'autre, nous étions de plus en plus proches, sentant, devinant toutes les parties de nos corps entrées en ébullition. Je n'avais jamais ressenti cela avant. C'était délicieusement bon, délicieusement parfait. Nous avalions à grandes goulées cet élixir de vie. Mes papilles étaient comblées. Mes fourmis jouaient la symphonie du bonheur. Mon cœur était totalement accordé sur celui d'Eiirin dans un ensemble parfait. Tout mon corps réclamait une fusion totale. Je commençai à perdre le contrôle de mon corps, frottant langoureusement mon bassin contre Eiirin. Je le sentais tout aussi excité que moi. Mais il revint immédiatement à la conscience de ce que nous faisions. Il recula en douceur. Je compris tout de suite ce que l'attraction du sang provoquait. Cela passait au-dessus de notre volonté. Eiirin, en grand guerrier samouraï, avait appris à totalement contrôler son mental et son corps. Et malgré tout, je sentais que même pour lui, c'était difficile. Il retira ses crocs de mon cou, lécha les deux petits trous. Je fis de même. Un petit coup de langue sur sa peau douce pour qu'il cicatrice immédiatement, m'y attardant un peu plus que nécessaire, me faisant violence pour ne pas replonger mes crocs dans sa chair. J'eus le temps de l'embrasser sur la joue avant qu'il ne se redresse totalement. Il me regarda, surpris, mais néanmoins content. Il se laissa aller à rigoler. Je lui tirai la langue, lui fis un clin d'œil et sortit vite de son bureau.

10 - Camouflage

Je sortis en trombe du bureau d'Eiirin et me réfugiai dans ma chambre. L'attrait de son sang devenait irrésistible. Bien sûr, boire son sang me donnait la sensation d'accéder au nirvana. Qui ne souhaitait pas connaître le nirvana ? J'étais persuadée qu'Eiirin ne faisait pas facilement des échanges comme ça avec les vampires venant travailler dans son bureau. Mon sang devait avoir quelque chose de très particulier pour lui. Pourtant, je m'étais toujours considérée comme ratée. J'étais en train de réviser mon jugement : je me sentais maintenant spéciale. Léo avait parlé de patrimoine génétique hors norme. Il m'avait même dit qu'après notre premier échange de sang avec Eiirin, mon sang diffusait une symphonie fantastique. Eiirin venait de m'avouer être attiré par mon sang comme Icar l'était par le soleil. Mais Icar en était mort. Cela ne présageait rien de bon, bien au contraire.

Je croisai Léo, qui retournait vers le bureau d'Eiirin. Il paraissait très en colère et catastrophé.

— Que se passe-t-il, Léo ?

— Une autre de nos vampires vient de mourir. On vient de la retrouver chez elle. Apparemment, les mêmes symptômes.

J'étais alarmée par la nouvelle. Il filait déjà vers le bureau d'Eiirin.

Il fallait trouver ce qui tuait les vampires. Il fallait absolument que je trouve ce qui pouvait être caché dans les poches de sang et comment c'était dissimulé. J'étais très douée pour décortiquer tout ce qui se trouvait dans le sang. Et pourtant, là, je ne voyais rien. Enfin, si, je voyais qu'il y avait quelque chose. Mais ce poison mortel était camouflé. Comment ? Je ne savais pas.

Je décidai d'aller dans la bibliothèque de l'hôtel de Lauzun. Toutes sortes de livres, anciens ou contemporains, étaient mis à disposition. J'avais été briefée sur le fait que les livres étaient en libre-service, mais qu'il fallait remplir la fiche de lecture et la laisser sur place. Notre vampire historien s'occupait de la bibliothèque. Cela ne représentait qu'un tiers de son travail. Un ordinateur était à disposition pour faire des recherches sur les livres en possession de l'hôtel de Lauzun. Les livres étaient classés par thème, puis ordre alphabétique. De quoi pouvait mourir un vampire ?

Je saisis simplement « vampire » dans la barre de recherche. Des centaines de lignes répondaient à ce critère. J'enlevai les romans. Pas sûr que les romans m'aideraient beaucoup. J'adorais lire les histoires, qu'elles soient fantastiques, farfelues, romantiques, pleines d'aventures... pourvu que l'auteur me transporte dans ses écrits. Cependant j'avais besoin, là, tout de suite, maintenant, d'informations plus techniques. Il restait beaucoup moins de lignes. Mythologies, mythes, légendes... On restait sur de l'imaginaire. Un livre en particulier attira davantage mon attention : *Petit Précis des vampires*. L'auteur connaissait-il vraiment les vampires pour avoir compilé un ensemble de données précises dans un ouvrage ?

J'allai chercher ce livre dans les rayons. Il était extraordinaire. C'était un mélange de mythes et de vérités. On pouvait y trouver tous les mythes relayés partout dans le monde. Les différents noms donnés aux vampires : l'aswang, la glaistig, le zmeu... Cela me donna à penser que le vampire avait toujours vécu au milieu des hommes. Je lus aussi que certaines personnes avaient été soupçonnées d'être un vampire, bien avant que ceux-ci se dévoilent. Je découvris le destin tragique de la cruelle comtesse de Bathory. Obsédée par la jeunesse éternelle, elle prenait des bains de sang de jeunes vierges après les avoir torturées. Les différentes contraintes, limites ou pouvoirs des vampires. Oui, ils ne sortaient que la nuit, sauf moi. Ils se transformaient en chauve-souris, sauf moi. Ils étaient très forts physiquement, sauf moi. Ils pouvaient charmer les humains pour pouvoir mieux les boire. Ça au moins, je pouvais le faire. Ils s'alimentaient avec du sang humain ou animal. Bien vrai. Mais l'humain était beaucoup plus fin et plein de saveurs. Je poursuivis ma lecture... Et oui, nous étions quand même des prédateurs en haut de la chaîne alimentaire. Ce sujet restant tabou, nous n'apparaissions toujours pas sur le réseau trophique, tous ces schémas de chaînes alimentaires qui définissaient notre écosystème. Énormément de choses sur les vampires étaient décrites. Il ne fallait tout de même pas tout prendre au pied de la lettre. Pas besoin de se protéger avec de l'ail, des crucifix, des miroirs, de refuser d'inviter un vampire à entrer... Tout cela ne servait à rien. Nous avions quelques vampires farceurs qui se déguisaient pour Halloween avec des colliers d'ail, des crucifix, des miroirs de poche. Ils s'amusaient à entrer chez les gens pour leur prouver qu'ils n'avaient pas besoin d'invitation. Évidemment, ce n'était pas toujours bien vécu par les humains. Je poursuivis ma lecture.

J'arrivai au chapitre qui m'intéressait. Comment tuer un vampire ? Me sentant tout de même vampire par bien des côtés, ces écrits me faisaient froid dans le dos. Je devais faire le point entre trois éléments : ce que je savais de la mort de ces trois vampires, le peu que je savais du sang mortel bu par nos défunts et enfin, ce que racontait ce *Petit Précis des vampires*.

Les causes de mort possibles exposées dans ces pages étaient : la lumière du jour, la décapitation, le bûcher, l'empalement par divers moyens (pointe en métal, pieux de certains bois, clous de charpentier...), la morsure d'un loup-garou, le sang de sorcière, l'aconit, la ciguë, le cyanure d'argent. La liste était finalement exhaustive. Je savais que tout n'était pas vrai. Cependant, je n'allais pas me lancer dans des tests sur mes congénères pour voir leur réaction. Eiirin serait très en colère et je risquerais la décapitation. Le bruit de sa lame sur mes assaillants sifflait encore à mes oreilles. Finalement, sur l'ensemble de la liste, les dernières raisons attiraient davantage mon attention : le sang de sorcière, l'aconit, la ciguë, le cyanure d'argent. Je savais que le sang de sorcière tuait les vampires. J'en étais la preuve. Concernant l'aconit, la ciguë, le cyanure d'argent, je ne savais pas s'ils étaient mortels pour les vampires. Je savais, en revanche, que l'aconit et la ciguë avaient été des poisons redoutables pour les humains à la Renaissance. Les humains n'y survivaient pas. Ils mouraient même très vite. Il était donc certain que ces poisons n'avaient pas été donnés à des humains avant de prélever leur sang. À moins d'aller extrêmement vite. Cette pensée était tout de même dérangeante car il fallait tuer de sang-froid des personnes que l'on ne visait pas, juste pour atteindre des vampires. Le poison avait peut-être été ajouté dans les poches puis caché par un procédé magique. C'était possible... Il fallait que j'arrive à mieux connaître ces poisons. Cette liste n'était peut-être pas exhaustive puisque l'auteur avait mélangé imaginaire et réalité. Je n'avais pas vu les heures passer. Je devais aller me coucher.

Je rejoignis la chambre de Léo où j'avais l'habitude de m'endormir. Léo venait toujours me faire un petit câlin, même si je savais qu'il ne restait pas forcément. Il retournait parfois travailler ou batifoler. Il revenait dormir à son heure. Quand je me réveillais, il était toujours là, à mes côtés. En général, j'étais coincée dans ses bras musclés comme s'il cherchait à me protéger. Il finissait sa nuit tranquillement quand je me réveillais. Je le laissais dans une totale obscurité.

Dès que Léo pénétra dans la chambre, ce soir-là, il le sentit. De toute façon, il le savait déjà puisqu'il avait passé du temps avec Eiirin. Il râla immédiatement.

— Vous avez encore échangé vos sangs, Ismérie !

Ce qui était fait était fait. Je ne pouvais pas revenir en arrière. Je haussai donc les épaules en signe d'impuissance.

— Tu en as parlé à Eiirin ?

— Oui. Ce qui est drôle, c'est qu'il a eu la même réaction que tu viens d'avoir.

Ah ! Je ne savais pas si c'était bien ou pas. Ce qui était sûr, c'est que nous ne nous étions pas contrôlés. Enfin, Eiirin, si, puisqu'il avait arrêté notre échange au moment où je commençais à frotter mon bassin contre son corps qui n'était pas insensible non plus. Maintenant que j'y repensais, j'avais honte de m'être comportée comme une chatte en chaleur. J'eus d'un seul coup très chaud et je me sentis rougir. Léo le remarqua immédiatement.

— Vu ta réaction, Eiirin ne m'a peut-être pas tout dit ?

— Il n'y a rien eu de plus qu'un échange de sang.

Et ça, pensais-je mentalement, uniquement grâce à ce grand samouraï. Mais je n'allais pas l'avouer à Léo. Ce serait notre secret avec Eiirin. Léo m'observait, soupçonneux, tentant de deviner ce que je ne voulais pas lui révéler. Je changeai immédiatement de sujet.

— Avez-vous plus d'éléments sur la mort de la vampire ?

La diversion marcha immédiatement. Et pour cause, le sujet était extrêmement grave.

— Malheureusement, non. C'était une de nos vampires qui avait décidé de louer un appartement, ne supportant plus de vivre en communauté.

J'étais déjà couchée. Léo était venu s'étendre à côté de moi. Je pensais à cette pauvre malheureuse qui vivait seule, comme je l'avais fait si longtemps. Je bâillais et commençais à tomber dans ma léthargie vampire.

— J'ai peut-être trouvé des éléments intéressants à étudier. Mais je ne suis sûre de rien, ce ne sont que des idées.

Ma voix devenait pâteuse. Mon débit ralentissait.

— Je sens bien que je n'en saurai pas plus ce soir.

Léo m'avait installée dans ses bras.

— Non.

J'eus juste le temps de l'entendre râler une dernière fois que la symphonie de mon sang s'était amplifiée. Il se demandait s'il n'y avait pas deux orchestres, maintenant, qui jouaient des mélodies. Il me menaça de ne plus dormir avec moi si je me mettais à jouer du métal.

Je me réveillai totalement régénérée, en pleine forme. J'avais les idées claires. Je devais tout de même commencer par mes rituels afin de maintenir mon mental au beau fixe et mes émotions stables. Ces petites habitudes m'ayant sauvée de la colère et de la mélancolie, il était bien possible qu'elles me sauvent aussi du stress.

Stressée ? Je l'étais devenue avec mes deux dernières agressions, le sang mortellement contaminé, ces sociétés qui voulaient gagner de l'argent sur le dos des humains, mes maudites fourmis qui déambulaient comme de folles sangsues dès que je m'approchais d'Eiirin... J'étais passée d'une vie de solitaire, danseuse de cabaret, prof de danse, à une vie en communauté, très engagée pour les humains et les vampires. Mes agressions m'avaient poussée à rester dans cette nouvelle vie. Je ne concevais plus, pour l'instant, de repartir vivre seule quelque part sur la planète, me reconstruire une nouvelle vie, comme je l'avais fait tant de fois. Pour l'instant, j'étais coincée là, mais d'une certaine manière, en sécurité. Je prenais conscience que les liens de sang avec Eiirin n'y étaient pas étrangers. Je le sentais dans l'hôtel. D'ailleurs, je ne savais pas où il résidait exactement. Je sentis un besoin irrépressible d'écouter son sang. Un battement sourd résonnait dans mon cœur. Son cœur. Je suivais son tempo paisible, régénérant son corps et toute sa puissance. Mon instinct me fit monter un étage et me poussa vers une aile que je ne connaissais pas. Au fur et à mesure que j'avançais, le cœur d'Eiirin accélérait. Le mien aussi commençait à s'emballer. Plus je me rapprochais de l'endroit où il dormait, plus nos deux cœurs battaient en cadence, sur le même tempo. C'était très surprenant comme sensation. J'avançais, captivée. Je n'avais jamais ressenti ça. C'était comme si mon cœur ne m'appartenait plus. Comme si nos cœurs avaient fusionné pour former une nouvelle entité, un nouvel être encore plus puissant, parfait. En tournant dans un couloir, je découvris un garde devant une porte. Je sus d'instinct que c'était celle d'Eiirin. J'avançai. Le garde me regardait venir, aux aguets. J'étais comme hypnotisée. Je ne maîtrisais plus rien. Je répondais seulement à ce cœur qui m'appelait pour communier, fusionner. Le garde me parlait, mais je n'entendais plus. Je touchai simplement la porte d'Eiirin, les yeux écarquillés. Dans un état second, je posai tout mon corps contre sa porte. La réaction ne se fit pas attendre. Nos cœurs s'accouplèrent dans une pulsation parfaite.

Ils battaient à l'unisson. Tout mon corps vivait à ce nouveau rythme, très agréable, une tonalité parfaite où tout était calme, paisible et tout à la fois énergique, dansant. Comme une danse parfaite, un pas de deux où tout était d'une évidence totale, d'un parfait équilibre. J'avais ressenti cette communion complète à chaque échange de sang. Je n'avais plus besoin de boire le sang d'Eiirin pour sentir cette union absolument magistrale. J'étais bouleversée, toujours contre cette porte. Je ressentais toutes ces émotions qui jaillissaient de mon cœur. Je sentis d'un seul coup une main sur mon épaule, une voix me parvenait enfin.

— Il faut partir, maintenant, Ismérie, disait le garde calmement.

Je le regardai, le voyant de nouveau. Je hochai simplement la tête en le regardant. Je ne savais pas combien de temps avait duré ce moment. Je reculai de la porte. Le garde lâcha mon épaule. Il avait un sourire bienveillant. Je repartis un peu paumée. Je devais retrouver le chemin de la bibliothèque.

Je croisai Maxence, mon donneur de sang officiel. Il me regarda d'un air très curieux.

— Ça va, Ismérie ?

Je lui fis simplement oui de la tête. Je continuai d'avancer tel un somnambule.

— Tu as besoin de sang ?

Je lui fis non, poursuivant toujours mon chemin. Je me dirigeais toujours vers la bibliothèque. Je ne savais pas comment j'y allais car je ne sentais plus mon corps, mais j'y allais. Mon cœur commençait enfin à se synchroniser sur une autre fréquence, la mienne. Je reprenais possession de mes capacités physiques et mentales.

Je m'installai de nouveau dans la bibliothèque. Je devais consulter maintenant des manuels officiels pour connaître les effets de l'aconit, de la ciguë, du cyanure d'argent sur l'être humain. J'étais sûre de ne pas trouver d'informations répertoriées sur l'effet de ces trois éléments sur les vampires. Mes recherches furent tout de même très instructives.

L'aconit était un poison familier des Borgia. Les racines de cette plante entraînaient la mort dans l'heure qui suivait, dans d'atroces souffrances. Tout commençait par des coliques, des vomissements, des difficultés respiratoires. Puis le cœur s'affolait, les poumons arrêtaient de respirer. L'aconit était considéré comme le roi des poisons. Il était connu aussi pour être une plante magique, associée à la magie noire. Elle était mortelle aussi bien pour les vampires, que les loups-garous, ou les démons. À ce stade-là des explications, il était étonnant de constater qu'aucune preuve n'était apportée. Pas d'antidote connu. Néanmoins, il était intéressant de constater que les Tibétains prévenaient l'empoisonnement de leurs poneys, mulets, ânes et yaks en frottant les narines et la bouche de leurs animaux avec de l'aconit bouilli. Côté symptômes, ce n'était pas ce que j'avais constaté chez le vampire que j'avais vu mourir à l'hôtel de la Païva. Comment pouvait-on être sûr que les vampires connaîtraient les mêmes symptômes que les humains ?

Je poursuivis mes recherches. La grande ciguë, une autre plante, un autre poison mortel pour l'homme. Après ingestion, les symptômes arrivaient très vite. Dans l'heure qui suivait, vous commenciez à sentir des troubles digestifs, puis des vertiges, des maux de tête, des fourmillements, des engourdissements, des paralysies, des convulsions, des suffocations... et la mort. Encore une fois, rien de réjouissant et pas d'antidote non plus. Ces symptômes n'étaient pas non plus ceux que j'avais constatés à la Païva. Finalement, il valait mieux ne pas trop toucher aux plantes quand on se promenait. Ces deux plantes bordaient facilement les chemins et les vallées en Europe.

Côté cyanure d'argent, je trouvai beaucoup moins d'éléments sur les symptômes en cas d'intoxication. La dose létale avait quand même été établie sur l'homme. Il n'y avait pas d'informations sur les conditions de test de ces doses mortelles, mais je préférais ne pas savoir. Ce poison semblait agir directement au niveau du sang. Plus précisément au niveau des globules rouges et du plasma. La mort survenait dans l'heure, sans indication de symptômes. Comme ce poison agissait directement sur le sang, je me demandais comment il pouvait agir sur le vampire qui ne vivait que de sang. Pour le vampire, le sang, c'était la vie.

Je savais aussi que le procédé d'empoisonnement était camouflé. Quand j'évaluais le contenu d'un humain ou d'une poche sans boire le sang, je savais très rapidement si le sang était sain et dans le cas contraire, quel était le poison. Peu m'importait que ce soit alcool, drogue, cigarette, plante, substances diverses et variées, je ne savais pas comment je savais, mais je savais. C'était pour moi une évidence. Chez les vampires, nous n'avions pas tous les mêmes degrés de pouvoirs, mais presque tous les vampires savaient d'instinct si le sang était comestible. Certains vampires, comme moi, étaient très doués. Ils pouvaient identifier un toxique sans y goûter. Puis, en y goûtant, certains, encore plus forts, pouvaient faire le détail de la composition sanguine avec les excès et les carences. Ces vampires-là pouvaient travailler dans des laboratoires d'analyses sanguines. Les contrôles en parallèle, par prise de sang, avaient même prouvé que les vampires évaluaient plus finement la composition sanguine. Ce qui avait déplu aux laboratoires, puisqu'ils n'avaient plus le monopole sur l'examen de sang. Ces labos avaient vite compris qu'ils avaient intérêt à s'associer aux vampires pour travailler en bonne intelligence. Quand j'avais évalué les poches empoisonnées de la Païva ou de Lauzun, je n'avais pas été capable d'identifier le poison. Cela me rendait l'image d'une boîte noire. Je n'avais jamais été confrontée à ça. Je me sentais totalement désarmée là où, habituellement, tout n'était qu'évidence pour moi. C'était pour cela que j'étais persuadée qu'il y avait de la magie là-dessous. Je ne voyais pas d'autre possibilité. L'aconit était le seul de ces trois poisons à être utilisé en magie noire. Mais les symptômes ne collaient pas. Et je n'étais même pas sûre que cette liste de poisons pour vampire était exhaustive, puisque j'avais trouvé ces éléments dans un livre qui mélangeait les mythes et la réalité. Les heures avaient passé sans que je m'en rende compte. J'étais obnubilée par mes recherches. Notre historien vampire débarqua dans la bibliothèque. Absorbée par ma tâche, je n'avais pas senti qu'il faisait nuit, que les vampires s'étaient réveillés. Nous discutâmes un peu et je lui exposai l'état d'avancement de mes recherches. Il m'écouta avec une grande attention. À la fin de mon explication, il déclara :

— J'ai peut-être un livre pour toi.

Curieuse, je me demandais ce qu'il pouvait bien avoir. Il commença par fermer la porte de la bibliothèque à clé. Puis, il se plaça devant une porte dérobée, fit pivoter un petit clapet et tapa un code secret sans que je puisse le voir. Une porte s'ouvrit automatiquement. Je m'approchai et découvris une petite pièce, pleine de livres secrets. Nous entrâmes. Au milieu de la pièce se tenait un pupitre pour consulter les livres. Interdit de les sortir, m'expliqua-t-il. Je me rendis vite compte que ces livres contenaient beaucoup d'informations sur les vampires. Il y avait eu une période où même ceux-ci avaient été bien cruels entre eux. Certains en avaient enchaîné d'autres pour faire toutes sortes d'expériences. Ces actes avaient été commis au nom de la survie de l'espèce, apparemment. Il était vrai que le vampire détenait l'immortalité s'il buvait du sang régulièrement. Pour autant, il n'était pas infaillible et pouvait mourir si on y mettait du sien. Les expériences avaient même montré qu'on pouvait assoiffer de sang un vampire plus d'une année. Ce pauvre vampire était devenu tout sec, cadavérique. Il n'avait plus que la peau sur les os. Il ne bougeait plus, mais respirait toujours. Étonnant !

Moi qui aimais bien me nourrir tous les jours à Genève. C'était du luxe. Maintenant, je ne me nourrissais finalement de Maxence que tous les deux jours et je m'en sentais aussi bien. La crainte du manque et l'incertitude me faisaient boire tous les jours avant. A contrario, la sécurité d'avoir du sang à disposition tous les jours avait ralenti ma consommation. J'avais eu, aussi, des scrupules à pomper le sang de Maxence tous les jours. Il fallait bien avouer que le sang d'Eiirin me donnait aussi une grande énergie.

Vampires, comme humains, pouvaient rivaliser de cruauté. Toutes les précisions méticuleuses sur toutes ces expériences, dont certaines avaient conduit à la mort, étaient abomiffreuses. J'étais profondément choquée. J'avais déjà été épouvantée devant les récits des expériences des humains sur leur propre espèce pendant certaines guerres. J'étais tout aussi horrifiée d'avoir découvert ce qu'avaient osé faire les vampires. Toutes sortes d'expériences, plus horribles les unes que les autres. J'arrivai à la section des poisons. Mon vampire historien patientait tranquillement à côté de moi en pianotant sur son téléphone. Lui aussi avait avancé avec son temps, même s'il était féru d'histoire. J'avais bien compris qu'il ne me laisserait pas seule dans sa pièce secrète.

Donc, toutes sortes de poisons avaient été testées. En tout cas, tous ceux connus comme poison mortel pour les humains. Les vampires avaient été encore plus cruels pour les expériences sur les poisons. Ils avaient systématiquement pris un humain et un vampire pour comparer les symptômes. Comme on pouvait s'en douter, les vampires étaient bien plus résistants face aux poisons que les humains. Il ne restait plus que l'aconit qui tuait le vampire. Là où la grande ciguë, la belladone, le muguet, le ricin et bien d'autres pouvaient se révéler mortels pour les humains si on savait bien les préparer, seul l'aconit tuait à coup sûr le vampire. Le vampire empoisonné à l'aconit mourait dans les deux, trois heures, en sentant rapidement une grande fatigue qui l'obligeait à se coucher. Puis, il mourait en se vidant de son sang, celui-ci sortant petit à petit de tous ses orifices. Ces symptômes étaient exactement ceux que j'avais constatés sur le vampire mort à la Païva. C'était une belle avancée. Je ne trouvai rien sur le cyanure d'argent. Par contre, injecter de l'argent à haute dose dans le vampire le tuait à coup sûr aussi. Les expériences relataient que l'argent injecté était tellement chaud que l'on ne pouvait pas assurer précisément les causes de la mort. Je n'aurais pas voulu croiser ces vampires qui adoraient toutes ces expériences. Avec mon patrimoine génétique, je leur aurais fait un cobaye de premier choix.

Je penchais davantage maintenant pour l'aconit, même si je ne devais pas totalement évincer pour l'instant le cyanure d'argent. Du point de vue du dosage, le cyanure d'argent paraissait peu probable. Cependant, étant une ancienne sorcière, je savais que plus le pouvoir était grand, plus le champ des possibles était ouvert.

Je remerciai le vampire historien et je sortis en trombe.

— Pas si vite, la porte est fermée à clé. Et ne la défonce pas !

Loin de moi cette idée. Je n'étais même pas sûre d'en être capable. J'attendis donc patiemment qu'il referme sa pièce secrète et ouvre l'entrée principale de la bibliothèque. Avant d'ouvrir, il se mit entre la porte et moi.

— Oui, Adrien ? demandai-je à notre historien.

— Tu ne dois révéler à personne l'existence de cette pièce, Ismérie.

— Je ne dirai rien.

— Seuls Eiirin, Léo, toi et moi la connaissons !

J'étais abasourdie qu'il m'ait fait confiance comme ça.

— Que comptes-tu faire de ces informations, Ismérie ?

— Je voulais filer voir Eiirin.

— Qu'as-tu trouvé dans ce vieux grimoire ?

— Les méthodes pour tuer les vampires.

Adrien réfléchissait à toute vitesse. Je voyais tous les rouages se mettre en place. Puis il déclara :

— Je t'accompagne.

Nous déboulâmes dans le bureau d'Eiirin sans frapper. J'ouvris la porte, Adrien sur mes talons. À peine la porte ouverte, je m'arrêtai net en état de choc. Adrien, ne m'ayant pas vue freiner, me bouscula et j'allais tomber tête la première quand il me rattrapa in extremis. Nous étions en arrêt devant la vue d'Eiirin et Etsuko en train de s'embrasser à pleine bouche. Ils étaient magnifiques tous les deux. Un couple d'un autre temps. Eiirin posa d'un seul coup ses yeux dans les miens et je sentis une gêne en lui. Mon cœur se noua brusquement. J'étais choquée par cette vision. Je savais ce que c'était, un baiser, mais l'osmose que je ressentais avec Eiirin me semblait être trahie. Je n'avais pas de raison d'être jalouse. C'était cependant plus fort que moi. Mon ventre se serra, mon cœur se mit à pleurer.

11 - Les méandres du passé

J'étais totalement bouleversée par ce qui m'arrivait et j'avais du mal à comprendre pourquoi. Les émotions que je ressentais dépassaient l'entendement. Je me sentais blessée alors que je n'avais pas envisagé de relation autre que celle du travail avec Eiirin. Celui-ci avait toujours son regard plongé dans le mien, comme s'il lisait à cœur ouvert les profondeurs de mes états d'âme. Adrien me remit sur pieds et posa une main en soutien sur mon épaule. Les yeux d'Eiirin se posèrent sur la main d'Adrien comme un avertissement. La colère monta en moi. Eiirin ne pouvait pas revendiquer une propriété à mon encontre alors qu'il était dans les bras de sa maîtresse. Adrien tint tête et garda sa main. Tous les vampires de l'hôtel de Lauzun avaient senti notre lien de sang très particulier. Ce lien était puissant et plus nous étions proches physiquement, plus nos sangs communiaient et résonnaient. De ce fait, les vampires commençaient à me considérer avec une certaine déférence. Sans nous quitter des yeux, Eiirin dut envoyer un ordre mental à Etsuko car elle écarquilla les yeux, se détacha d'Eiirin et sortit du bureau en baissant la tête, sans un seul regard vers nous ou vers Eiirin.

— Qu'est-ce qui me vaut cette entrée fracassante dans mon bureau ?

J'étais toujours sous le choc, paralysée. Adrien prit la parole, me laissant du temps pour sortir de mon mutisme. À la pression de sa main sur mon épaule, je sentis qu'il m'envoyait un encouragement pour dépasser mes émotions.

— Ismérie a fait une découverte étonnante qui pourrait expliquer la mort des vampires.

De l'étonnement dans les yeux, Eiirin me regarda, prêt à m'entendre. Je pris une grande inspiration.

— Il se pourrait bien que le sang soit contaminé à l'aconit.
— Comment en es-tu arrivée à cette conclusion ?
— J'ai étudié différents livres à la bibliothèque pour faire le point sur les poisons qui pouvaient tuer les vampires. En fait, vous aviez toutes les informations dans votre boîte à livres secrets. Toutes les informations étaient à votre disposition. Vous n'aviez même pas besoin de moi.

Eiirin regarda Adrien, puis moi. Adrien faisait face, droit dans ses bottes. Il savait qu'il avait commis une faute en me montrant ces livres. Eiirin reporta son attention sur moi.

— Ta découverte est la preuve de l'importance de ta présence parmi nous puisque personne n'a eu l'idée de consulter ces reliques. Nous avons tous été bien occupés dans nos différentes missions. Mais comment peux-tu être sûre qu'il s'agit d'aconit ?

— Peu de choses tuent les vampires. Nous savons que ce sont les poches de sang qui étaient contaminées. Il suffit de réussir à glisser une petite quantité de poison dans la poche. Évidemment, il se peut que ce soit autre chose. Un poison qui n'a jamais été découvert jusqu'à présent. Mais le manuel que j'ai consulté contenait bon nombre d'expériences plus horribles les unes que les autres. Je n'ai pas d'autre idée pour l'instant.

Je frissonnai à l'idée des toutes ces expériences sur les vampires.

— Tu saurais détecter l'aconit si tu étais à son contact, Ismérie ?

Je réfléchis à la question… Probablement que oui. Pourquoi pourrais-je tout détecter sauf l'aconit ?

— Oui, je pense que je pourrais le détecter.

Eiirin se tourna vers Adrien.

— Adrien, vois avec Léo pour trouver de l'aconit et préparez un test en aveugle pour Ismérie. Demandez à Miguel de faire le test, lui aussi.

Adrien sortit. Je me retrouvai seule avec Eiirin. Cela me rendait mal à l'aise car je n'avais aucun droit sur lui, mais je me sentais, malgré moi, blessée par sa relation avec Etsuko. Dans les émotions et les interrogations que je sentais autour de moi, j'avais l'impression d'être devenue la chose d'Eiirin. Mais moi, je ne voulais certainement pas être la chose de qui que ce soit. Eiirin passa devant moi et alla fermer la porte de son bureau. Je ne bougeai pas, restant où j'étais, à mi-chemin entre son bureau et la porte. Quand il eut fermé celle-ci, je sentis Eiirin derrière moi, dans mon dos. Son corps ne me touchait pas, excepté son nez dans mes cheveux. Il me humait, comme il l'avait déjà fait. Cette attirance était très troublante. Mais je n'en voulais pas. J'avançai d'un pas pour rompre le contact. Je ne voulais pas souffrir de la relation qu'Eiirin et Etsuko entretenaient. Je ne méritais pas de souffrir. Je devais me protéger. Je sentis Eiirin soupirer. Il se rapprocha de nouveau et me glissa doucement à l'oreille :

— Tu es venue me voir pendant mon sommeil, Ismérie. Tu devrais peut-être venir dormir avec moi ?

Je ne bougeai pas.

— Pourquoi ? Une seule femme dans ton lit ne te suffit pas ?

La colère perçait dans ma voix. Eiirin passa devant moi, contourna son bureau et m'invita à m'asseoir.

— Moi, je dors seul, me répondit-il.

J'étais étonnée qu'il ne partage pas son lit avec sa maîtresse. Cependant, Etsuko était une geisha, donc un objet de plaisirs.

— Peu importe, tu dors avec qui tu veux, Eiirin.

Je ne voulais pas aller sur ce terrain glissant. Ma relation avec Eiirin se complexifiait et ça ne me plaisait pas du tout. Je n'aimais pas les difficultés émotionnelles, surtout si elles incluaient colère et souffrance. Je revins sur le sujet qui nous intéressait : le poison mortel qui tuait les vampires.

— Eiirin, je suis persuadée qu'il y a un sorcier caché derrière tout ça. J'ai pu détecter plusieurs substances dans les poches de sang contaminées : les molécules d'alcool, de tabac, de drogue en plus de petites billes noires indéfinissables. Je suis sûre que ces petites billes noires représentent le poison. Pour que je ne puisse pas les reconnaître il faut qu'un sortilège les ait cachées.

Eiirin réfléchissait, mesurant la portée de mes paroles. Je poursuivis mon discours, j'avais besoin de le convaincre.

— J'étais une puissante sorcière avant d'être une vampire. J'avais une belle magie, mais puissante. J'étais capable de cacher la nature de mon sang de sorcière pour ne pas être détectée. C'est pour cela que le vampire qui m'a mordue n'a senti que trop tard qu'il s'empoisonnait. Il avait déjà trop bu. Son sort était scellé. Il ne peut pas s'agir de sang de sorcier dans les poches contaminées. Les petites billes noires n'étaient pas assez nombreuses. L'aconit est un puissant poison. Il n'en faut pas beaucoup pour tuer un vampire. Les symptômes que j'ai constatés pendant la mort d'Aristide sont les mêmes que ceux décrits lors des expérimentations sur les vampires. Bon, il est vrai que je ne sais pas quels étaient les symptômes du vampire qui m'a mordue. Je souffrais trop pour avoir conscience de mon environnement. Quand je suis revenue à moi, je ne savais même pas si j'étais morte ou vive.

— Qu'avais-tu comme pouvoir de sorcière ?

Je haussai les épaules.

— Les grands classiques... La manipulation mentale comme les vampires, soigner, créer du feu, mais aussi l'éteindre, transformer la matière, changer la taille des objets, leur poids... Toutes ces choses-là.

— Et qu'as-tu gardé exactement comme pouvoir ?

Il m'observait avec une grande attention, me sondant pour savoir si j'allais mentir. J'étais persuadée qu'il détecterait mes mensonges. Je haussai les épaules, mis mon index devant mes yeux. Je me concentrai fortement sur le bout de mon doigt. J'y mis force de conviction et énergie. La sueur commença à perler sur mon front. Une petite flamme apparut au bout de mon doigt. Comme une petite flamme de bougie. Eiirin approcha rapidement, ébahi. Il voulut toucher la flamme mais retira vite sa main quand il sentit la brûlure. Il était estomaqué, les yeux grand écarquillés, la bouche ouverte. J'éclatai de rire, en restant bien attentive pour garder la flamme allumée. Puis, je relâchai, je n'en pouvais plus. Nous rigolions tous les deux comme deux gamins.

— J'étais à fond, là. Avant, je faisais des boules de feu plus grosses que moi.

Eiirin était surexcité. Je ne connaissais pas ses pouvoirs. Il ne m'avait rien dévoilé. Cependant, je sentais une grande puissance en lui. J'étais persuadée qu'il aurait pu faire de moi sa marionnette s'il l'avait souhaité. Et pourtant, j'étais extrêmement forte en manipulation. Aussi forte que j'étais faible en force physique pour une vampire. Et malgré tout, Eiirin était impressionné car il était incapable de faire ça.

— Eiirin, connais-tu des sorciers, ici, à Paris ? Il doit bien encore y en avoir ?

— Je ne connais que Lucien. Mais il se dit plus médium que sorcier. Les vampires et les sorciers ne s'entendent pas bien. En général, ils préfèrent s'ignorer.

— Et pourtant, Lucien est venu vous voir... C'est troublant.

— Oui, c'est troublant. Je suis resté méfiant avec lui. Car même s'il est venu à nous pour nous aider, j'ai peine à croire qu'il soit venu sans l'ombre d'un intérêt.

— Et si tu lui demandais de passer ? Je souhaiterais le sonder.

Eiirin réfléchit à ma proposition.

— Tu dois être très vigilante, Ismérie. S'il est un sorcier, cela peut s'avérer dangereux.

Bien sûr, il avait raison, je me devais d'être prudente. Je hochai la tête mais j'étais animée de soif de vérité. J'avais besoin de savoir.

Eiirin décrocha le téléphone et appela Lucien. Il lui expliqua qu'un autre vampire était mort, que nous étions perdus. Eiirin sollicitait de nouveau son aide s'il le voulait bien. En raccrochant, il me dit immédiatement :

— Surprenant : Lucien vient dans l'heure. Il se forçait à paraître désintéressé, mais je sentais une certaine curiosité en lui. Il semblait déterminé.

Alors, comme ça, Eiirin sentait les émotions, même par téléphone. Intéressant... Il fallait absolument que je continue à méditer pour rester zen, si je ne voulais pas avoir d'ennui avec la police, c'est-à-dire mon employeur. Vu le lien que nous partagions maintenant, je me demandais s'il n'était pas devenu une sorte de maître et si je n'allais pas accourir dès qu'il me le demanderait. Mmmm... Je n'étais pas un chien et ne souhaitais pas en devenir un.

En pensant à ça, quelqu'un frappa à la porte. Léo entra, l'air interrogateur. Voilà, je ne voulais pas être sifflée et accourir comme un bon toutou docile.

— Léo, avez-vous trouvé l'aconit ?

— C'est en bonne voie.

— Lucien vient. Je veux une protection pour Ismérie et pour moi. Je veux que tu sois présent avec nous et que tu postes des gardes cachés.

Léo fronça les sourcils.

— Que manigancez-vous tous les deux ?

— Ismérie a une théorie intéressante. Elle est persuadée qu'un sorcier a camouflé le poison dans les poches de sang et elle aimerait découvrir un peu plus la nature de Lucien.

Léo nous regardait tour à tour, intrigué par nos paroles.

— D'accord, comment comptez-vous vous y prendre ? demanda-t-il.

Eiirin me regarda, me laissant la parole. Waaooouuuuh... Il me laissait l'initiative. Nous allions peut-être pouvoir travailler ensemble sur le long terme.

— J'aimerais tester son sang, évaluer ce que je peux détecter chez lui. Pouvez-vous tester, vous aussi, délicatement, sa personne pour que nous puissions comparer nos résultats ?

Ils acquiescèrent tous les deux. Léo partit mettre en place la sécurité. Nous n'avions pas beaucoup de temps avant l'arrivée de Lucien. Ce coup-ci, j'avais besoin de toucher Lucien pour mieux l'évaluer et j'en fis part à Eiirin. Je le sentais sceptique et soucieux quant à cette rencontre. Il me montra le petit salon de son bureau et me dit.

— Installe-toi dans le salon, Ismérie. J'ai besoin que tu restes avec moi en attendant l'arrivée de Lucien.

Je m'installai. J'avais besoin de me détendre. J'en profitai pour m'adosser dans une position confortable. Je fermai les yeux pour me recentrer, faire le vide. Je sentis Eiirin venir s'installer à côté de moi. Il posa sa main sur la mienne. Nos cœurs se connectèrent. Ils s'accordèrent pour battre à l'unisson dans un calme apaisant. Je sentais la sérénité et la maîtrise monter en nous, augmentant nos capacités. Rassurée, je vivais une expérience intéressante. Mais quelqu'un frappa à la porte, mettant fin à ce bon moment. Je rouvris les yeux pendant qu'Eiirin faisait entrer Léo.

— Lucien arrive.

Eiirin hocha la tête. Nous nous regardâmes tous les deux. Les yeux dans les yeux, nous étions toujours connectés. D'un seul coup, je sentis une confiance aveugle en Eiirin. Je savais que ce soir, il me protégerait. Je sentais aussi qu'il me protégerait dorénavant de manière inconditionnelle. J'entendis vaguement Léo marmonner quelque chose. Le majordome fit entrer Lucien, mettant fin à notre absorption contemplative.

Nous nous dirigeâmes tous les trois vers Lucien. Eiirin le salua et lui serra la main. Pendant que Léo le saluait à son tour, j'envoyai discrètement une touche de magie dans mon pouce droit pour laisser une empreinte sur la main de Lucien quand je la serrerais. Quand mon tour arriva, je lui donnai une poignée de main et posai délicatement mon pouce sur lui. Je sentis immédiatement une protection très épaisse et très rigide, comme un bouclier magique. Pas de doute, Lucien était un puissant sorcier. Il retira vite sa main. Je restai imperturbable, comme si je n'avais rien remarqué dans son comportement. Je reconnus immédiatement l'empreinte magique de la personne qui m'avait sondée, à côté de la salle de réunion quand j'étais avec M. Durand. C'était lui. C'était Lucien qui nous espionnait, qui tentait d'évaluer mes pouvoirs.

Eiirin nous invita tous à nous asseoir dans son petit salon. Il prit la parole pour lui expliquer la situation et le piétinement dans notre enquête. Il prenait tout son temps. Je compris tout de suite qu'il cherchait à gagner du temps pour occuper Lucien et me laisser le champ libre.

J'en profitai pour lancer de toutes petites ondes imperceptibles pour tester le bouclier de protection de Lucien. J'avais gardé une petite maîtrise de la transformation de la matière. Je décidai donc de modifier la structure de sa protection là où j'avais laissé ma marque magique, sur le dos de sa main. Je tentai de transformer, par toutes petites ondes magiques, la structure de sa carapace. Et ça marcha... Elle commença à se fluidifier. Pour ne pas me faire démasquer, je n'écartai pas sa protection, devenue fluide sur la taille de mon pouce. Je veillai même à lui garder une certaine élasticité pour ne pas qu'elle dégouline et goutte sur la moquette d'Eiirin. J'enlevai la blancheur de mes ondes pour qu'elles deviennent totalement neutres et incolores. Une chose était sûre : Lucien était un grand sorcier, mais pas en magie blanche. Maintenant que je pouvais mieux l'observer, je constatais que malgré sa jeunesse, il perdait ses cheveux. Son teint, très blanc, était cadavérique, des tics nerveux agitaient ses mains. Une raideur dans ses épaules et une légère déformation de sa nuque montraient une certaine métamorphose de son corps. Lucien exerçait la magie noire. Je restai calme, sereine. D'ailleurs, Eiirin, toujours connecté à moi, m'envoyait encore plus de calme. Il avait dû sentir mon léger trouble. J'aspirai un maximum de calme d'Eiirin, comme une énergie me nourrissant. Je poussais simplement mes ondes, totalement incolores, vers Lucien, les rendant de plus en plus minces, de plus en plus fines, de plus en plus muettes. Et elles pénétrèrent sous sa carapace. Je sentais Léo écouter chanter le sang de Lucien. Il me dirait tout à l'heure quelle symphonie il jouait. Eiirin profita de moi comme d'un tunnel pour s'engouffrer dans Lucien. Nous étions tous les trois des vampires très expérimentés en manipulation, avec des pouvoirs très particuliers pour évaluer le sang. Nous étions aussi très prudents et extrêmement discrets. Notre pénétration était insidieuse. Et là... Ce fut le choc pour moi. Mon cœur s'arrêta. Eiirin le sentit et m'envoya immédiatement son énergie palpitante pour que nos cœurs se reconnectent et battent à l'unisson. Eiirin était très fort, il restait imperturbable. Ce fut plus fort que moi, je fermai les yeux devant l'avalanche d'images qui m'arrivait au fur et à mesure que ma magie pénétrait dans Lucien. Des images de moi, sorcière souriante, puissante. Des images de ma sœur Claudine, avec son air renfrogné. Le sourire de ma mère. Mes trois petites filles que j'avais dû abandonner bien trop tôt. Et puis ma vampirisation. Je sentis la morsure du vampire. Mon charme de sorcière qui avait totalement ensorcelé ce vampire. Les images tourbillonnaient. Je n'avais pas le temps de toutes les apercevoir... Puis je me vis crucifiée sur l'arbre avec les éprouvettes de mon sang et les prélèvements de ma chair. J'ouvris les yeux brusquement au moment où Lucien tournait la tête vers moi, stupéfait. Et je vis les yeux de Lucien. Ceux qu'il tentait de camoufler sous les lentilles noires. Je vis mes yeux dans les siens. Les mêmes yeux bleu glacier. Lucien était-il ma descendance ? J'allais ouvrir la bouche : mille questions se bousculaient. Lucien prit brusquement son téléphone, écouta, dit quelques « oui » et se leva. Nous nous levâmes dans la foulée, aux aguets. Le charme était rompu.

— Excusez-moi, une urgence. Je dois partir immédiatement. Je vous contacterai, Eiirin, dit-il en le saluant à la japonaise.

Lucien sortit rapidement, il fuyait, comme on peut fuir la peste ou le choléra.

La porte se referma. D'un seul bloc, Léo et Eiirin se tournèrent vers moi, désarçonnés.

— Tu nous expliques ? demanda Léo.
— Lucien fait peut-être partie de ma descendance.

Je m'effondrai dans le canapé. J'ajoutai :
— De ma descendance de sorcière peut-être ?

Je regardai tour à tour Eiirin et Léo. J'étais totalement ahurie par tout ce que j'avais vu et senti dans Lucien. Je poursuivis.

— J'ai vu qu'il avait les mêmes yeux que moi. Il les cache derrière des lentilles de couleur. Mais il pratique la magie noire. Je ne pratiquais que la magie blanche. Et je n'ai enseigné que la magie blanche à mes filles. Ce n'est pas bien ! Mais je leur ai posé des sortilèges pour qu'elles ne voient pas la magie noire, pour qu'elles ne puissent pas s'y intéresser. Lucien est malade. Je sens qu'il espère quelque chose de moi, mais il veut aussi ma perte.

— Pourquoi te voudrait-il du mal si tu es son ascendante ?

J'avais les larmes aux yeux. Léo et Eiirin se rapprochèrent de moi, me touchant pour me rassurer et me montrer leur soutien. Je me sentais de nouveau submergée par mon passé. Je décidai de tout leur raconter.

— Je suis née d'une grande lignée de sorcières très puissantes. Beaucoup de sorcières, peu de sorciers. De nombreuses sorcières de mon ascendance périrent noyées ou brûlées. Nos sorciers étaient moins repérés car c'étaient essentiellement les femmes qui étaient incriminées dans la chasse aux sorcières. Au fil du temps, mes ancêtres ont appris à se poser des charmes, des sortilèges sur elles-mêmes pour devenir indétectables. Elles se sont passé ces nouvelles compétences au fur et à mesure. Bien sûr, nous ne naissions pas toutes avec le même don. Certaines étaient puissantes, d'autres n'avaient aucun don. Ma mère était très puissante. Une belle sorcière blanche qui pratiquait une belle magie. Elle a eu deux filles. J'ai récupéré l'intégralité de son don et même plus encore. Ma sœur Claudine n'en a eu aucun. Elle m'en a toujours voulu toute sa vie. C'est ainsi. Parfois, le don saute une génération. J'ai grandi à la campagne dans une ferme, à Blancafort dans le Berry. Ma mère me faisait beaucoup pratiquer la magie blanche. Je passais beaucoup de temps avec elle. Claudine, ma sœur, n'était pas toujours avec nous. Cependant, elle était devenue très jalouse de moi, de mes dons, de ma complicité avec notre mère. De plus, j'étais très jolie en tant qu'humaine, très souriante. Ma sœur était moins jolie et en grandissant elle ne quitta plus son air renfrogné, son rictus permanent, son sourire grimaçant. La vie me souriait. Le destin me souriait. J'ai rencontré mon mari, très jeune. Il était magnifique, un beau parti pour un paysan. Je me suis mariée. Mon mari a très vite accepté mon don. Il nous était très utile pour plein de choses. Nous avons eu trois belles petites filles, Louise, Angélique et Mireille. Elles avaient toutes les trois le don, mais à des degrés différents. Nous étions heureux. Tout allait très bien pour nous jusqu'à ce que je croise ce maudit vampire. Je venais de fêter mes vingt-huit ans, en l'an 1898.

Je revoyais les scènes. Tout mon passé se déroulait devant mes yeux, ramenant les belles émotions, comme les plus tristes. J'étais ailleurs, même si je sentais la présence d'Eiirin et de Léo. Je repris mon histoire. Ni Léo ni Eiirin n'osaient me bousculer pour entendre la suite.

— Ma famille a très mal vécu ma vampirisation. Tout comme moi d'ailleurs. Je n'ai d'abord pas compris ce qu'il m'arrivait. Le vampire qui m'a mordue est mort pendant ma transformation, sans que j'aie eu le temps de connaître son identité. Je me suis donc retrouvée seule sans guide, sans mentor. Ma transformation a duré cinq jours. J'ai repris conscience en plein jour. Ne comprenant pas ce qu'il m'arrivait, je suis retournée chez moi, voir mon mari. Quand il m'a vue, il a tout de suite compris que j'avais changé. J'étais dans un piteux état. Ma robe était en lambeaux. J'étais couverte de sang. Mon opulente chevelure était rouge de sang. J'étais affamée, mes crocs étaient sortis. Et même si mon esprit cohérent tentait d'expliquer l'inexplicable, mon mari n'a pas voulu que je m'approche de mes petites. Il m'a demandé de partir. J'étais atterrée. Mon mari pleurait devant tant d'injustice. Il savait que les sorcières existaient. J'en étais la preuve. Et là, pour lui, j'étais devenue la preuve que les vampires existaient aussi.

Perdue dans mes pensées, j'étais replongée dans mon passé... Au bout d'un moment, je poursuivis.

— Je suis allée voir ma sœur Claudine pour plaider ma cause. Et là, je me suis rendu compte que non seulement Claudine était très jalouse, mais qu'elle me vouait une haine féroce. Elle me traita de monstre. Elle m'avoua que j'avais toujours été un monstre à ses yeux. Elle monta tous les villageois contre moi. Traumatisée par cette mésaventure, je suis restée à errer à Blancafort, hantant le moulin du Crot et les marnières de Launay. Il y avait beaucoup de travailleurs à l'époque. Je me suis rapidement rendu compte que mon pouvoir de manipulation était énorme et qu'en charmant les humains, je pouvais me nourrir facilement, sans leur faire de mal. Dans un premier temps, je me suis nourrie de sang, le moins possible et comme je pouvais. Ce n'était pas toujours très subtil car j'attendais trop. La faim me poussait à des extrémités dans la manipulation. Je n'étais pas assez discrète. Le petit village de Blancafort a fini par se soulever pour que je parte. Ma mère, la pauvre, en est morte de chagrin. Elle avait essayé de m'aider en cachette pour inverser le processus de vampirisation, en vain. De mémoire de sorcière, ce qu'il m'arrivait n'avait jamais eu de précédent. Ma sœur, pensant pouvoir manipuler les villageois, fit augmenter la haine contre moi, mon mari, mes filles. Toute ma famille, y compris mon père et la famille de ma sœur, a été bannie. Moi, le monstre, j'ai été la première à être traquée. Les villageois ont voulu m'éliminer. Ayant découvert que je tombais dans l'inconscience pendant de nombreuses heures, que j'étais très vulnérable à ce moment-là, je me cachais pour dormir. Ils ont réussi à me trouver, d'ailleurs, une fois. Me blessant gravement. Mais la blessure n'étant pas mortelle, j'ai guéri en quelques jours. Le temps que je guérisse, quand je suis retournée à Blancafort, toute ma famille était partie. Celle de ma sœur aussi. En espionnant, j'ai compris qu'ils avaient été exilés, bannis de leur foyer. Je les ai retrouvés. Mais je ne me suis pas montrée. Mon mari avait trouvé un foyer pour mes filles. Il les élevait seul tant bien que mal, faisant face à la situation comme il pouvait. Mes filles aidaient du mieux possible leur père, avec leur magie notamment. Mon mari a fait jurer à mes filles de cacher leur don de sorcière, mais pas trop, afin que les vampires puissent détecter leur sang et qu'elles ne finissent pas comme moi. À l'époque, je passais mon temps cachée, à pleurer. Ils s'étaient installés tous les quatre loin de ma sœur. Et puis, je suis partie. Je devais les laisser se reconstruire. La mort dans l'âme, j'ai recherché ma sœur. Quand je l'ai retrouvée, elle était totalement envahie par la haine. Son mari l'avait quittée. Elle était seule avec ses enfants. Certains de ses enfants avaient le don. Elle était allée voir une sorcière noire pour jeter la malédiction sur ma famille pour que ma descendance soit maudite. Ce qu'elle n'a pas compris, c'est que par les lois du sang, sa descendance serait maudite aussi. Et que ceux qui emploieraient la magie noire amplifieraient le phénomène de la malédiction. J'espérais que mes filles seraient davantage protégées puisque je les avais ensorcelées, petites, pour éviter l'utilisation de la magie noire. Devant sa haine et sa méchanceté, je suis partie très loin. Je me suis enfoncée dans l'Europe pour aller là où personne ne me connaîtrait. Je suis partie tellement loin que je suis arrivée en Russie où j'ai vécu plusieurs décennies avant d'oser me rapprocher petit à petit de la France.

12 - Veritatis vindicta (1)

Eiirin et Léo me regardaient, totalement ébranlés par mon histoire. Je conclus.
— Je suis sûre que Lucien est affilié à ma famille et qu'il a masqué le poison dans le sang, que ses intérêts ne sont pas nobles. C'est lui qui était caché à la réunion avec Nicolas Durand. C'est lui qui sondait l'étendue de mes pouvoirs. C'était son empreinte.
— Alors, Lucien sait que tu l'as découvert, Ismérie, affirma Léo.
Nous le regardâmes, avec Eiirin, attendant la suite de son explication.
— Son téléphone n'a pas sonné. J'ai vu son écran. Il a fait semblant d'avoir une conversation. Il souhaitait simplement partir rapidement.
La poisse. J'étais contrariée. C'était une mauvaise nouvelle. J'avais senti que Lucien était un puissant sorcier en magie noire. La magie du mal. La magie où l'on puise l'énergie dans la vie pour aboutir à ses fins. La magie où la mort n'était qu'anecdotique, seul le résultat comptait. Les flashs d'images mentales que je venais de percevoir en passant sous son bouclier magique finissaient par ma crucifixion. Les prélèvements étaient pour lui. J'en étais certaine. J'étais alarmée par les risques que je courais. Finalement, j'avais été manipulée par Lucien. C'était lui qui m'avait forcée à venir à Paris pour mieux me traquer.
Eiirin devait suivre les rouages de mes pensées. Il interrompit mes réflexions.
— Nous ne le laisserons pas faire, Ismérie. Tu ne seras pas son cobaye.
J'avais toute confiance en Eiirin et Léo. Ils n'avaient fait que me protéger tous les deux depuis que j'étais à Paris.
— Je vais vous faire courir des risques inutiles. Vous mettez vot-

re sécurité en danger à cause de moi.

— Ne t'inquiète pas, tout le protocole de sécurité est en place, dit Léo.

Eiirin hocha la tête, satisfait que tout soit en place, et prit la parole.

— Ismérie, je ne sais pas encore ce que tu représentes dans notre dispositif, mais je sens que tu as quelque chose à y faire. Je ne le laisserai pas t'enlever à ce destin qui nous tend les bras.

J'étais fascinée qu'il ait osé faire cet aveu et en plus devant témoin. Un samouraï qui commençait à faire part de ses émotions. Je réfléchis à ce qui pouvait bien m'attendre. Les choses étaient multiples et toutes incertaines car j'avais d'un seul coup la triste impression que mon immortalité était devenue temporaire. J'étais épuisée.

— J'ai besoin de dormir, avouai-je en me levant.

Léo se leva immédiatement pour m'accompagner.

— Reste avec elle, Léo, ordonna Eiirin.

— Je ne comptais pas faire autrement, Sensei.

Nous nous couchâmes tous les deux. C'était presque l'heure de dormir pour Léo.

Le lendemain, Adrien, notre vampire historien avait préparé des tests en aveugle dans des poches de sang. Il avait déjà les résultats de Miguel, notre vampire intendant. Nous nous retrouvâmes, Léo, Eiirin et moi, dans le bureau d'Eiirin devant les six poches de sang numérotées posées sur sa table de réunion. Eiirin proposa que nous fassions tous le test et que nous notions sur une feuille ce que nous constations.

Très bien. C'était une très bonne idée. Je savais déjà que Léo détectait uniquement si le sang était comestible. Son palais n'était pas très fin. Par contre, il entendait le sang. Je me demandais bien ce qu'il allait pouvoir noter sur sa feuille. Je ne connaissais pas les pouvoirs d'Eiirin et j'étais curieuse d'en connaître davantage. Tels trois vampires disciplinés, nous évaluions les poches à tour de rôle, prenant notre temps. Il n'y avait pas le feu au lac.

Je me centrai sur moi-même, faisant abstraction d'Eiirin et des fourmis qui gambadaient pour me pousser vers lui. Je remis mes fourmis au calme, à mes pieds. Je les laisserais cabrioler tout à l'heure quand je pourrais relâcher mon attention. Je m'habituais à ces maudites fourmis, mais plus j'étais proche d'Eiirin, plus elles trépignaient d'impatience pour que je me rapproche de lui. Bon, les poches de sang.

Je passai ma main au-dessus de la première poche pour la

scanner, les yeux fermés... Facile... Aconit. J'étais donc bien capable d'en détecter. Je notai le nom du poison et que la poche était mortelle.

Deuxième poche. C'était de l'argent. Je ne savais pas sous quelle forme. Mais c'était bien de l'argent en infime quantité. Plus curieux encore, je trouvai que la poche était comestible. Je notai ces informations.

Je scannai la troisième poche. Héroïne en grosse quantité. Overdose assurée pour un humain. Juste de quoi avoir quelques hallucinations pour un vampire, une bonne rigolade. Par contre, le goût ne serait pas terrible. J'écrivis sur ma feuille « héroïne » et « comestible ».

La quatrième poche était indéfinissable. Confuse, je scannai encore. Je sentais des billes noires au milieu du sang. Irritée, je posai ma main dessus. Pas plus d'informations. Je relevai la tête et scrutai Adrien, notre historien vampire qui me fit un grand sourire et un clin d'œil. Il avait réussi à masquer une substance dans cette poche de sang. Encore plus surprenant, je sentais que cette poche de sang était comestible. Quand j'avais été mise en présence des poches infestées, non seulement j'avais détecté des billes noires, mais j'avais aussi compris que les poches étaient mortelles pour un vampire. Je restai frustrée face à celle-ci. Je notai simplement les informations.

La cinquième poche contenait une bonne dose de nicotine, ce qui n'était pas un danger pour un vampire. En revanche, le goût du sang était désagréable. J'évitais au maximum ce type de sang. J'avais la chance d'avoir mon très beau donneur Maxence à disposition. D'ailleurs, tout ce sang me donnait faim. Il faudrait que j'aille le voir tout à l'heure. J'espérais qu'il serait encore de service.

Enfin, la dernière poche de sang contenait une grande quantité de sucre. Il provenait à coup sûr d'un humain qui consommait énormément de sucreries et de féculents. Un futur diabétique s'il ne l'était pas déjà. Cet humain ne devait pas se rendre compte qu'il courait à sa perte et à la cirrhose. Je notai simplement « sucre » et « comestible ».

Je donnai ma feuille à Adrien qui, après lecture, acquiesça d'un signe de tête avec un grand sourire.

Eiirin tendit sa feuille aussi. Léo fourrageait encore dans ses beaux cheveux blonds frisés pour tenter de trouver la solution. Je riais intérieurement. Je regardais Léo et Eiirin tour à tour. Ces deux magnifiques vampires étaient aux antipodes l'un de l'autre. Léo avec son look surfeur, ses cheveux blonds toujours en bataille, le sourire toujours aux lèvres, ses yeux bleus rieurs, la taquinerie toujours prête à sortir. Et Eiirin, aussi brun que Léo était blond, toujours bien coiffé avec son chignon de samouraï, des yeux noirs insondables, toujours sérieux, de belles lèvres impassibles la plupart du temps. Ils partageaient le même type de musculature qui leur donnait un air de puissance indéniable. Ils devaient beaucoup s'entraîner tous les deux pour être les combattants hors pair qui m'avaient sauvé la vie en quelques coups de sabre. Il fallait réfléchir à deux fois avant d'aller les chatouiller, surtout Eiirin qui n'avait pas un air commode. J'étais curieuse de connaître leur histoire et celle de leur rencontre. Léo rendit sa copie. Adrien rigola à la lecture de sa feuille.

— Ah, Léo ! Toi et la musique.

Nous rîmes tous devant la feuille de Léo. Il avait mis des styles musicaux et précisé comestible ou mortel. Il arrivait à la même conclusion que moi pour la poche mortelle. Eiirin avait identifié les mêmes substances que moi. Nous étions donc câblés pareil et avions la même finesse d'évaluation du sang. Lui aussi avait détecté de petites billes noires dans la quatrième poche. Je me tournai vers Adrien, ébahie.

— Adrien, tu as trouvé un sorcier ou une sorcière pour masquer la quatrième poche ?

Il rigolait.

— Eh oui, en tant que grand historien, j'ai des relations... et notamment une amie sorcière, nous fit-il avec un air coquin. Je ne peux pas boire son sang. Mais nous passons d'excellents moments ensemble. Elle m'adore et adore mes ardeurs.

Il était très fier de ses prouesses. Je crois que malgré ma blancheur, je rougis sous l'œil d'Eiirin, pendant que Léo rigolait et tapait dans la main d'Adrien pour fêter je ne sais quoi ou probablement leur virilité. Ces vampires avaient plusieurs centaines d'années mais restaient de vrais gamins.

Je ramenai tout notre petit monde à notre problématique.

— Bon, très bien. On sait reconnaître l'aconit. On sait qu'une sorcière peut camoufler des substances dans le sang. Qu'a-t-elle caché, ta sorcière ?

— La cigarette, avoua Adrien.

Ce qui expliquait effectivement que nous ayons tous trouvé la poche comestible. Je conclus pour les autres et moi-même.

— Alors, je pense que Lucien joue un rôle dans cette histoire. C'est probablement lui qui masque l'aconit dans le sang. C'était un moyen d'attirer votre attention sur moi et mes soi-disant dons particuliers pour me faire venir à Paris. Lucien savait où j'étais à Genève.

Il avait déjà envoyé ses trois agresseurs pour me faire peur. Je suis persuadée qu'il a organisé ma fuite de Genève. Comme par hasard, il a réussi à vous convaincre que vous auriez besoin de moi.

Mes trois compagnons vampires prirent l'air grave, mesurant mes paroles. Ce n'était pas tout, mais j'avais faim. Et une partie de ces poches avait creusé mon estomac, sauf celle d'aconit bien sûr. Je coupai net leur réflexion.

— J'ai faim. Vous savez si Maxence travaille, ce soir ?

Eiirin me jeta un regard noir. Je sentais bien qu'il désapprouvait mon choix alimentaire. Mes fourmis s'étaient réveillées. Elles étaient aussi énervées qu'Eiirin, mais pas forcément pour les mêmes raisons. Mes maudites fourmis ne pensaient qu'à croquer Eiirin. Il était temps que je m'éloigne de lui.

— Tu ne peux pas boire une poche de sang pour une fois ?

Je sortis mon téléphone de ma poche pour contacter Maxence. Je fis mon plus beau sourire à Eiirin, lui montrant mes belles dents. Adrien et Léo nous regardaient en rigolant.

— Eh non, je ne peux pas boire une poche de sang pour une fois.

Je fermai la porte du bureau derrière moi. Je contactai Maxence qui malheureusement ne travaillait pas. Pas de bol. Par contre, il était très heureux de m'inviter à passer chez lui pour passer un excellent moment. J'en étais moi-même très heureuse. Maxence se nourrissait très bien, il sentait bon, était très beau et je passais toujours un bon moment dans ses bras. Il m'envoya son adresse par texto. Je n'avais plus qu'à trouver celui qui assurait ma protection rapprochée.

Mon garde du corps était réticent. Il avait des consignes pour me sortir le moins possible, hors mission de travail. Ça ne correspondait pas du tout à mes envies. Même si j'avais trouvé un certain équilibre avec le clan Duroy, je voulais garder mon indépendance, poursuivre ma vie. Même si je sentais que le danger me guettait dehors, je n'étais pas vraiment résolue à rester enfermée et boire le contenu de poches en plastique. Maxence était bien plus attrayant. La danse commençait à me manquer aussi. Il faudrait que j'en parle à Léo. Je savais qu'il sortait pour combler ses divers besoins. Il devait bien connaître des endroits pour danser. Je verrais ça plus tard. Après avoir convaincu mon garde du corps, je pus enfin sortir, à condition de prendre un véhicule du clan avec chauffeur. Adieu mon bolide « rouge éternel ».

Je me détendais tranquillement à l'arrière de la voiture. Nous étions en route sur un grand boulevard parisien, quand deux motos se mirent de chaque côté de notre véhicule. Je me sentis d'un seul coup paralysée. Je ne pouvais plus bouger. Je ne pouvais même pas fermer les yeux. Mon chauffeur reçut une balle dans la tête et mon garde du corps une dans la poitrine sous mes yeux. J'étais atterrée devant tant de cruauté. La portière s'ouvrit. Un homme apparut. Je me retrouvai sur son épaule tel un sac à patates, totalement inerte. Lucien était là, à jeter ses sortilèges. Deux yeux bleu glacier haineux me scrutaient. Il ne se cachait plus. Il avait l'air très mal. Il n'avait plus rien à perdre. Je me sentis mortifiée. D'un coup, tout devint tout noir, je n'existais plus.

Je me réveillai assise sur une chaise dans une cave, seule. Une chaîne en argent me maintenait attachée. Mes bras étaient enchaînés aux accoudoirs. Mes jambes étaient attachées aux pieds de la chaise. Mon torse était enchaîné au dossier dans une position où j'étais paralysée. Cet argent me brûlait la peau qui n'était pas protégée par mes vêtements, créant une douleur insupportable. Je ne savais pas si c'était la chaîne d'argent ou un sortilège mais je me sentais groggy. Je ne connaissais pas toutes les conséquences de l'argent sur les vampires. Je n'avais jamais eu à expérimenter. Les mythes étaient nombreux sur la question. Jusqu'où allait la réalité ? Mon Dieu ! Mon chauffeur était mort. Où en était mon garde du corps ? Je l'avais obligé à sortir alors qu'il ne le souhaitait pas. Je me sentais coupable de leur état à tous les deux. Est-ce que Maxence s'était inquiété que je ne sois pas venue et avait appelé Eiirin ou Léo ?

Où était Lucien ? Je me doutais qu'il allait encore chercher à faire des prélèvements. Il avait besoin de ma chair, de mon sang pour ses expériences. Que voulait-il expérimenter ? J'étais dans une vieille cave très humide. Les murs suintaient. Cette cave n'était pas totalement enterrée. Elle était ouverte sur une toute petite fenêtre, protégée par une grille quadrillée très ancienne, sans vitre. Même en sciant la grille, un humain ou un vampire ne pouvait pas passer par là. J'étais de nouveau prisonnière, mais cette fois, en bien meilleur état. Pour l'instant. J'essayai d'envoyer des messages mentaux à Eiirin pour qu'il vienne à nouveau me délivrer. J'étais dégoûtée de causer encore du tort au clan Duroy. J'allais à nouveau leur faire courir des risques dont ils auraient pu se passer. Au fur et à mesure que je me concentrais sur les messages mentaux pour Eiirin, je pris conscience que je me sentais de moins en moins groggy. Je supposai donc que c'était davantage dû aux sortilèges de Lucien qu'à la chaîne d'argent qui me gardait prisonnière. De plus, en me concentrant sur les SOS à envoyer, je sentais moins la brûlure. Je vis que le jour commençait à se lever. Cela ne jouait pas en faveur de mon secours. Tous les vampires allaient tomber dans l'inconscience. Je me sentais abandonnée dans ma misérable prison. Je sentais la torpeur me gagner. Je n'arrivais plus à lutter contre l'inconscience qui m'enveloppa.

Je me réveillai plusieurs heures plus tard. Je rouvris les yeux lentement et relevai la tête. J'avais mal au cou. J'étais toujours attachée sur la chaise. Ma peau s'était régénérée pendant mon sommeil. Les brûlures étaient moins importantes. Cependant, maintenant que j'étais réveillée, l'argent allait de nouveau œuvrer pour consumer ma peau à tout petit feu. Je tournai la tête, me sentant épiée. Lucien était là, totalement négligé dans son apparence. Il n'avait pas l'air d'aller bien. Son air vicieux respirait la colère et la cruauté. Ce n'était pas bon signe pour moi. Il semblait faire grand jour. Un problème de plus pour moi. Je ne savais pas si Eiirin avait mis des humains à ma recherche. La meilleure des défenses étant l'attaque, je décidai de passer à l'action. Je commençai à me faire une bulle de protection. Je ne connaissais pas l'étendue des pouvoirs de Lucien. Je ne savais pas si ma protection magique et vampirique y résisterait.

— Qui es-tu exactement, Lucien ?

Il ricana, d'un rire malsain. Il vint s'asseoir sur une chaise en face de moi. J'essayai de ne pas me laisser influencer. Je devais maîtriser mes émotions.

— Ah ! La grande Ismérie... Tu n'as pas deviné ?

Il était troublant de voir deux yeux bleu glacier comme les miens. Le temps où j'avais été humaine, j'étais la seule à posséder ces yeux-là dans ma famille. Se pouvait-il que Lucien fût de ma descendance ? Avec toutes les précautions que j'avais prises pour éloigner mes filles de la magie noire, aurais-je pu engendrer un sorcier noir ?

— Eh oui, j'ai hérité de tes yeux. Peut-être même de ta puissance si j'en crois ma mère. Sauf que je n'en ai pas fait le même usage, déclara-t-il avec tout le mépris dont il était capable. Mais non, je ne suis pas de ta descendance directe, Ismérie.

J'en étais soulagée, même si ça ne résolvait pas mon problème de séquestration.

— Qui es-tu, alors ?

— J'appartiens à la descendance de Claudine. Ta très chère sœur, que tu rabaissais sans cesse avec tous tes pouvoirs.

— Je vois que tu as hérité de sa haine et sa méchanceté.

— Tu ne crois pas si bien dire. Et je te remercie pour la puissance de tes pouvoirs. Ta pauvre sœur était faible mais elle devait porter les mêmes gènes que toi. À mon grand enchantement.

Je l'observai. Des tics nerveux agitaient ses mains. Lucien semblait perdre beaucoup de cheveux. Les cheveux noirs qui lui restaient semblaient gras. Mon odorat surdéveloppé m'indiqua que son hygiène laissait à désirer. Mais il n'y avait pas que ça. J'étais sûre maintenant qu'il était malade. Son teint blanchâtre et sa maigreur ajoutaient aux signes de la maladie.

— Tu es malade, lui dis-je.

Il ricana.

— Tu parles au sens littéral ou de ma santé mentale ?

— Effectivement, ton corps et ton mental semblent aussi pourris l'un que l'autre.

Il ne ricanait plus du tout. Son air cruel ressortit et la peur s'immisça en moi. Je pensais qu'il allait passer à l'action tout de suite et me faire mal. Mais il continua de parler.

— Tu as raison, je vais bientôt mourir. Alors, je n'ai plus rien à perdre, Ismérie. Je suis même prêt à tout tenter pour récupérer un peu de vie.

— La magie noire précipite la fuite de l'énergie vitale et pousse ses usagers vers la mort. Personne ne te l'a appris ?

Il recommença à ricaner de son air méprisant.

— C'est facile pour toi, tu es immortelle.

— Mais je n'y suis pour rien. Je n'ai rien demandé à personne. Et je n'ai jamais cherché à user de la magie pour le devenir.

D'un seul coup, cela me parut évident. Je le regardai avec plus de minutie. Ses tocs, ses doigts crochus, sa peau tannée, ses cheveux... Il faisait beaucoup plus vieux qu'il ne l'était en réalité.

— C'est ce que tu cherches à faire ? Accéder à l'immortalité ?

Il souffla, le poids de ses misères alourdissant ses épaules.

— Je n'ai pas eu la chance de réussir à convaincre un vampire de me transformer.

— Évidemment, aucun vampire ne veut perdre son immortalité.

— Et puis si ces trois vampires avaient réussi à me rapporter tout ce que je leur avais demandé, nous n'en serions peut-être pas là. Mais il a fallu qu'ils échouent. Il fallait bien que je trouve rapidement une solution. Alors, je t'ai, toi, et tu vas m'aider, dit Lucien, plein d'espoir.

— Et comment je ferais ça ? Je n'ai pas le pouvoir d'immortaliser un sorcier.

— As-tu essayé, au moins ?
— Non et je ne gâcherai pas mon immortalité pour toi.

Lucien éclata de rire.

— Je ne te demande pas ton avis. Si tu ne veux pas me mordre, je te prendrai tout ton sang jusqu'à la dernière goutte et je t'injecterai le mien en échange. Comme je te l'ai dit, je n'ai plus rien à perdre. Je suis déjà mort. Je n'ai plus qu'à passer du côté des vampires ou des défunts.

Il avait rapproché son visage méprisant du mien pour me montrer qu'il n'avait aucun doute dans ses intentions. Je sentais bien qu'il était on ne peut plus sérieux. Je tentai de gagner du temps pour sauver mon immortalité. J'espérais que la nuit tombât prochainement, réveillant mes sauveurs de vampires.

— Comment as-tu eu connaissance de mon existence ?

Il rigola de nouveau à s'en décrocher la mâchoire puis reprit tout son sérieux.

— Mais tu es une vraie célébrité, Ismérie, dans la descendance de Claudine. Malheureusement, sa descendance n'a pas été très prolifique. Si nous avions été plus nombreux, nous aurions pu rassembler nos forces.

Je doutais que l'humanité puisse gagner quoi que ce soit de positif avec une pléthore de sorciers noirs. Je ne fis cependant aucun commentaire.

— Claudine n'a engendré qu'une descendance maudite, dit-il en crachant ses mots. Très peu d'enfants à chaque génération. Surtout des filles. Toutes plus tourmentées les unes que les autres, te vouant une haine féroce pour avoir jeté la malédiction sur notre famille. Alors que nous n'y étions pour rien.

Forcément, me dis-je mentalement, Claudine n'avait pas entretenu les souvenirs de son rôle dans notre triste histoire familiale : comment elle avait soulevé les villageois contre ma famille en espérant nous exiler. Elle n'avait pas calculé que certains se doutaient que nous étions plus que des humaines car nous guérissions beaucoup de monde. Elle n'avait pas pensé que nous étions tous devenus un danger pour eux. Elle croyait qu'elle en retirerait enfin une reconnaissance à sa juste mesure. Finalement, elle s'était perdue dans sa haine, sa jalousie, son ego, s'obligeant à renier sa famille. Je gardai toutes ces pensées pour moi.

— Ma mère, comme ma grand-mère, ne m'a appris que ça : te détester, crachait-il.

J'avais l'impression qu'il allait convulser sous sa colère qu'il lâchait enfin.

— Tout ça, c'est de ta faute. Tu es responsable du malheur de ma famille. J'ai des dons de sorcellerie extraordinaires depuis que je suis tout petit. Ma mère connaissait bien la magie noire. Elle me l'a enseignée très tôt. Ma mère et ma grand-mère étaient très fières de moi. Si tu avais vu tout ce que je faisais rien qu'avec de petits rongeurs, tu aurais été très fière, toi aussi.

Je le regardai, plus que sceptique, mais lui croyait dur comme fer tout ce qu'il racontait.

— Pffffff... Mon père n'a rien compris. Ma mère a tenté de lui expliquer. Puis, elle a voulu le retenir. Mais ce n'était qu'un idiot. Il nous a abandonnés quand j'étais tout jeune. Ma mère ne s'en est jamais remise. Elle n'a jamais refait sa vie. Elle en est tombée malade. Ma grand-mère aussi. Avec ma mère, nous avons tenté de guérir ma grand-mère avec du sang humain... mais c'était trop tard...

Lucien était totalement perdu dans son passé.

— Je n'étais qu'un adolescent, je ne maîtrisais pas encore assez de potions et de sortilèges. Toute cette magie pour sauver ma grand-mère a rongé ma mère. Elle était devenue faible. À mon tour, j'ai beaucoup travaillé avec de vieux grimoires... en tentant des expériences, toujours plus difficiles, toujours plus coûteuses... Mais ça m'a permis de faire un bon tri dans toute la lie de délinquants et de drogués de Paris, ricana-t-il.

Je devinais qu'il avait grimpé les échelons de la magie noire avec toutes ces expériences.

— Malheureusement, ma mère est morte. J'avais tout juste vingt-deux ans. Je suis seul depuis huit ans.

Lucien n'avait que trente ans !

— Tout ça, c'est de ta faute, Ismérie. C'est ta malédiction qui a ruiné ma famille. Je n'ai même pas eu le temps d'avoir une descendance et me voilà déjà au bord de la mort.

Je considérais que c'était une bonne nouvelle. Lucien se leva et alla chercher du matériel à côté de la porte. Du matériel d'infirmier, pour faire des prélèvements. Tout un plateau avec des seringues, des tuyaux et deux espèces de pompe. Ça, c'était plutôt mauvais signe. Ça craignait un max pour moi.

— Puis j'ai fait la connaissance d'une personne très intéressante qui pouvait me permettre d'accomplir ma vengeance. Il m'a permis d'accéder à des informations de la plus haute importance. Grâce à lui, j'ai pu te retrouver. Grâce à lui, j'ai pu accéder à de nouveaux sortilèges, très prometteurs pour mon immortalité. Lui, il veut se débarrasser des vampires, qui lui enquiquinent la vie depuis plus de vingt ans. Moi, je veux simplement accéder à l'immortalité et venger toute mon ascendance de toi, nous libérer de ta malédiction. J'ai mis à disposition de cet homme mes talents particuliers. Je lui avais fait de super poches empoisonnées. Un truc mortel. Je ne pensais pas que tu trouverais aussi facilement. C'est clair, je t'ai sous-estimée. Il a tout un tas de marionnettes à sa botte. Malheureusement, tu as éradiqué ses trois vampires avant qu'ils ne remplissent leur mission. Mais de toute façon il s'en serait débarrassé juste après toi.

Il était très heureux de me raconter tout ça. Il paraissait vraiment sincère dans sa méchanceté.

— Trêve de discours et passons aux choses sérieuses. Tu vois, je vais mettre en place un procédé très simple entre nous. Cette seringue est reliée à ce tube. Ce tube va jusqu'à cette pompe. Cette pompe va aspirer tout ton sang jusqu'à la dernière goutte, mais tout doucement...

Il déchira ma manche avec des ciseaux et m'enfonça brutalement la seringue dans le bras. Il me fit très mal, mais je serrai les dents pour ne pas le lui montrer. Je ne pouvais pas bouger, totalement ficelée sur ma chaise avec cette chaîne d'argent.

— Oups... Je t'ai fait mal ? Ça ne durera que quelques jours. Le temps de ma transformation.

Mon sang montait dans le tube, la pompe commençait à pomper. Lucien m'enfonça une autre seringue dans l'autre bras, après avoir déchiré mon autre manche. Le tube était relié à une autre pompe. Mais cette pompe n'aspirerait pas mon sang. Non, elle allait m'en injecter. Lucien voulait m'injecter son sang et récupérer le mien. Il approcha un lit de camp pour s'y allonger confortablement.

— Tu vois, Ismérie, je ne vais pas te torturer. Tu vas mourir tranquillement par mon sang, me transformant pour l'éternité grâce au tien.

Je ne croyais pas du tout au succès de son entreprise. J'allais peut-être mourir mais j'avais du temps devant moi, vu les comptes-rendus d'expériences que j'avais lus. Lui, par contre, je ne voyais pas en quoi il se transformerait. Il enfonça la seringue dans son bras, sans ciller, pour faire entrer mon sang dans son corps. Puis il enfonça l'autre seringue dans son autre bras, pour pomper son sang et me l'envoyer, espérant me tuer. Sang de sorcier contre sang de vampire.

— Tu vois, Ismérie, nous n'avons plus qu'à discuter tranquillement pendant que nos sangs œuvrent pour nous.

(1) En latin : vérité et vengeance.

13 - Transformer n'est pas jouer

Lucien continuait de parler. Je ne l'écoutais plus. Je devais rapidement trouver une solution car je ne savais pas quels effets son sang aurait sur moi. Même s'il avait réglé les pompes et les goutte-à-goutte au plus lent, je tenais à mon immortalité et ne souhaitais pas courir de risques. Je ne voulais pas non plus de son sang souillé. Il était malade à force de magie noire. Non merci, très peu pour moi. J'avais voué ma vie de sorcière à la magie blanche. J'avais bloqué la magie noire chez mes filles. Je n'allais pas m'acoquiner à la magie noire maintenant que j'étais immortelle. Je devais trouver une solution et vite. Je marmonnais des paroles inintelligibles régulièrement pour encourager Lucien à continuer d'évoquer son passé et sa haine. Il était totalement plongé dans ses états d'âme.

Je devais pouvoir jouer avec le plastique du tube amenant le sang de Lucien. Il s'était positionné du côté de la pompe de mon sang, vérifiant régulièrement qu'elle l'aspirait bien pour l'amener dans son bras. L'autre perfusion était à l'opposé. Je me concentrai pour faire un petit trou dans le tube plastifié. Je travaillais sur la matière plastique, la chauffant, pour la rendre liquide. Je regardais un petit endroit abrité du regard de Lucien. Tel que nous étions positionnés, il ne pouvait pas voir son sang entrer dans mon bras. Alors, si le tube fuyait, j'avais du temps avant qu'il ne s'en rende compte. Comme si j'avais un laser dans les yeux, je me concentrais pour percer le tube. Ainsi, son sang goutterait sur le sol. J'avais chaud, je commençais à transpirer. Ce que je pouvais faire d'un claquement de doigts ou en agitant mon nez quand j'étais sorcière me demandait maintenant beaucoup d'énergie pour un résultat minime. À force de concentration, je réussis. Le plastique fondit. La première goutte de sang de Lucien tomba. Le sang continuerait de goutter tranquillement. Une bonne chose de faite. Mes battements de cœur s'étaient accélérés, devançant le travail de la pompe. Je devais maintenant me calmer. Calmer mon cœur pour ralentir la fuite de mon sang. Lucien s'était tu. Il savourait mon sang qui entrait en lui. Je sentais le ravissement l'envahir. Il avait parlé de plusieurs jours. J'espérais être sauvée avant car s'il se transformait vraiment en vampire, il se ferait un plaisir de m'achever.

La nuit tombait, j'étais calme. J'attendais patiemment de pouvoir reprendre l'envoi des SOS vers Eiirin et Léo. J'étais sûre qu'Eiirin finirait par me capter, mais au bout de combien de temps ? Patience et sagesse pouvaient peut-être me sauver. Cela me rappela un enseignement de Bouddha, appris dans un ashram en Inde : « J'appelle sage celui qui, tout innocent qu'il est, supporte les injures et les coups avec une patience égale à sa force ». Forte, je l'étais. J'avais travaillé mon mental plusieurs décennies pour apprendre à le gérer. Je me recentrai sur moi-même, canalisant mon énergie. Le sang de Lucien gouttait sur le sol. Je gardais le mien pour qu'il fuie mon corps le plus lentement possible. Je dégageais des ondes d'apaisement pour moi, mais aussi pour Lucien. Plus il serait calme, moins mon immortalité courrait de risques. Et puis, j'envoyais des messages régulièrement vers Eiirin afin qu'il me trouve. Il faisait nuit noire maintenant. J'espérais qu'Eiirin viendrait me sauver prochainement. La nuit se passa finalement dans le calme. Mon sang me quittait goutte à goutte pour pénétrer dans Lucien. Je restais détachée. Je ne voulais pas que la situation m'affecte. Je restais impassible. Lucien s'agitait dans son sommeil dans des paroles incompréhensibles. Je ralentissais au maximum les battements de mon cœur, contrariant autant que possible le travail de la pompe. Les heures passèrent. En fin de nuit, je n'avais toujours pas de nouvelles d'Eiirin. Déjà plus de vingt-quatre heures depuis mon kidnapping. Je fatiguais. Et avec la fatigue, je déchantais. Pourquoi n'avais-je pas de nouvelles d'Eiirin ? Pourquoi ne l'avais-je pas senti ? Irritée, je tombai dans l'inconscience.

Je me réveillai en fin de journée. Je me sentais mal. Lucien faisait les cent pas, ses seringues toujours accrochées à ses bras, les tubes rouges de sang. Il était en colère et marmonnait. Quand il se rendit compte que j'étais réveillée, il s'en prit à moi immédiatement.

— Tu croyais que je n'allais pas m'en rendre compte, Ismérie ?

Affolée, je ne compris pas. Je sentais que Lucien était au bord de l'explosion nucléaire.

— Tu ne voulais pas de mon sang ? Il n'est pas assez bien pour toi ? Je suis TA famille ! dit-il, crachant sa colère.

Je regardai mon bras et constatai qu'il avait changé mon tube percé pendant mon sommeil. Voilà la raison de mon malaise. Le sang de Lucien entrait dans mon corps. J'étais épouvantée. Lucien avait l'air dans un état pire que le mien. Il était très agité. Son teint était cadavérique. Ses tics nerveux s'étaient transformés en soubresauts dans ses épaules, son dos. Il n'avait pas l'air de bien assimiler mon sang de vampire. Il faisait encore jour. La patience m'avait quittée, remplacée par la peur. La peur de perdre mon immortalité. Alors que j'étais sûre de pouvoir vivre plusieurs jours, même en prélevant mon sang, je doutais maintenant que le sang de Lucien m'aide à garder la vie. Je regardai de nouveau par la fenêtre, guettant les signes de pénombre, annonçant la nuit. Lucien suivit mon regard et ricana.

— Personne ne viendra te chercher, Ismérie. Cette cave est une vraie cage de Faraday. Un sortilège la rend hermétique à tous les messages mentaux que tu pourrais envoyer. Alors, ne te fatigue pas. Tu mourras dans cette cave, que je sois transformé ou non en vampire.

Mes yeux se remplirent de larmes. J'avais très mal évalué la situation. Elle était catastrophique. J'étais enfermée dans cette cave suintante avec un fou à moitié mort rêvant d'immortalité. Je devais me concentrer à nouveau pour faire un trou dans le tuyau et éviter à ce sang pourri de me tuer. Je rassemblai mon énergie pour percer à nouveau le tube. Toute ma concentration réunie, je le fixai de mes yeux pour lancer comme un laser sur ce maudit plastique. Je constatai avec horreur que je ne pouvais plus le percer. Il était comme blindé. Lucien avait deviné mes intentions et se moquait de moi.

— Tu ne peux plus les percer. Je les ai tous renforcés. Je suis bien plus puissant que toi en sortilèges. Tu as gardé beaucoup de capacités de sorcière comme ça ?

Il me regardait, totalement émerveillé. De l'admiration brillait dans ses yeux. Je ne perdis pas d'énergie à lui répondre. Je n'en avais rien à faire. Il fallait que je trouve une solution. Je ne voulais pas mourir dans cette maudite cave. Je me concentrai tout de même sur le tuyau qui aspirait mon sang pour tenter de le percer. En gardant un maximum de sang, je pouvais me régénérer. Horreur ! Il avait raison. Ce tuyau était totalement immunisé contre ma magie. Je me sentis tout à coup misérable, abandonnée. Je tentai de m'apaiser pour ralentir les battements de mon cœur. Il ne me restait plus que cela. Freiner mon cœur au maximum de ce que je pouvais supporter pour vivre. Je devais à nouveau réfléchir. Trouver une nouvelle solution. Je me sentais de plus en plus mal dans mon corps. Je ne savais pas depuis combien de temps je recevais le sang de Lucien. J'entrevoyais cependant que son sang et moi étions totalement incompatibles.

La nuit tombait... Enfin. Même si Eiirin n'avait pas pu capter mes messages, peut-être qu'il réussirait à me trouver quand même. Est-ce qu'il me cherchait toujours ? Je devenais de plus en plus léthargique.

Lucien s'était tu. Il s'était recouché. Il n'arrêtait pas de bouger sur son lit de camp. Il geignait de plus en plus. Il se plaignait d'avoir chaud. Trop chaud. Il commençait à dire que sa mâchoire lui faisait mal. Au milieu de ses gémissements, il rigolait. D'un rire empli de souffrance. De temps en temps, il criait « vampire ». Je craignais que la transformation n'ait commencé. Très mauvais pour moi. J'étais maintenant persuadée que cette cave serait mon tombeau. Si le sang de Lucien ne me tuait pas, ce serait Lucien le vampire qui m'achèverait.

La torpeur m'envahissait de plus en plus. Mes bras et mon torse enchaînés sur la chaise me maintenaient dans une position inconfortable. Seule ma tête tombait par à-coups quand je n'arrivais plus à la tenir. Lucien était plus calme. Ses gémissements perdaient en intensité. Il semblait moins souffrir. Ma transformation avait duré cinq jours. Je ne m'en souvenais absolument pas. J'avais été inconsciente tout le temps. Je m'étais réveillée d'un seul coup, sans savoir ce que j'étais devenue. Je ne savais donc pas si ce que vivait Lucien était normal. Si on peut appeler « normal » une transformation de sorcier en vampire. Je sentis d'un seul coup quelque chose voler autour de moi. Je redressai la tête en sursautant. Cette chose m'avait frôlée. Je tournai la tête avec difficulté pour tenter de trouver la source de ces battements d'ailes. Je ne perçus rien. J'étais faible. Peut-être que mes sens me jouaient des tours. Un tourbillon de champ électromagnétique se forma alors devant moi, me hérissant les poils et les cheveux. Je scrutai, ne comprenant pas ce qu'il se passait. Eiirin apparut dans toute sa splendeur, nu. J'étais peut-être déjà morte. Et probablement au paradis. Autant de magnificence ne pouvait m'attendre en enfer. Ses muscles dorés étaient tendus. Ses épaules, ses bras, son torse étaient bien dessinés. Ses abdos formaient une tablette de chocolat dans laquelle j'aurais bien croqué. Si le paradis, c'était ça, j'y serais peut-être bien, finalement. En descendant mon regard plus bas, je vis qu'il avait tout ce qu'il fallait, là où il le fallait. Ses cuisses musclées étaient puissantes. Mon regard remonta, je commençais à sourire devant tant de beauté quand il arrêta mon admiration pour ce magnifique paysage.

— On ne peut vraiment pas te laisser seule, Ismérie. Si je veux te garder immortelle, je vais devoir t'enfermer à l'hôtel de Lauzun, dit-il avec un sourire. Heureusement que je peux te retrouver même si tu ne m'envoies pas de messages mentaux.

Et Eiirin semblait vraiment soulagé d'avoir ce don. Cette possibilité me rassura immédiatement. J'étais de nouveau sauvée, en piteux état, mais sauvée. Je me sentais sèche. Mon énergie vitale m'avait en grande partie quittée. Mais j'étais délivrée.

— Alors, comment va-t-elle ? demanda Léo.

Je tournai la tête vers la fenêtre. Léo était à l'extérieur. Seul Eiirin était entré dans la cave. Ce dernier m'observait, me sondait pour évaluer mon état.

— Ce n'est pas joli, mais elle va s'en remettre.

— Tu veux ton sabre, Sensei ?

Eiirin s'accroupit devant moi.

— Ça va faire mal, me dit-il. Laisse-moi quelques instants, Léonard.

Alors, la situation était grave. Ce n'était pas rassurant. Il enleva les aiguilles de mes bras aussi délicatement que possible. Cela me fit tout de même un mal de chien. Je gémis, les larmes aux yeux. Non, je n'étais pas au paradis. Eiirin était magnifique mais j'étais toujours sur Terre à jouir de mon immortalité, même si en ce moment ce n'était pas des plus agréable. Eiirin jeta un œil à Lucien, recroquevillé sur son lit de camp, pour évaluer son état. Il devait être assez serein car il se dirigea vers la petite fenêtre de la cave. Il était aussi beau de dos que de face. J'étais soulagée : j'étais en bonne voie d'être sauvée encore une fois.

— Donne-moi mon sabre, Léo. Faites le tour. Entrez, mais soyez prudents. On ne sait pas ce qui peut se cacher dans cette habitation maléfique. Et n'oublie pas mes vêtements, même si ça redonne le sourire à Ismérie.

Eiirin se moquait de moi. Finalement, il devait être assez rassuré sur la situation dans laquelle je m'étais encore mise.

— Eiirin, je ne sens plus les sortilèges de Lucien. Je pense qu'on est tranquilles de ce côté-là.

— Soyez tout de même prudents.

Eiirin alla jusqu'à la porte intérieure de la cave pour vérifier qu'elle était bien fermée à clé. Il jouait la prudence. Il vint ensuite examiner de plus près Lucien.

— Eiirin, Lucien disait tout à l'heure que la transformation avait commencé.

Eiirin, toujours dans le plus simple appareil, son sabre dans une main, passait son autre main au-dessus du corps de Lucien pour mieux l'évaluer. La scène était vraiment étrange.

— Oui, il a raison, la transformation a commencé. C'est ce qui a fait que ses sortilèges sont tombés et que nous avons pu te retrouver. Mais je sens que ça ne marchera pas.

J'étais soulagée de l'entendre. C'était une excellente chose que Lucien ait perdu ses pouvoirs de sorcier. La magie noire ne menant à rien de bon, mieux valait qu'il ne puisse plus l'utiliser. La vampirisation ne marchant pas, sa fin était proche. Je souris devant toutes ces bonnes nouvelles. Je me sentais libérée, même si j'étais toujours ligotée à cette chaise.

— Ce sont d'excellentes nouvelles, Eiirin.

Eiirin tira Lucien vers le haut de son lit de camp pour faire dépasser sa tête. Il me regarda et leva son sabre.

— Oui, mais nous n'allons pas prendre de risque pour autant.

Sa phrase à peine terminée, la lame trancha le cou de Lucien. Sa tête tomba, roula sur le sol de la cave.

J'écarquillai les yeux, bouche bée. On frappa à la porte.

— Tes vêtements sont arrivés, Sensei, dit Léo.

Eiirin évalua la porte avant de l'ouvrir pour ne pas prendre de risques. Il était extrêmement prudent. Ce qui expliquait bien évidemment sa longévité. Si je voulais survivre, je devais en prendre de la graine. Eiirin ouvrit la porte. Léo entra et lui tendit ses vêtements. Je le regardai se rhabiller. Le spectacle était terminé. Léo était posté devant moi. Je dus détourner le regard pour regarder Léo quand ce dernier me parla.

— Il est beau, n'est-ce pas ?

J'acquiesçai en lui faisant un faible sourire.

— Tu as vraiment une sale tête, Ismérie, dit Léo, les sourcils froncés, le sourire vers le bas, ce qui n'était pas dans ses habitudes.

— Merci, répondis-je, affligée.

— Bon, je vais t'enlever tes beaux bracelets qui ne doivent pas être très confortables.

Léo avait retrouvé son sens de l'humour. Les trois autres vampires qui constituaient mon équipe de sauvetage étaient entrés dans la cave. L'un d'eux dit à Eiirin :

— Tout est sécurisé, Sensei.

Eiirin hocha simplement la tête et donna ses ordres.

— Très bien. Brûlez les restes de Lucien, ne prenons aucun risque. Il a déjà tué trois de nos vampires, un chauffeur et a agressé plusieurs fois Ismérie.

Les trois vampires passèrent à l'action pendant qu'Eiirin venait aider Léo à me détacher. Ils avaient mis des gants pour ne pas se brûler. Les chaînes d'argent qui étaient accrochées à mes poignets s'étaient incrustées dans ma chair car aucun vêtement ne les protégeait. J'avais tellement mal que je sanglotais pendant qu'ils tiraient sur l'argent collé à ma peau. Eiirin et Léo me marmonnaient des « désolé » ou des mots d'apaisement en essayant de me faire le moins de mal possible… En vain. Je finis par être totalement libre. Encore une fois blessée, meurtrie, désorientée, mais libre et immortelle. Comme l'avait dit Eiirin, je guérirais.

Épuisée je m'endormis dans le véhicule qui nous ramenait à l'hôtel de Lauzun. Trou noir pour moi. J'avais tout lâché, mais j'étais en confiance.

Je me réveillai seule, dans ma chambre. Surprenant. Il faisait nuit. J'avais dû dormir très longtemps. Deux gardes étaient assis à me surveiller. Je me relevai sur mes coudes pour mieux les voir. Je ne pus rester que trois secondes, à peine, et je me laissai retomber, épuisée. J'entendis les gardes appeler Léo et Eiirin. Léo franchit ma porte le premier.

— Désolé, je t'ai laissée seule cette nuit car Eiirin avait peur que le manque de sang t'oblige à me sucer jusqu'à la dernière goutte.

Il paraissait penaud avec ses cheveux tout ébouriffés.

— Vous n'avez pas eu peur de me laisser des humains ?

Léo rigola, reprenant son assurance.

— Ils avaient des consignes très précises en cas d'attaque. Et puis, ils ne sont pas inconscients, eux, pendant la journée. On ne savait pas à quelle heure tu allais te réveiller.

Eiirin arriva et fit signe aux gardes qu'ils pouvaient partir.

— Merci, messieurs, nous maîtrisons la situation maintenant.

Les gardes fermèrent la porte derrière eux. Eiirin et Léo me scrutaient avec grande attention. Je sentais qu'ils m'évaluaient avec leurs dons, comme s'ils cherchaient à quelle créature ils avaient affaire maintenant. J'étais surprise qu'Eiirin ne me propose pas immédiatement son sang comme toutes les fois où j'en avais eu besoin, ou quand ça avait été plus fort que nous. Il craignait peut-être que mon côté hybride ou vampire ratée ait augmenté. Cela me mit le doute aussi. Alors, je m'évaluai moi-même pour savoir si quelque chose clochait ou si je n'étais plus comestible. J'émis des ondes de magie blanche sur mon corps pour détecter des toxiques que je n'aurais pas contenus avant. Mon enveloppe corporelle était mon temple. Je la vénérais en lui offrant du sang le plus sain possible, du yoga, de la méditation et de la danse pour le plaisir. Le plaisir dans la vie était tout de même important et je n'étais pas une ascète. Non, j'étais une ancienne danseuse de cabaret et j'y avais pris beaucoup de plaisir. Mes ondes balayaient mon corps et revenaient vers mon mental, comme des vagues qui vont et viennent. Je ne détectais rien de toxique pour moi. Mais je n'étais pas comme tous les vampires. Alors qu'en était-il pour les autres ?

Eiirin m'avait dit que je ne devais pas faire d'échange de sang avec n'importe quel vampire. Mais il ne m'avait pas dit pourquoi et je n'avais pas creusé la question. Par contre, avec Eiirin, j'avais pu faire plusieurs échanges de sang qui avaient été captivants. Et je sentais son sang. Mes fourmis semblaient fatiguées, elles aussi. Elles se réveillaient doucement, sentant la présence d'Eiirin.

— Eiirin, j'ai besoin de sang. De ton sang... S'il te plaît.

Je n'avais jamais supplié pour avoir du sang. Charmer oui, manipuler aussi, mais jamais supplier. Mon comportement me faisait honte. Léo et Eiirin se regardèrent. Je me doutais qu'ils échangeaient mentalement. Mon sang commençait à bouillir, comme s'il choisissait lui-même sa proie. Sa proie était Eiirin sans aucun doute. Mes crocs étaient descendus, ma bouche se remplissait de salive. Je craignais de me mettre à baver. Je me sentais ensorcelée par le sang d'Eiirin. Mes fourmis bondissaient maintenant, voraces, en sentant son sang.

— Tu vas devoir te contenter de poches aujourd'hui, Ismérie, dit Eiirin, l'air navré.

Je sentis une boule serrer ma gorge. Je retins les sanglots qui menaçaient d'éclater. Je me sentais décharnée, tellement j'avais soif. La faim me tenaillait le corps comme je l'avais rarement ressenti. Il me fallait du sang. Je sentais le cœur d'Eiirin battre. Son sang me tourmentait. J'avais assez souffert comme ça pour l'instant.

— Tu me mets au supplice, Eiirin, là. Alors, sors, s'il te plaît.

Eiirin soupira. Il prit un air penaud. Les épaules avachies, il sortit. Son attitude était loin de celle du grand chef samouraï. Il s'était rarement laissé aller en ma présence, sauf pendant nos échanges sanguins. Et encore, il s'était vite repris. Léo me regarda avec un sourire bienveillant pendant qu'Eiirin fermait la porte. Pauvre Léonard, il me servait de garde, d'infirmier, de doudou, de compagnie quand Eiirin avait décidé que je ne devais pas rester seule.

— Eiirin te fait amener des litres de sang à la bonne température. Il ne peut pas te faire récupérer tout ce que tu as perdu. Ça risque de l'affaiblir. Et la situation l'oblige à rester fort. Même si Lucien n'est plus là. Nous pensons que cette affaire n'est pas terminée.

Je comprenais, bien évidemment. Cependant, l'attrait du sang était difficile à maîtriser quand nous avions été saignés pendant quarante-huit heures. La faim était puissante, malheureusement plus forte que la raison quand nous n'avions pas pu prendre soin de nous.

— Je comprends, Léo. Qu'est devenu Lucien ? J'avoue que je n'avais plus toute ma tête.

Je me sentais blessée par toutes ces mésaventures et l'attitude des vampires autour de moi. Même si je vivais avec eux, je me sentais différente. Je ne me jugeais pas à la hauteur. Ils m'avaient secourue déjà à plusieurs reprises. De plus, j'étais affamée. Ma raison s'était réfugiée dans mon estomac.

— Lucien a été décapité, puis brûlé. Nous avons masqué le tout avec un incendie de la cave et de son labo. Il avait quantité de substances, toutes plus bizarres les unes que les autres. Nous avons laissé tout de même des indices pour montrer qu'il faisait de drôles d'expériences, ce qui l'a conduit à sa perte.

— Lucien était malade, déjà en fin de vie... Il voulait accéder à l'immortalité, dis-je, rêveuse.

Je me demandais mentalement quels dégâts il aurait pu causer avec son immortalité. Léo ricana.

— Mouais et il voulait te voler la tienne au passage.

— Il a grandi dans la haine et la malédiction que j'avais causée à toute ma famille. Toute cette haine féroce a été nourrie au fil des générations.

Je me sentais tellement lasse. Je retournai visiter mon passé et les heures sombres de ma vampirisation. Le sang arriva par l'intermédiaire d'une personne discrète qui sortit dans la foulée. Je n'eus pas le temps de l'apercevoir. Léo s'était assis à côté de moi, adossé à la tête de lit. Je m'étais poussée pour lui faire de la place. Il me tendit un premier gobelet fermé avec une paille. Je m'assis péniblement et lançai mon pouvoir pour évaluer le sang. Juste une petite onde car je ne pouvais plus guère utiliser ma magie.

— Le sang est sain, Ismérie. Tu peux boire les yeux fermés.

Je commençai à boire à grandes gorgées. Léo ajouta.

— Laisse ton passé derrière toi. Il ne fait plus partie de ta vie. Beaucoup d'entre nous ont connu une transformation compliquée ou même des moments difficiles.

Certes, Léo n'avait pas tort. Pourtant, quand on avait le nez dedans, il fallait le relever et laisser passer tout ça. C'était beaucoup plus facile à faire quand on était en pleine forme et en possession de ses moyens. Ce qui n'était pas tout à fait mon cas en ce moment. Je vidai mon premier gobelet. J'avais à peine fini que Léo m'en tendit un autre et récupéra le gobelet vide. Je continuai de boire goulûment et avec avidité. Ça ne me procurait pas le même plaisir que de boire à la source. D'autant plus, si la source était Eiirin. Je n'avais rien connu d'aussi sublime. Bon, mais ça non plus n'était pas d'actualité. Je soupirai en continuant de boire. Léo dut deviner le tour que prenaient mes pensées. Il rigola.

— C'est sûr qu'on ne prend pas son pied avec un gobelet de sang.

Je tournai la tête pour le regarder. Mes joues avaient rougi. Léo me fit un clin d'œil. Il ajouta.

— Tu avais besoin de trop de sang. Maxence s'était porté volontaire mais nous avons décliné son offre.

Mmmm... Maxence. Le pauvre, je lui avais posé un lapin... Il n'avait pas eu son petit moment d'extase dans mes bras. Je savais qu'il savourait particulièrement ces dons. C'était une autre forme d'échange que je lui offrais, qu'il affectionnait particulièrement.

— Je comprends... Je me sens de mieux en mieux.

Et c'était vrai. Je sentais que je me remplumais. J'avais l'impression de reprendre consistance.

— Eh oui, c'est la loi de notre nature. Nous sommes par bien des façons quasi indestructibles.

C'était vrai. En cent vingt-deux ans d'existence vampire, j'avais connu pas mal de désagréments. Mais je m'étais toujours rétablie très vite. Le travail investi pour maintenir mon mental au beau fixe m'avait permis d'aller de l'avant et de ne pas tomber dans la mélancolie. Le « c'était mieux avant » était de toute façon à gérer en vieillissant. Même si le vampire gardait le même aspect au fil du temps, il fallait gérer chaque année mes vingt-huit printemps intemporels de mon immortalité.

— Et c'est une excellente chose que je ne voudrais plus changer maintenant. Tu crois qu'Eiirin acceptera à nouveau d'échanger son sang ? demandai-je à Léo.

Mon insatisfaction transparaissait dans mes paroles. Léo rigola et se moqua de moi.

— Tu veux dire avec moi, Ismérie ?

Je pouffai de rire, moi aussi. Je me sentais ragaillardie. Malgré tout, je n'aurais pas été contre un petit échange avec Eiirin, histoire de faire passer le goût du gobelet.

— Non, avec moi, banane ! Je me fous de ce qu'Eiirin veut bien échanger avec toi. Ce qui m'intéresse, c'est le sang qu'il veut bien échanger avec moi. Il a un goût exquis et je n'ai jamais ressenti un truc pareil.

Léo prit un air grave. Il avait un air songeur.

— Je crois que c'est pareil pour lui. Et je ne sais pas où ça va nous mener, votre histoire, mais je pressens un impact important.

— En bien ou en mal ?

— Mon don ne va pas jusque-là ! Notre avenir nous le dira, Ismérie.

Cette nuit-là, je restai tranquillement dans ma chambre à digérer tout ce sang et à méditer les paroles de Léo.

14 - Sexe, sang & rock'n'roll

Après une bonne journée de sommeil, j'étais de nouveau fraîche et pimpante. Je repris mon rituel du réveil. Je me préparai avec grand soin après une bonne douche. J'avais été dans un état pitoyable. Il fallait que je retrouve ma féminité. Léo n'avait plus peur que je lui saute à la gorge pendant son sommeil. J'avais pu m'endormir dans ses bras, comme à notre habitude. J'enfilai un pantalon slim, un chemisier noir largement décolleté sur ma poitrine, qui ne laissait jamais personne indifférent, mon collier d'amarante en symbole de mon immortalité et des bottines à talon aiguille de douze centimètres. J'avais besoin de me sentir plus grande. Trop de vampires, trop grands, trop forts, trop musclés autour de moi. À moi de sortir mes atouts. Et puis j'avais envie de danser. Cela faisait finalement peu de temps que j'étais à Paris et que je n'avais pas dansé, mais la danse me manquait cruellement. Je comptais bien remédier à la situation. Je savais que Léo sortait. J'espérais qu'il aimait danser et qu'il m'emmènerait.

Pour l'heure, nous avions rendez-vous avec Eiirin pour faire le point.

Quand nous arrivâmes dans son bureau, Eiirin était seul. Il nous accueillit de bonne humeur et fit le tour du bureau pour m'embrasser sur la joue. Surprise, je ne bougeai pas. Eiirin s'attarda plus que nécessaire. Il me humait, m'évaluait. Il me chuchota à l'oreille : « Bien ! Tu es en pleine forme et magnifique ». Je faillis lui rétorquer que je serais majestueuse avec son sang. Cependant, sa familiarité m'avait coupé le souffle et je restai abasourdie. Eiirin alla s'asseoir dans son petit salon et nous invita à le suivre.

— Ismérie, as-tu découvert des éléments qui pourraient nous intéresser pendant ta mésaventure ?

Je leur racontai mes liens familiaux avec Lucien. La haine entretenue au fil des générations qui avait précipité la chute de la descendance de ma sœur, Claudine. Eiirin et Léo m'écoutaient consciencieusement, enregistrant chaque détail. Je poursuivis.

— Son besoin de vengeance l'a poussé à s'acoquiner avec un homme puissant. Cet homme lui a fourni de vieux grimoires de magie noire, des ingrédients rares, des finances... en échange de services magiques pour se débarrasser des vampires. C'est bien Lucien qui camouflait les poches de sang mortelles pour que nous ne puissions pas détecter l'aconit. Simplement, Lucien souhaitait juste accéder à l'immortalité et au passage, ma mort, pour une vengeance familiale définitive. Il vous a montré mon existence au travers de ses soi-disant prédictions. Il vous a fait miroiter mes dons particuliers pour que vous m'offriez un emploi. Il voulait me combattre sur son terrain. Lucien s'est allié à un homme puissant uniquement pour atteindre son objectif d'immortalité et sa vengeance. Par contre, ce mystérieux homme puissant veut se débarrasser des vampires, car ils le gênent depuis plus de vingt ans. Il avait embauché ces trois vampires qui m'ont agressée à Genève pour me faire venir à Paris. Ils devaient être chargés de m'espionner pour me coincer dès que possible. C'est comme cela qu'ils m'ont suivie dans le square Barye. Selon Lucien, ce mystérieux homme puissant avait prévu de se débarrasser des trois vampires dès que possible. Alors, finalement, vous lui avez rendu service. C'est donc cet homme qui organise la contamination du sang. Et il n'a plus Lucien pour ensorceler les poches. Il faut informer les vampires qui n'évaluent pas le sang avant de consommer ou ceux qui n'en sont pas capables.

Eiirin et Léo étaient songeurs. J'attendais leur réaction.

— Et tu n'as pas d'indice pour déceler cette personne ? demanda Eiirin.

— Non, je n'en sais pas plus. Lucien n'a pas toujours eu des propos cohérents et je n'ai pas toujours été à son écoute. Je m'étais mise en mode survie, puis je n'étais plus en état.

Léo déclara, sûr de lui.

— Un homme puissant, qui nous en veut depuis plus de vingt ans ? Je dirais Merconi en première position. Nous avons sacrément ralenti ses bénéfices, même s'il n'est pas à plaindre, car il en fait encore bien trop.

— C'est vrai, dit Eiirin. Cependant, je lui connais des affaires dans l'industrie agroalimentaire essentiellement. Je sais qu'il commence à développer son industrie pharmaceutique, mais je ne suis pas sûr qu'il travaille dans le sang.

— Nos données ne sont peut-être pas à jour, répondit Léo.

— Je vais faire vérifier tout cela pour que nous ayons des pistes sérieuses. Que nous découvrions qui est ce méchant qui veut nous anéantir. Léo, informe les vampires que les risques d'empoisonnement sont toujours d'actualité.

Les dernières paroles d'Eiirin nous indiquèrent que la séance était levée. Je restai un peu en retrait pendant que Léo sortait. Il comprit et me laissa avec Eiirin. J'avais besoin d'être rassurée. Je me rapprochai d'Eiirin, qui me regardait avancer un sourcil relevé. Son expression disait clairement que j'avais bien trop d'audace envers ce grand maître samouraï et pas assez de respect. Mais là, je me voyais plutôt comme une panthère venant renifler sa proie. Je me positionnai tout contre son torse, sans jamais le toucher. J'étais heureuse de sentir mes fourmis s'affoler. J'avais tellement eu peur qu'elles disparaissent si je n'avais plus de lien de sang avec Eiirin. Je jubilais. Elles étaient bien là et ne souhaitaient qu'une chose : faire la fête avec le sang d'Eiirin, communier au septième ciel. Je relevai la tête et le regardai. Je fronçai les sourcils en voyant son expression. Il était alarmé, en pleine confusion. Je me retrouvai immédiatement envahie par le doute. Je reculai d'un pas pour qu'il reprenne contenance. Mes fourmis piaillaient d'impatience, demandant leur dû. J'eus tout de même l'audace de poser la question.

— Un peu de sang ?

Eiirin pencha la tête. J'avais l'impression qu'il m'observait comme une expérience chimique qui tourne mal.

— J'attends Etsuko, me répondit-il, tout simplement, avec un air suffisant.

Je crus que mes genoux allaient se dérober. J'étais effarée. L'âme en peine, le cœur affolé, les fourmis furieuses, je sortis sans un mot. J'entendis Eiirin m'appeler pour me retenir. Je poursuivis mon chemin sans un regard en arrière. Après tout, qu'attendais-je donc ? Quelle idiote ! Eiirin avait sa vie avec Etsuko. Il valait peut-être mieux que je me débarrasse définitivement de ces fourmis pour retrouver toute ma santé mentale. Je devais oublier comment le sang d'Eiirin était sublime et pouvait m'emmener au nirvana, au comble de la béatitude. Il y avait des choses difficiles à faire dans la vie et celle-là me demanderait beaucoup de travail.

Je cherchai Léo. Il fallait qu'il m'emmène danser quelque part. J'avais besoin de me défouler et j'étais en manque de danse. Je pouvais peut-être allier les deux. Je filai dans le bureau de Léo. Il travaillait. Il avait l'air hyper sérieux et concentré. J'avais parfois passé du temps dans son bureau pour me replier quand j'avais besoin de me cacher. Son bureau était petit. Mais il avait deux fauteuils confortables. Je m'avachis dans celui que j'avais adopté. L'air boudeur, je m'exhortai à oublier Eiirin, son sang, sa geisha. Quelle veinarde. C'était vraiment trop injuste. J'attendais patiemment, en tout cas du mieux que je pouvais, que Léo s'intéresse à ma petite personne. Au bout d'un moment, il leva la tête en fronçant les sourcils.

— Quelle rancœur, je n'aime pas ce que chante ton sang. Si tu ne changes pas de mélodie, tu vas devoir sortir de mon bureau.

— Mmmm... désolée, dis-je, penaude.

Je pris une grande inspiration pour chasser ce nuage noir que constituaient mes pensées.

— Il n'a pas voulu de toi ?

— Non, il m'a dit attendre Etsuko.

Léo ouvrit la bouche, puis la ferma.

— Ce n'est pas très galant, convint-il.

— Non. Tu ne veux pas m'emmener danser ? Je sais que tu sors régulièrement et que tu aimes danser.

J'affichais mon plus beau sourire et mon regard doux pour mieux le convaincre. Léo rigola. Il prit un air très satisfait. J'imagine qu'il pensait à ses sorties. Puis, il redevint sérieux. Pas sûr que ce soit bon signe.

— Bon, tu as des choses à oublier, j'imagine...

J'acquiesçai, attendant qu'il poursuive.

— Je suis un très bon danseur, mais plutôt rock. Je connais un super endroit qui pourrait te plaire. Tu aimes le rock ?

— J'adore. J'ai appris à le danser quand j'ai découvert le jeu de jambes d'Elvis. C'est parfait.

— Alors, laisse-moi une heure. Je dois finir ça et préparer notre sortie pour ne pas courir de risques. Ton garde du corps est toujours à l'hôpital, mais il va s'en remettre. Il faut que je voie avec tout l'effectif de garde et les vampires qui ont envie de danser. S'il t'arrive encore quelque chose, Eiirin ne me le pardonnera pas.

— Ne t'inquiète pas, il est occupé avec Etsuko.

— Isie, il n'échange pas son sang avec elle. Leur relation est purement platonique, et cela va rarement plus loin.

— Il ne te dit peut-être pas tout.

— Crois-moi, je le saurais s'ils échangeaient du sang. C'est quelque chose que je détecte facilement avec mon don. Eiirin n'avait jamais échangé autant de sang avec un vampire avant toi.

Je considérai Léo et tout le sérieux de ses paroles. Étrange.

— Eh bien, c'est terminé, les échanges !

Léo éclata de rire, comme si j'avais prononcé la blague la plus hilarante de l'année.

— Que tu crois ! Maintenant, sors de mon bureau et va changer de disque si tu veux que je t'emmène danser.

— Je te retrouve où ?

— Je te retrouverai. Va-t'en, maintenant, et laisse-moi travailler.

Je sortis. Je me faisais virer deux fois de suite dans la même soirée. C'était ma fête.

J'allai à la bibliothèque après avoir récupéré mes écouteurs et mon téléphone. Je commençai par écouter *Love On The Brain* (1). Cette chanson faisait curieusement écho à mes émotions. Puis, je laissai s'écouler la musique que mon abonnement musical me proposait. Je n'avais pas vu le temps passer quand je sentis quelqu'un derrière moi.

— Voilà qui est bien mieux. Je préfère cette mélodie. Allez, viens, Isie, allons-y.

Nous partîmes avec plusieurs voitures de vampires et gardes du corps. L'ambiance était bon enfant. Beaucoup de vampires étaient habillés de noir, comme moi, voire plutôt gothique.

Nous arrivâmes dans un club de rock vintage. Ce lieu était incroyable avec sa décoration rock des années cinquante et soixante. Paradoxalement, les danseuses, de tous âges, avaient mélangé les jupes cintrées avec des tenues plus gothiques. Les franges très courtes et les nœuds dans les cheveux leur donnaient à toutes un air enfantin, contrebalancé par tous leurs tatouages exposés sur leurs chairs blanches et leurs yeux maquillés de noir. Les hommes n'étaient pas en reste avec leurs perfectos, leurs chaînes et leur look rebelle. Ils faisaient tous plaisir à voir dans ce look très modernisé. Léo et les autres vampires étaient bienvenus. Nous étions même attendus. Des tables étaient réservées. Les serveuses nous apportèrent de belles coupes de sang, probablement pour que nous ne nous jetions pas sur les humains présents. Pourtant, il était évident que certains humains, des habitués, s'étaient déjà rapprochés de nous. Hommes comme femmes, ils avaient leur vampire attitré.

Léo parla avec une magnifique blonde pulpeuse, de splendides roses tatouées comme un collier autour du cou, l'embrassa et lui chuchota quelques mots à l'oreille. Barbie gothique me regarda et embrassa Léo à pleine bouche. OK, le message était passé : c'était sa chasse gardée. Léo vint vers moi pour danser. Nous enchaînâmes quelques rocks endiablés. Il était un excellent danseur, me faisant virevolter dans tous les sens en ajoutant quelques positions acrobatiques. Je jubilais. C'était fantastique. Cela faisait tellement longtemps que je n'avais pas dansé que mon plaisir était à son comble. Puis, il me fit une bise sur la joue et me passa à un autre vampire du clan Duroy. Léo laissa des consignes de sécurité strictes et alla rejoindre Barbie gothique. Ce charmant vampire dansait très bien, lui aussi. Il avait beaucoup d'humour. Il adorait le lindy hop, ce vieux rock à huit temps, beaucoup plus swing, permettant de faire des figures plus chaloupées. Je m'amusais comme une petite folle. Après avoir dansé plus de deux heures, je me dis qu'un donneur continuerait d'égayer ma soirée. J'expliquai cela à mon partenaire de danse, me justifiant par le fait que ma coupe était vide. Il sourit à pleines dents.

— J'aurais bien fait ton donneur, dit-il sérieusement, mais Eiirin nous a défendu de te boire sous peine de mort.

J'écarquillai les yeux, étonnée. Devant ma surprise, il ajouta :

— Apparemment, tu n'es pas comestible.

Quand même, Eiirin exagérait, pensais-je. Il ne s'était pas gêné pour me boire plusieurs fois et il n'était pas mort, lui. Mais c'est vrai qu'il m'avait mise en garde contre les échanges avec d'autres vampires. Eiirin était persuadé que mon sang était dangereux pour bon nombre de vampires. Le sien devait être très particulier puisqu'il était compatible avec le mien. Je haussai les épaules, car je ne savais pas trop quoi répondre à ça.

— Va chasser, Ismérie, je te surveille.

Mon vampire partenaire de danse partit s'asseoir dans notre zone réservée. Son attitude nonchalante ne laissait pourtant planer aucun doute sur la surveillance qu'il m'offrait. Je sentis son instinct guerrier. Il était à l'affût. Je fis le tour de la salle de mon regard acéré pour détecter une proie avec un sang parfait. Je m'amusais de voir Léo danser avec Barbie gothique, tout était prétexte à la tripoter dès qu'il pouvait, et à lui voler un baiser, au plus grand bonheur de sa danseuse. Ces deux-là se connaissaient intimement et étaient très complices. Léo allait la consommer dans tous les sens du terme. Je détournai mon regard pour évaluer les humains susceptibles de me nourrir. J'envoyai mes ondes magiques pour évaluer le sang des danseurs. Un beau spécimen retint davantage mon attention car il se nourrissait très bien. Il semblait faire beaucoup de sport. Il était athlétique et bon danseur. Je m'arrangeai pour capter son attention à la fin d'une danse, afin qu'il laisse sa partenaire. Il se dirigea tranquillement vers moi pour m'inviter à danser. J'acceptai. Devais-je faire agir mon charme pour le croquer ? C'était un club où vampires et humains se côtoyaient et se mélangeaient de différentes façons, d'après ce que je pouvais voir. Il devait même y avoir des endroits plus intimes dans l'établissement car je ne voyais plus Léo et sa danseuse. Je profitai du fait de danser avec mon humain. Il dansait vraiment bien et son côté athlétique lui permettait de bien suivre le rythme sur les rocks les plus rapides. Je prenais vraiment du plaisir. Il se rapprochait de plus en plus de moi, me frôlant autant qu'il le pouvait. Je ne l'avais pas encore charmé. Il était pourtant maintenant évident qu'il n'attendait plus que je le croque. Après avoir enchaîné quelques rocks de plus en plus torrides, mon humain me proposa d'aller dans un endroit plus intime. Il était fin prêt à être mordu. Peut-être venait-il à ce club régulièrement pour ça ? Un grand couloir desservait beaucoup de pièces. Deux hommes étaient chargés de s'assurer que les pièces étaient toujours en état de recevoir de nouveaux occupants et surveillaient que tout se passait bien, aussi bien pour les humains que pour les vampires. Ils arrêtèrent mon donneur pour lui demander s'il était bien consentant. « Oh que oui ! » répondit-il, un sourire jusqu'aux oreilles et pressé qu'on accède à un lieu plus intime. Les portes ouvertes indiquaient que la pièce était libre. Et une pièce nous attendait. Les murs noirs et le canapé de velours rouge faisaient très vampire. Mon humain était très satisfait et piaffait d'impatience comme un jeune étalon fougueux. À peine la porte fermée, il commença à m'embrasser partout. Il me disait que j'étais magnifique. Je sentais qu'il était sincère et vraiment très excité. Moi, je ne voulais que son sang. Je lui envoyai une belle magie blanche pour le charmer, l'hypnotiser, l'envoyer vers ses rêves les plus fous. Nous étions sur le canapé, nos corps entremêlés. Il tomba dans une extase qui réduisit petit à petit son activité et les mouvements de ses membres. Ses pupilles étaient totalement dilatées. Mon charme de vampire continuait son ouvrage. Il s'allongea tranquillement sur le canapé et m'offrit son cou. Je m'allongeai sur lui et le mordis. Il gémissait de plaisir. Il était vraiment excellent. Seul mon chemisier était ouvert sur ma poitrine. Je continuais de le boire goulûment pendant qu'il me caressait un sein. Je savais que beaucoup de vampires et d'humains profitaient de relations sexuelles pour ravir les deux partenaires pendant les échanges de sang. L'usage était très répandu, mais cela m'était rarement arrivé. J'avais surtout mélangé le sang et le sexe avec mon très cher Pavlin. Celui qui m'avait tout appris de la danse et m'avait remise sur les rails de mon existence après mon exil. Mais là, je profitais seulement de son sang : sa saveur légèrement épicée était délicieuse. Quand j'eus assez bu, je retirai mes crocs et léchai les deux petits trous pour qu'ils cicatrisent très vite. Je rompis le charme tout doucement pour que mon donneur revienne sur Terre, avec moi, tranquillement. Il était maintenant calme et apaisé. Nous étions tranquillement alanguis depuis quelques minutes quand un petit coup frappa à la porte. Il était sûrement temps de libérer cette pièce. Je me relevai et profitai de mon peu de force de vampire pour l'aider à se remettre debout. Il semblait très heureux de notre rencontre, avec son sourire béat. Bien, j'étais très heureuse pour lui. J'avais passé un excellent moment, moi aussi. Je lui fis un petit baiser sur la joue et le pris par la main pour l'entraîner vers la piste de danse. Il avait l'air encore groggy, mais paraissait parfaitement heureux. Un des surveillants me fit un grand sourire et un clin d'œil. Je sentais qu'il céderait bien sa place pour me donner son sang, lui aussi. Je lui fis mon plus grand sourire. Arrivé dans la salle de danse, mon donneur avait totalement repris ses esprits. Il sortit une petite carte de visite et me la tendit.

— Tu peux m'appeler quand tu veux, à n'importe quelle heure.

Je le remerciai. Je glissai sa carte dans une poche sans même jeter un œil à son prénom. Je repartis vers le coin réservé aux vampires Duroy. Tous les vampires paraissaient bien heureux. Mon odorat développé m'indiqua que beaucoup avaient usé et abusé de sexe et de sang. Je tombai à côté de Léo. Je le sentis malgré moi.

— Tu sens le sang et le sexe, lui dis-je en rigolant.

Il s'esclaffa.

— Ce n'est pas ton cas. Tu ne sens que le sang. Il ne te plaisait pas ?

Nous rigolions comme des ados. Je cherchai du regard mon humain. Il était au bar, un verre à la main. Il me dévorait des yeux.

— Si. Il est très beau. Comme je les aime. Sain, athlétique. J'ai son numéro.

Léo m'observait. J'étais visiblement une énigme pour lui.

— Allez, il faut rentrer.

Il avait dû échanger un message mental avec tous les vampires du clan Duroy qui n'étaient pas proches de nous, car tous arrivèrent dans les trois secondes. Impressionnant. Comment faisait-il ça ? C'était magique. Nous repartîmes avec nos véhicules et nos gardes du corps et arrivâmes sans encombre à l'hôtel de Lauzun. Tous les vampires rigolaient. Une franche camaraderie nous unissait. C'était vraiment très agréable, je n'avais jamais vécu ça, avec des vampires. D'ailleurs, je n'avais jamais vécu ça, du tout. Nous allions nous coucher en nous tenant enlacés, avec Léo, quand nous croisâmes Eiirin. Celui-ci huma l'air ambiant et fronça les sourcils. Il regarda Léo, puis me dévisagea avec un regard noir. Comme nous étions très proches, avec Léo, Eiirin ne pouvait peut-être pas distinguer si nous avions tous les deux usé de sexe. Et cela semblait bien le contrarier. Eh bien, qu'il aille au diable avec sa geisha. Je ricanai nerveusement et nous poursuivîmes notre chemin. Léo était très détendu et joueur, à son habitude. Après une douche rapide dans notre salle de bain respective, nous tombâmes dans l'inconscience, repus et fatigués. Le torse de Léo me servait d'oreiller. Léo me caressa les cheveux jusqu'à ce que la torpeur l'envahisse et que son corps s'immobilise totalement.

Je me réveillai en pleine forme, la main de Léo posée sur mon visage. Je reposai délicatement son bras le long de son corps. Je regagnai ma chambre en veillant à bien fermer la porte de Léo pour qu'il puisse poursuivre sa régénération sereinement. J'exécutai mes rituels du réveil. J'allumai mon téléphone en fin de journée. Les vampires allaient bientôt se réveiller. Un message d'Eiirin m'indiquait de le rejoindre dans son bureau à la première heure dans une tenue d'investigation. Que pouvait bien être une tenue d'investigation ? Je m'habillai en sombre et mis plutôt des chaussures plates, très confortables. Ça m'enquiquinait toujours de mettre des chaussures plates au milieu de ces grands, beaux et forts vampires. J'attachai mes cheveux. Léo me rejoignit dans ma chambre, dès qu'il fut prêt pour rejoindre notre Sensei. Toujours joueur, il me taquina sur ma taille, posant sa main solide sur ma tête pour me ramener contre son torse puissant.

— Je pourrai toujours te mettre dans ma poche, si ça se corse.

Et nous descendîmes en rigolant. D'autres vampires attendaient devant le bureau d'Eiirin. Ils étaient tous en noir ou en jean, des bottes gothiques aux pieds. On se serait cru dans *Underworld*. Toutes ces bottes étaient géniales, j'allais devoir m'en procurer une paire. Tous ces vampires jacassaient gaiement, en attendant d'être reçus par leur maître. La porte s'ouvrit. Eiirin apparut, absolument magnifique, habillé de cuir noir et de bottes.

— Eh bien, quel vacarme !

Tout le monde se tut. Nous entrâmes en silence dans le bureau d'Eiirin. Nous attendions sagement que Sensei prenne la parole.

— Voilà qui est mieux, dit-il, avec toute l'autorité dont il était capable. Nous partons en expédition pour le laboratoire sanguin de la société Merconi. Nous avons eu un peu de mal à le débusquer. Merconi avait usé de bien des passerelles pour le dissimuler. Ce soir, il s'agit d'entrer, sans utiliser la force, et de vérifier à quoi sert exactement ce labo. Je ne serais pas surpris que nous trouvions de l'aconit. Malheureusement, un autre vampire est mort en fin de nuit. De plus, les journaux ont relaté la mort d'un humain dans un des hôpitaux de Paris après une transfusion sanguine. Cet humain est mort dans d'horribles souffrances, dont les symptômes ressemblent fort à un empoisonnement à l'aconit. Est-ce volontaire ? Rien ne le dit pour l'instant. L'enquête et l'autopsie apporteront leurs conclusions.

Tous les vampires marmonnèrent des mots furieux ou tristes. Tous avaient peur pour leur vie. Eiirin leva la main pour poursuivre.

— Il faut que cela cesse. Le but de notre expédition est d'arrêter tout cela, pour les vampires, mais aussi pour sauver les humains. Vous connaissez tous l'engagement du clan Duroy dans la protection des humains. Nous partons donc en expédition dans moins d'une heure. Vous connaissez tous votre rôle quand nous partons en expédition.

Tous les vampires hochèrent la tête. Moi, je ne savais pas trop ce que je faisais là. Je regardai Eiirin dans une interrogation muette. Il planta ses yeux dans les miens et poursuivit son discours.

— Ismérie est la plus faible physiquement parmi nous. Je vous demande de veiller sur elle, en plus d'accomplir votre mission. Il ne doit rien lui y arriver.

Avant qu'il puisse poursuivre, un vampire osa intervenir.

— Pourquoi l'emmenons-nous, alors ?

Eiirin regarda le vampire d'un regard qui ne laissait planer aucun doute sur l'identité du chef dans ce bureau.

— Parce qu'elle a des pouvoirs que ni vous ni moi n'aurons jamais et qu'elle va nous faciliter grandement la tâche.

Le vampire se tut et baissa la tête.

— Si personne d'autre n'a de question, je vais poursuivre.

Comme tout le monde attendait, Eiirin continua.

— Ismérie, tu vas charmer l'ensemble du personnel du laboratoire avant que nous n'entrions. Tu penses que tu peux le faire ?

— Ça dépend, il y aura beaucoup de personnes dans les locaux ?

— Moins de trente personnes. Le laboratoire tourne vingt-quatre heures sur vingt-quatre, mais l'effectif est plus petit la nuit. Les vigiles sont armés, mais je pense que ça ne te posera pas de problème non plus ?

— Effectivement, c'est bon pour moi.

Hormis Léo qui souriait, comme d'habitude, tous les vampires me sondèrent pour deviner mes pouvoirs. Je leur lançai une petite onde magique pour les tenir à distance. Eiirin, qui n'était pourtant pas destinataire de ma magie, nous arrêta immédiatement.

— Ça suffit !

J'arrêtai mes ondes blanches. Tous les vampires les avaient ressenties et avaient reculé instinctivement d'un pas.

— Donc, Ismérie, tu charmes tous les humains pour qu'ils soient coopératifs. L'équipe de Léo, vous devez vous emparer des codes des coffres pour les inspecter. L'équipe de Miguel, vous devez évaluer les stocks de sang pour découvrir ceux qui sont contaminés. Armez-vous en toute discrétion, comme vous en avez l'habitude. Je ne veux aucun blessé, aucun dégât. En fonction de ce que nous trouverons, nous appellerons la police... ou nous ferons le ménage. Je resterai au plus près d'Ismérie. Cependant, suivant ce qu'il se passe, je demanderai peut-être à l'un d'entre vous de me remplacer. Et il ne devra rien arriver à Ismérie. C'est bien compris ?

Tous hochèrent la tête, moi compris.

— Vous avez des questions ?

Personne n'ouvrit la bouche.

— Vous allez voir que cette mission va être amplement facilitée par la présence d'Ismérie. Allez vous préparer. Nous nous retrouvons dans le hall à 23 h. Allez chercher votre équipement.

Nous sortîmes tous en silence. Je suivais le flot, ne sachant pas de quel équipement Eiirin parlait. Nous descendîmes dans une cave. Une pièce, digne d'un coffre-fort, servait d'armurerie. Des pistolets, des fusils de guerre, des couteaux de toutes les tailles, des katanas, des wakizashis, des tantos... Bref, toutes sortes de sabres japonais remplissaient la pièce. Quantité de shurikens, nunchakus, tessens, bâtons... étaient bien rangés. Bon, je restais tranquillement à attendre dans le couloir. Je ne savais pas me battre. Je ne m'étais jamais exercée aux techniques de combat car je ne tenais pas la route physiquement contre un vampire. Déjà contre un humain, c'était limite. Quand j'avais découvert ma force de manipulation de vampire, j'avais tout misé dessus. C'était tellement facile pour moi de manipuler humains ou vampires. Aucun jusqu'ici n'avait résisté à mon pouvoir, même si certains vampires avaient été plus compliqués à manipuler que d'autres.

Notre expédition était fin prête. Nous étions dans le hall à attendre Eiirin. Chaque vampire m'avait assuré par un signe ou une parole que je pouvais compter sur lui. Léo s'était positionné à côté de moi, en protecteur. Ils savaient tous que nous passions nos nuits ensemble et que maintenant j'étais la chouchoute d'Eiirin, d'une certaine façon, par nos échanges multiples de sang. Eiirin apparut, égal à lui-même : magnifique. Chacun de ses muscles roulait sous sa tenue de cuir. Un katana et un tanto étaient accrochés à sa taille. Il était majestueux.

(1) Chanson de Rihanna.

15 - Compromis

Nous partîmes à plusieurs véhicules, fin prêts. Nous arrivâmes en banlieue parisienne dans une zone contenant pas mal d'entrepôts. Des gens, louches, traînaient dans les rues : SDF, trafiquants, pour certains c'était assez difficile à deviner. Le lieu du laboratoire d'analyses sanguines était extrêmement surprenant pour une entreprise de l'envergure de Merconi. Du coup, je me demandais à quel point ses activités étaient légales pour venir se cacher dans un quartier pareil. J'étais assez sceptique. Mais je m'évertuai à rester calme, centrée sur moi-même. La réussite de la mission reposait en grande partie sur mes dons. Il fallait que je garde toute la maîtrise dont j'étais capable pour assurer le coup. Ces vampires m'avaient sauvée d'une mort certaine à plusieurs reprises. À moi de montrer que j'étais un sacré atout dans leur dispositif. J'avais déjà beaucoup fait avancer leur enquête. Je souhaitais maintenant ardemment m'intégrer définitivement. La soirée d'hier soir m'avait convaincue qu'on pouvait allier travail et plaisir au sein du clan Duroy. Même si plaisir ne rimait pas forcément avec « sang d'Eiirin ». Je devais pouvoir trouver un compromis pour ne plus être attirée par son énergie vitale. Eiirin devait sentir l'ambiguïté de mes pensées car il me serra doucement la cuisse en signe de soutien. Il garda tout de même le regard fixe, travaillant sur sa propre concentration. Nous passâmes doucement en repérage, devant le bâtiment, tandis que nos autres véhicules attendaient à deux rues d'ici. Il était certain que ce bâtiment ne recevait pas de public. Cela ressemblait plus à une entreprise de logistique. Un sas d'entrée principale et une entrée pour véhicules de type fourgon. Curieux, un garde armé surveillait les abords. Nous fîmes le tour du pâté de maisons pour récupérer tous nos véhicules. Les consignes avaient toutes été données. Dans mon véhicule, Eiirin et Léo m'accompagnaient et s'assureraient que tout se passait comme prévu avant que les autres nous rejoignent.

À moi de jouer. Notre véhicule s'approcha au plus près pour que je puisse travailler, tout en restant le plus loin possible pour ne pas éveiller les soupçons. J'avais une assez grande portée d'onde. Je me redressai, tout en restant confortable et détendue. Je fermai les yeux. J'envoyai une douce onde de magie vers le garde, mais aussi dans le bâtiment. L'attitude qu'allait inévitablement avoir le garde ne devait pas éveiller les soupçons. Toutes les personnes devaient coopérer : humains, vampires ou autres... La première onde ayant œuvré, je redoublai d'exercice en envoyant des vagues continues. Je rouvris les yeux. Je voyais ma magie blanche avancer en fines ondulations lumineuses. Eiirin, émerveillé, observait ma magie, qui entourait l'entrepôt et pénétrait partout où elle pouvait. Ce bâtiment avait de sérieux problèmes d'isolation, ce qui facilitait bien mon travail. Les vagues fluides continuaient d'entrer dans le bâtiment tranquillement sans que cela me demande le moindre effort. Léo gardait les yeux fermés, concentré, il écoutait ma magie. L'idée était que « j'hypnotise » tous les occupants du bâtiment. Je les invitai à s'occuper de leurs chaussures. Ils allaient tous se mettre à les nettoyer, les cirer, les entretenir... ou simplement les admirer avec grand intérêt. Cela nous assurait de faire tranquillement ce que nous avions à faire sans qu'ils s'intéressent à nous. L'avantage était que je verrais tout de suite où ils en étaient quand nous entrerions. Charmer tous les occupants, avant que les vampires n'entrent, m'assurait de ne pas toucher mes vampires avec ma magie car ils ne seraient pas imprégnés comme les autres. Je devenais le chef d'orchestre des cireurs de chaussures. Le garde à l'entrée commença à s'accroupir pour s'occuper de ses rangers. Bien. Le gardien qui était de l'autre côté du sas en vitres blindées commença à se détourner de ses écrans de surveillance et chercha quelque chose par terre... Sûrement ses chaussures. J'envoyai un flot continu de magie qui les mettait dans une contemplation admirative de leurs pieds. Bien. Je pouvais descendre de voiture. Eiirin et Léo n'en revenaient pas. Je crois qu'il était heureux qu'ils soient assis. Cependant, il fallait maintenant passer à l'action. Je leur fis signe que nous pouvions tous descendre. Je les invitai à rester derrière moi pendant que je m'approchais du garde à l'extérieur. Je me postai devant lui. Je sentais bien qu'Eiirin et Léo avaient du mal à me lâcher les baskets.

— Elles sont bien belles, vos chaussures, dis-je au garde, un sourire dans ma voix.
— Oh oui ! Je n'avais pas vu qu'elles étaient magnifiques à ce point.

Il était incapable de détourner le regard. Il était totalement absorbé. Eiirin leva le bras pour signaler à ses vampires qu'ils pouvaient venir. Les vampires Duroy s'approchaient doucement, aux aguets. Ils étaient en contemplation devant le garde. Je leur fis signe de me contourner vers l'extérieur. J'appuyai mentalement ma magie sur le garde pour le coller dans cette position, les mains sur ses pieds, accroupi. J'envoyai une nouvelle onde de magie au garde dans le sas d'entrée afin de renforcer la beauté de ses chaussures et commander à un de ses bras d'appuyer sur le bouton déclenchant l'ouverture de la porte. Les vampires étaient littéralement scotchés au sol pendant que je poussais la porte, sidérés.

— Mmmm... Je vous invite à entrer, maintenant.

Nous n'avions pas besoin d'invitation pour entrer quelque part. C'était simplement un mythe. Je tentais de « réveiller » mes vampires pour qu'ils passent à l'action comme prévu. Pour l'instant, ils avaient l'air ahuris. Eiirin se racla la gorge pour se remettre en selle, si je puis dire.

— Eh, les gars, je vous promets que je ne vous ai pas charmés. Reprenez-vous, maintenant !

— OK, répondirent-ils en écho.

Et nous entrâmes dans le bâtiment. Le groupe de Léo partit dans un sens et celui de Miguel dans l'autre. Tout le monde avait étudié le plan du bâtiment avant et chacun savait où aller et quoi faire. Nous étions tous équipés d'une oreillette pour communiquer. Eiirin pouvait parler mentalement avec chacun d'entre nous. Il avait tout de même une oreillette pour suivre l'action des deux groupes. Avec Eiirin, nous nous assurions que toutes les personnes travaillant dans le bâtiment étaient bien occupées avec leurs chaussures. Je renforçais tout de même ma magie quand j'arrivais près d'eux afin qu'il n'y ait aucun impair. Nous suivions en même temps l'avancement de la mission en écoutant les dialogues, ou au détour de nos déplacements.

Je ne savais pas comment Léo et son équipe avaient ouvert les coffres mais ils avaient trouvé les stocks d'aconit. Cela ne représentait pas une grosse quantité mais il en fallait très peu pour tuer humains et vampires. Léo fit détruire le stock en le brûlant sous cloche. Le vampire chargé de détruire l'aconit portait des gants pour ne pas entrer en contact avec ce poison. Nous avions déjà eu assez de vampires morts. Il avait amené une espèce de grosse cloche en verre qui permettait de carboniser l'aconit sans émanation de fumée. Le feu s'arrêtait dès qu'il n'y avait plus d'air. C'était un procédé drôlement ingénieux. Tout le stock d'aconit fut carbonisé. C'était une bonne chose de faite.

J'étais très optimiste. Je sentais Eiirin très détendu à côté de moi. Il semblait très satisfait de la façon dont ça se passait. Mes fourmis étaient calmes. C'était très agréable d'être à côté d'Eiirin dans pareille situation. Nous continuions de progresser dans le bâtiment. Tout se passait pour le mieux : les humains choyaient leurs chaussures et le groupe de Miguel avait trouvé les stocks de sang. En fait, tout le sang de ce laboratoire était infesté de poison mortel. C'était donc pour cela que ce laboratoire était caché au fin fond d'une banlieue douteuse. Son travail était inavouable.

Soudain, j'eus un mauvais pressentiment. Quelque chose commençait. Mais quoi ? Je m'arrêtai brutalement. Je sentais de l'électricité dans l'air. Quelque chose se passait. Quelque chose de terrible allait se produire. Eiirin s'arrêta immédiatement, sentant ma confusion. Je levai instinctivement la tête. Je découvris qu'une caméra, fixée sur nous, clignotait. Je sentais qu'à l'autre bout de cette caméra se cachaient des yeux malveillants. Ces mêmes yeux qui souhaitaient notre destruction. La peur m'envahit brutalement. Un sentiment d'impuissance me submergea. Eiirin lisait en moi comme dans un livre ouvert. Les larmes me montèrent aux yeux quand un pressentiment funeste m'envahit. Eiirin écarquilla les yeux, sentant la terreur qui me fit hurler.

— Sortez immédiatement !

J'envoyais maintenant des ondes de magie, tel un tsunami, pour faire sortir les vampires, libérant les humains de ma magie. Les humains, en pleine confusion, ne comprenaient pas ce qu'il se passait. Nous allions être piégés. Je sentis que le bâtiment allait exploser. Tout un mécanisme d'autodestruction se mettait en place. Et je présageais qu'il n'était pas prévu de survivants. Je rabrouai Eiirin par ma magie pour qu'il se bouge les fesses, qu'il sorte. Il restait là, à côté de moi, forçant ses vampires à sortir. Il avait compris. Il devait vraiment lire en moi. Des alarmes se déclenchèrent. Telles des sirènes, elles hurlaient dans le bâtiment. Des volets roulants commençaient à descendre le long des vitres et probablement des portes. Les humains paniquèrent. Ils comprenaient qu'ils allaient mourir. Les vampires se ruèrent vers les portes. Eiirin attendit que tous ses vampires passent devant nous avant de sortir lui-même. Puis il me poussa vers la sortie. Je courais à toutes jambes, poussant mes capacités au maximum pour aller plus vite. Mais je sentais bien que je n'avançais pas assez vite pour Eiirin. Nous dépassions malgré tout tous les humains. Je récupérai un maximum d'énergie dans mon corps pour accélérer encore. Mes muscles tendus me faisaient mal. Mes fourmis ruaient dans mon corps, sentant la puissance d'Eiirin,

m'exhortant à me dépêcher. Les sirènes hurlaient, des lumières clignotaient. Eiirin avait posé une main dans le bas de mon dos pour me donner encore plus de vitesse. J'étais en totale panique. Il devait sortir. Il ne devait pas se sacrifier pour moi. Des larmes plein les yeux, je hurlai.
— Sauve-toi, Eiirin !
— Pas question de t'abandonner.

Nous arrivâmes vers la sortie. Deux volets roulants blindés descendaient. Les vampires avaient réussi pour la plupart à se glisser dessous, mais les portes étaient maintenant trop basses pour passer. Les derniers vampires se transformèrent en chauve-souris. Leurs vêtements tombaient là.

Eiirin me prit et me lança sous la première porte. Mon cœur battait la chamade, prêt à exploser. Je criai à Eiirin de se sauver et j'entendis le bruit de la première porte tomber, emprisonnant les humains à l'intérieur du bâtiment. Ils poussaient des cris de terreur, frappant, grattant la porte pour sortir. Je tombai écrasée contre la seconde porte. Le piège se refermait sur nous. Ma robustesse de vampire me permettrait de survivre à ce choc brutal. Mais je ne pouvais pas m'envoler pour m'échapper. Je ne pouvais plus fuir. L'atrocité de la situation me fit hurler de terreur. Je suppliai Eiirin de se sauver entre deux sanglots. J'étais coincée entre les deux portes. Il ne voulait pas se transformer pour s'envoler alors qu'il aurait eu le temps de passer. J'étais épouvantée qu'il fasse un tel sacrifice. Eiirin se coucha sur moi pour me protéger. Comme j'étais beaucoup plus petite que lui, il me faisait un véritable bouclier. Je pleurai toutes les larmes de mon corps : il risquait sa vie pour sauver mon immortalité.

Une déflagration énorme retentit. La violence du souffle fit exploser la première porte. Le corps d'Eiirin m'écrasa littéralement au sol, me coupant la respiration. Mes oreilles n'entendaient plus. Un vide de silence s'installa autour de moi. Un silence sourd que je n'avais jamais entendu nulle part. Comme si plus rien n'existait, un trou espace-temps. J'étais en état de choc quand je sentis la seconde porte exploser. Le corps d'Eiirin se souleva et retomba sur moi comme une vulgaire poupée de chiffon.

Puis, je sentis l'eau couler. La procédure était sûrement d'éviter le moindre incendie. Je voyais et sentais Eiirin sur moi, mais je n'entendais toujours pas. Il me sembla que je parlais. En tout cas, j'essayais de parler à Eiirin, mais je ne percevais aucun son sortant de ma bouche. J'avais l'impression que le temps avait ralenti. Eiirin ne bougeait toujours pas. J'essayai de le pousser et l'invitai à se relever, mais rien. Je sentis des vibrations de pas autour de moi. Eiirin fut enlevé. Je découvris le visage de Léo inquiet au-dessus du mien. Dès qu'il vit que j'étais vivante, il se tourna immédiatement vers Eiirin pour évaluer les dégâts. Eiirin était inerte, couvert de sang. Je me rendis compte que j'étais couverte de sang aussi. Ce n'était pas le mien mais celui d'Eiirin. Je réussis à m'asseoir. Vision d'horreur à l'intérieur du bâtiment. Tous les corps des occupants avaient explosé. De la chair partout, du sang partout. J'avançai à quatre pattes entre les jambes des vampires pour voir Eiirin. Ses vampires le retournèrent. Son dos était en sang. Sa chair était déchiquetée. Sa colonne vertébrale était visible, ainsi qu'une partie de ses poumons, eux aussi endommagés. Sa boîte crânienne, à l'arrière, apparaissait. Une partie de ses cheveux avait brûlé. Eiirin perdait beaucoup de sang. Je pleurais. Je regardais ses vampires en état de choc. Ils le remirent sur le dos. Je voyais leurs bouches bouger. Ils devaient parler, mais je n'entendais toujours rien. Je posai mes mains sur le cœur d'Eiirin. Je le sentais battre faiblement. Il vivait encore. Il fallait qu'il survive. Je me sentais tellement connectée à lui qu'il était inconcevable qu'il disparaisse comme ça. Je descendis mes crocs, mordis mon poignet et le collai sur la bouche d'Eiirin pour qu'il boive mon sang. Il ne bougeait toujours pas. Je sentais l'agitation autour de moi, mais je préférais l'ignorer. Je me redressai, me centrai et me concentrai sur mon énergie vitale pour guérir Eiirin. Ce grand Sensei ne pouvait pas disparaître comme ça. Il était un guide pour ses vampires. Il devait guérir. Mes fourmis galopaient vers Eiirin pour le secourir.

D'un seul coup, je sentis des mains puissantes sur mes épaules. Léo me parlait, mais je n'entendais rien. Je pensais être en train de le lui dire, mais comme je n'entendais pas ma voix, je n'étais pas sûre des paroles qui sortaient de ma bouche. Léo finit par hocher la tête. Comme je ne comprenais pas, je me concentrai à nouveau sur Eiirin, mon sang, sa bouche.

Soudain, je ne touchai plus le sol. Eiirin non plus. Tous les vampires étaient autour de nous. Ils nous évacuaient sans rompre le contact entre Eiirin et moi. Arrivée à un de nos véhicules, je vis qu'ils nous faisaient monter à l'arrière d'un fourgon. Eiirin était couché. Les vampires me déposèrent à genoux, au niveau de ses épaules pour que je puisse le nourrir. Léo était à mes côtés pour me tenir pendant le trajet qui nous ramenait à l'hôtel de Lauzun. J'étais plus que soucieuse pour Eiirin, à la limite du désespoir. Léo avait des mains bienveillantes pour me soutenir. Je sentais sa magie tenter de m'apaiser. Mon sang disparaissait dans Eiirin, nous pouvions donc en conclure qu'il buvait. J'étais un peu chahutée dans les virages. Le véhicule se dépêchait de nous emmener chez nous. Léo me maintenait pour ne pas tomber. J'étais toujours concentrée sur Eiirin. Je regardais son beau visage, la délicatesse de ses traits fins. Comme ça, il faisait bien plus jeune que ses trente ans. En tant que vampire, je savais qu'il s'approchait des quatre cents ans. Je ne connaissais que peu de choses sur lui, mis à part qu'il était très puissant.

Brusquement, ses paupières s'ouvrirent et ses yeux se rivèrent aux miens. Il était sain et sauf. Un grand soulagement m'envahit. Léo caressa mes épaules en signe de réconfort. Je sentis sa tension diminuer. En plus des vibrations du véhicule, je commençai à entendre le ronronnement du moteur. J'entendais Léo comme un murmure, maintenant. Mais un chuchotement tellement faible que je ne distinguais pas encore les mots. Je regardais Eiirin, ses yeux toujours rivés aux miens. Il leva une main pour caresser ma joue en signe de remerciement et poser sa main sur mon poignet, pour me signifier qu'il était heureux d'accepter mon offrande.

Nous arrivâmes enfin à l'hôtel de Lauzun. Tous les vampires étaient là, souriants, pour ouvrir les portes arrière du véhicule. Ils savaient déjà tous qu'Eiirin avait repris connaissance. Eiirin lâcha ma main, pour me signifier qu'il fallait bouger maintenant. Je sortis du véhicule. Mes jambes me portaient difficilement. Je ne m'étais pas encore remise du souffle de l'explosion. Les vampires m'attrapèrent délicatement pour m'aider à sortir. Certains me tinrent pour m'empêcher de tomber. D'autres prirent Eiirin pour l'emmener dans ses appartements. Je recommençai à distinguer les mots qui sortaient de toutes ces bouches. Léo demanda à ce qu'on m'emmène avec Eiirin.

Je fus charmée par ses appartements. Je pénétrais un autre espace-temps. J'étais au Japon, à une époque bien ancienne. Des panneaux japonais couleur paille de riz recouvraient les murs ; tantôt des lotus, tantôt des dragons les agrémentaient. Le style restait épuré et simple. Des commodes, des consoles mettaient en valeur ses sabres. Une armure japonaise très ancienne était là, majestueuse, prenant tout l'espace d'un angle de la pièce. J'étais totalement subjuguée devant la disparition du style baroque de l'hôtel de Lauzun. D'autres panneaux avaient été ouverts sur la chambre d'Eiirin, tout aussi japonaise que le reste de ses appartements. Eiirin fut installé sur son lit. Notre docteur vampire pénétrait déjà dans la chambre. Je n'osais m'approcher. Eiirin murmura quelques mots à Léo, qui hocha la tête en signe de compréhension. Léo vint me voir pour me proposer d'aller prendre une douche et de revenir voir Eiirin après. Léo posa une main sur ma joue pour diminuer mon inquiétude. Je penchai la tête en signe de réconfort, caressant ma joue dans le creux de sa main. Puis je sortis. J'entendis Léo demander à tous les vampires de sortir des appartements du Sensei.

Arrivée dans ma chambre, je me déshabillai totalement dans l'entrée. Tous mes vêtements étaient foutus, plus ou moins tailladés, troués, pleins de sang. Mes chaussures étaient totalement fichues, elles aussi. Ce serait l'occasion de m'acheter une magnifique paire de bottes gothiques comme celles des vampires Duroy. Je me sentais plus légère. La mission était terminée. Le sang empoisonné à l'aconit détruit. Je filai dans la salle de bains. Une bonne douche bien chaude me fit un bien fou. L'eau dénouait mes tensions musculaires. Mon thorax se libérait, permettant à l'air d'entrer et de sortir de ma poitrine plus librement, plus calmement. Je me savonnai bien pour enlever tout ce mélange d'odeurs qui transpirait la mort. Je respirai le parfum de mon savon. La verveine citronnée avait un grand pouvoir d'apaisement. En sortant de la douche, je séchai mon opulente chevelure rousse avant de retourner voir Eiirin. Je mis une tenue confortable, sans soutien-gorge. J'avais besoin de me sentir à mon aise après toutes ces mésaventures. J'en avais assez bavé pour la soirée. Je n'étais pas sûre que les soutiens-gorge aient été inventés pour rendre la vie plus facile aux femmes. C'était mieux que les corsets que j'avais portés. Mais quand même, ce n'était pas encore ça. Bref... Je m'égarais dans ma condition féminine alors qu'un grand maître vampire blessé désirait me voir.

J'allai retrouver Eiirin. Le garde de ses appartements me laissa entrer. Les lumières étaient tamisées. Eiirin était allongé sur son lit. Léo était assis à côté de lui. Il s'était douché, lui aussi, changé. Je m'approchai du lit d'Eiirin. Des pansements compressifs couvraient certaines de ses plaies. D'autres avaient commencé à guérir. Tout son torse et son dos étaient enroulés dans une bande. Cela faisait davantage momie que samouraï. Ses bras étaient nus. Seule une épaule était dégagée de tout pansement. Léo et Eiirin me regardèrent approcher. Léo tourna la tête vers Eiirin. Je devinai une communication muette entre eux deux. Léo se leva.

— Je vous laisse tous les deux. Mais ne faites pas de bêtises, dit-il avec un air canaille.

Si Léo reprenait son air désinvolte, c'est que tout allait bien et qu'Eiirin était sorti d'affaire. Léo sortit et ferma la porte.

Eiirin tendit le bras en signe d'invitation pour que je m'installe avec lui sur son lit. Je m'approchai et rampai jusqu'à lui. Son lit était immense. Je ne savais même pas qu'un lit de cette taille pouvait exister.

— J'ai besoin de toi, Ismérie. Ton sang m'aide à réparer beaucoup plus vite.

Il soupirait, un mince sourire aux lèvres. Il était encore très faible. Je l'observai. J'étais partagée. Il me demandait encore du sang, alors qu'il avait refusé un échange avec moi la nuit précédente. D'un côté, je lui devais bien cela car il m'avait sauvé la vie plusieurs fois, et peut-être même encore ce soir. D'un autre côté, j'aurais bien aimé qu'il ne soit pas le seul à avoir l'initiative de nos échanges. Je ne souhaitais pas être sa bouteille de sang. Je m'allongeai tout de même à côté de lui. Mes fourmis, sentant leur maître, se réveillaient. Eiirin planta ses yeux dans les miens. Nous étions à une distance que je jugeais respectable.

— Ton sang reste un mystère pour moi, Ismérie. Je suis attiré par son alchimie. Mais je crois que peu de vampires peuvent le boire. Et nous savons maintenant que le sang de sorcier ne te tue pas.

J'allais protester car j'avais été très mal en point après la transfusion forcée de Lucien. Mais Eiirin ne me laissa pas le temps de parler. Il devinait mes pensées.

— Non, Ismérie, le sang de sorcier tue les vampires dans l'heure. Nous avons des ouvrages dans la bibliothèque secrète. Tu pourras regarder... Tu as reçu du sang de Lucien pendant quoi ? Plus de douze heures ? Oui, tu étais mal en point, mais tu aurais survécu, même si je n'étais pas arrivé à ce moment-là. Par contre, ton sang ne transformait pas Lucien en vampire. Tu as déjà transformé un humain ?

Je lui fis non de la tête. Pourquoi aurais-je fait cela ? À part mon très cher Pavlin, je ne m'étais jamais liée à qui que ce soit et à des vampires encore moins. J'étais un monstre pour eux. Eiirin m'examinait comme une expérience scientifique qui évoluait vers un résultat douteux. J'espérais que je n'allais pas faire une combustion spontanée.

— Viens. Reste avec moi toute la journée. Je te promets que demain soir je te donnerai mon sang. Grâce à toi, j'aurai totalement récupéré.

Je me rapprochai pour être contre lui, de manière à ce qu'il puisse nicher sa tête dans mon cou sans faire trop d'efforts. Je le pris dans mes bras pour le soutenir. Je me sentais fatiguée et j'espérais qu'il saurait s'arrêter avant qu'il ne soit trop tard car je risquais de tomber dans l'inconscience rapidement. Ma phase de régénération commençait à m'appeler. Eiirin déposa un baiser sur ma jugulaire avant d'y planter ses crocs. Il m'entoura de ses bras comme il put, avec la force qui lui restait. Je sentis sa morsure, ses dents pointues percer ma peau pour atteindre mon sang. Cela restait toujours un moment désagréable, mais très éphémère. Mes fourmis s'emballèrent immédiatement, allant à l'assaut d'Eiirin. Elles voulaient le sentir encore plus près. Je sentis le cœur d'Eiirin s'accélérer. Le mien le suivit. Je papillonnai des yeux devant cette avalanche de sensations. La présence d'Eiirin contre moi était tout aussi bien un calvaire, car je ne pouvais pas boire son sang, qu'une extase qui ne demandait qu'à grandir, qu'à exploser. Je m'effondrai dans mon inconscience peuplée d'étoiles filantes.

Je me réveillai, en forme. Je sentais que j'avais récupéré. Eiirin dormait encore. C'était bien normal. Même si sa chambre était totalement hermétique, je sentais que le soleil n'était pas tout à fait couché. Il n'avait pas éteint sa lampe de chevet qui diffusait une petite lumière douce. Je regardai son visage. Il semblait totalement régénéré. Ses traits fins étaient reposés. Ses yeux n'étaient plus creusés. Son visage était détendu. Ses cheveux avaient repoussé. J'étais persuadée que ses blessures étaient totalement guéries. Il était magnifique. Soudain, je sentis le doute en moi. Je me demandai si c'était une bonne idée que de rester avec lui. Léo avait raison. Une attirance indéniable nous poussait l'un vers l'autre. Je n'étais pas sûre de savoir où ça allait m'emmener et si je souhaitais le savoir. Là, tout de suite, la fuite me paraissait la meilleure des solutions pour me mettre à l'abri d'émotions que je n'étais pas sûre de vouloir vivre. Cependant, l'attrait du sang qu'il m'avait promis était plus fort que tout. Et là, finalement, j'avais davantage l'impression d'être une junkie en manque, plutôt qu'une fugitive en cavale. Eiirin avait intérêt à tenir sa promesse. Il se réveilla d'un seul coup, ouvrit les yeux. Je n'avais pas vu le temps passer. Surprise par son réveil, j'écarquillai les yeux. Il m'observait déjà, à peine réveillé, et me fit un grand sourire.

— Une promesse est une promesse, dit-il.

Mais comment faisait-il pour deviner tout le temps mes pensées ? Il était télépathe ou quoi ?

— Oui.

J'éclatai de rire. Mince, alors. Je n'aimais pas du tout cette idée.

— Mais tu entends tout ce que la petite voix raconte dans ma tête ?

Eiirin rigola.

— Oh non, je me ferme souvent. Surtout quand tes pensées deviennent confuses. Je te laisse à tes dilemmes.

Eiirin me rapprocha de lui, m'installant confortablement dans ses bras puissants. Il avait complètement récupéré sa forme et ses formes. Chacun la bouche dans le cou de l'autre, nous plantâmes nos crocs avec une grande délectation. J'étais avide de son sang. Je ne sentis même pas sa morsure tellement l'extase monta immédiatement en moi. Mes fourmis fonçaient comme des folles vers le sang d'Eiirin qui entrait à grandes goulées dans ma bouche. Elles fusionnaient avec les fourmis d'Eiirin qui plongeaient vers les mêmes desseins. C'était la fête dans mon corps et mes neurones crépitaient sous l'excitation sans pareille qui commençait à monter dans mon corps, dans ma tête... Un désir irrépressible commençait à s'insinuer dans mon bas-ventre. Je sentais Eiirin, dont l'excitation était déjà très forte aussi. Il était totalement dur, contre moi, contre mon ventre. Il avait passé sa main sous mon haut et commençait à caresser un de mes seins. La pointe de mon mamelon durcit, m'envoyant une décharge électrique entre les cuisses. Nous étions toujours connectés par notre bouche buvant avidement le sang de l'autre. Nous avions tellement bu que je crois que nous ne formions plus qu'un. Nous étions composés du même sang. L'extase continuait de monter. Je sentis d'un seul coup que j'avais besoin de plus. Eiirin avait glissé une jambe entre les miennes. Mon bassin commençait à onduler contre lui. Mon corps se lovait contre le sien. Et une sonnerie retentit dans la pièce. Eiirin jura fortement. Je me laissai rouler sur le dos, totalement essoufflée. Je pris conscience d'un coup de ce que j'allais faire. Ça ne me ressemblait tellement pas que j'eus l'impression de recevoir une gifle. Tel un robot, je me levai pendant qu'Eiirin parlait au téléphone. Il sentit immédiatement mon changement d'humeur. Il voulut me retenir par le bras. J'étais en pleine confusion. Devant mon expression et ce qu'il sentait de mes émotions, il resta interdit, me laissa partir.

16 - Obéissance et protection

Je fuis dans ma chambre, totalement bouleversée. Cette réaction m'avait paru la plus appropriée après que cette sonnerie m'eut ramenée à la réalité. Mes fourmis étaient furieuses. Je me demandais si je n'allais pas demander à Léo de m'attacher plusieurs jours pour me calmer car je mourais d'envie d'y retourner. Mais qu'est-ce qui ne tournait pas rond chez moi ? Je m'arrêtai, prête à faire demi-tour. Puis, je revis l'expression choquée d'Eiirin. Il avait dû ressentir un affront. De totalement consentante, j'étais passée en une fraction de seconde à totalement réfractaire. Maudit cerveau. Pourquoi fallait-il que je réfléchisse tout le temps ? Pourquoi n'arrivais-je pas à faire comme quand je dansais, à laisser mon corps se mouvoir et être guidé par mes instincts pour ressentir plénitude et joie ? Je poursuivis mon chemin et rejoignis ma chambre en courant, de peur de faire demi-tour et me précipiter chez Eiirin. J'étais en pleine confusion. Je n'avais jamais ressenti ça. Mes fourmis rebelles ne faisaient qu'amplifier le phénomène. Je me précipitai dans ma chambre, fermai la porte à clé. Je fermai aussi la porte de communication avec la chambre de Léo. Puis, je glissais les clés sous la porte. Léo finirait par me libérer... un jour... Je m'adossai à la porte et enfin je respirai. Voilà, je n'avais plus qu'à avaler la pilule et me faire à l'idée que j'avais gâché un moment qui ne se reproduirait plus. Les larmes aux yeux, les fourmis en détresse, je pris mon téléphone et mes écouteurs. Janis Joplin et sa voix éraflée me permettraient de pleurer un bon coup et de passer à autre chose. Je me passai en boucle *Cry Baby*. Eh oui, je pouvais bien pleurer. Puis *Summertime* pour m'achever. La musique et sa voix, tels des miaulements, étaient à l'unisson de mes émotions. Je me laissai descendre contre la porte. Une fois à terre, je ne pouvais pas descendre plus bas. Je me laissai aller à mon chagrin, ces deux chansons résonnant dans mes oreilles, dans mon cœur. Pourquoi les autres vampires semblaient-ils s'en sortir bien mieux que moi avec leurs émotions ? Pourquoi pouvaient-ils profiter aussi facilement de tous les plaisirs sans se poser autant de questions ? J'étais vraiment une vampire ratée. Celui qui m'avait transformée ne devait être ni puissant, ni sain d'esprit. Les chansons continuaient de tourner. Cette boucle interminable finit pas assécher mes larmes. D'un seul coup, je sentis des coups tambourinés dans la porte pour m'avertir qu'elle allait s'ouvrir. Je me dégageai et vis apparaître Léo. Il me rejoignit sur la moquette épaisse et posa mes clés à côté de moi. Il m'enleva mes écouteurs des oreilles et me prit dans ses bras. Je posai ma tête contre son torse et soupirai. Je n'avais pas peur de lui avouer la vérité.

— Je suis vraiment nulle.

Je le sentis sourire contre moi. Je ne relevai pas la tête.

— C'est pas faux, mais ça va aller quand même.

— Tu crois ?

Je l'observai, à la recherche de la vérité.

— Tu es une handicapée des sentiments ?

Je rigolai.

— C'est bien possible.

Puis, je soupirai encore.

— Tu te faisais mal avec quelles chansons ?

— *Cry Baby* et *Summertime*, de Janis Joplin.

— Seulement deux ? Tu comptais enfoncer le clou pendant combien de temps ?

Je haussai les épaules.

— Le temps nécessaire.

— Et c'est bon, maintenant ?

Je souris à pleines dents.

— Non, mais je vais faire avec.

Léo fronça les sourcils.

— Eiirin est inquiet, ça fait une heure que tu l'as quitté.

— Le temps passe vite, dis-je en écarquillant les yeux.

— Tu as fini de te morfondre ou tu veux te punir encore un peu ?

Je réfléchis à toute vitesse.

— Je crois que c'est bon pour l'instant. De toute façon, je me suis tiré une balle dans le pied toute seule et la présence d'Eiirin saura me le rappeler.

— Bien ! Nous sommes attendus dans trois heures dans le bureau d'Eiirin. Alors, remets-toi en selle. Arrête tes chansons déprimantes. Fais du yoga, de la méditation, je ne sais pas... Fais-toi belle, ce qui ne sera pas difficile, et je reviens dans deux heures quarante-cinq. Tâche d'être prête pour travailler. On ne va pas te payer à rien faire.

Il me fit un clin d'œil et sortit.

OK. Je devais me secouer. Bon, yoga, méditation ? Bonne idée.

Après tout, cela m'avait sorti de beaucoup de faux pas ou de débordements émotionnels. J'avais déjà une tenue adéquate et la moquette épaisse de ma chambre m'attendait. Je me lançai dans des positions pour bien étirer mon corps. Je calmai ma respiration, à défaut de mon mental. Mon esprit toujours tourné vers Eiirin, tantôt ses caresses, tantôt son incompréhension, je m'exhortai à laisser passer ces maudites pensées pour m'en libérer. Petit à petit, au fur et à mesure que j'allais plus loin dans les étirements, mon mental lâchait pour se tourner vers le vide qui grandissait dans mon corps, dans ma tête, dans tout mon être global. Au bout d'un certain temps, je fus de nouveau calme, apaisée. Il me restait du temps pour méditer plus d'une demi-heure. Parfait. Je m'installai en lotus et calai une minuterie avec un gong de fin. Je fermai les yeux. Ma respiration calme donnait la cadence pour faire le vide en moi. Aucun temps, aucun espace, aucun nom, je n'étais plus personne. Uniquement l'air qui entrait et l'air qui sortait… Le gong retentit. Je revins ici. Maintenant, j'étais prête à prendre une bonne douche et me faire belle. Je n'avais plus beaucoup de temps. Je m'habillai tout de noir, comme à mon habitude. Un pantalon près du corps et un haut avec un beau décolleté me mettraient en valeur. Je brossai mes cheveux pour faire une crinière de lionne et enfilai mes bottines à talon. J'étais fin prête pour affronter le monde et mes actes. Il était temps. Léo frappa à ma porte. Il siffla en me voyant.

— Tu es magnifique. Dommage que tu sois réservée, dit-il, joyeux.

Sa dernière parole m'ébranla. Je ne savais pas ce que cela signifiait et je ne voulais pas le savoir. Il sentit ma faiblesse et s'approcha de moi immédiatement pour me réconforter. Il m'embrassa sur le front et m'encouragea :

— Allons-y.

Quand nous arrivâmes dans le bureau d'Eiirin, les vampires qui avaient mené l'expédition étaient présents. Tant mieux. Eiirin me salua d'un signe de tête et m'adressa à peine un regard. Je sentis un coup de poignard dans ma poitrine. L'indifférence, c'était ce qui faisait le plus mal. En même temps, je ne pouvais m'en prendre qu'à moi-même. Tous les vampires nous regardaient l'un et l'autre. Sans doute étonnés par la froideur d'Eiirin alors que je venais de lui sauver la vie. Peut-être qu'ils sentaient aussi tout le sang que nous avions échangé tous les deux. Notre lien de sang était devenu très puissant. Mes fourmis étaient sens dessus dessous. Je tentai de me mettre le plus loin possible d'Eiirin pour les calmer, mais elles me poussaient vers lui. Une soif insatiable commençait à monter. À force de reculer, j'écrasai un pied de vampire avec mon talon. Deux mains puissantes me soulevèrent pour me poser à côté de lui. Navrée, je marmonnai un pardon et reculai derrière lui, tentant de me cacher comme je pouvais. Mes fourmis semblaient vouloir monter à l'assaut. La quasi-totalité des vampires se tenait l'arête du nez : ils étaient gênés par quelque chose. Je me sentis pour m'assurer que je sentais bon, et c'était bien le cas. Je regardai Eiirin, qui m'observait en fronçant les sourcils. Et je LE sentis. Je sentis ce champ énergétique qui me liait à Eiirin et qui remplissait la pièce. Tous les vampires le sentaient. Eiirin brisa le silence et ma confusion.

— Bien, nous allons nous adapter à ces nouveaux phénomènes. Je pense que nous ne sommes pas au bout de nos surprises.

Les vampires ne savaient pas trop s'ils devaient en rire. Eiirin poursuivit.

— Je tenais à tous vous remercier pour la nuit dernière. Cette mission a été un franc succès dans le sens où l'entrepôt est entièrement détruit. Malheureusement, des humains sont morts, malgré toute l'énergie et la magie d'Ismérie pour les préserver. Nous avons sauvé tous nos vampires et c'est primordial pour moi.

Les vampires acquiescèrent.

— Vous avez pu constater comme Ismérie pouvait être un atout pour notre clan.

Tous les vampires se tournèrent vers moi comme un seul homme afin de m'observer. Certains me saluaient, d'autres souriaient.

— Demain soir, continua Eiirin, je vous propose une fête, d'une part pour clôturer cette histoire d'empoisonnement, d'autre part pour fêter la bienvenue à Ismérie au sein du clan Duroy. Même si elle nous a rejoints depuis quelques semaines, je n'ai pas pris le temps de vous la présenter officiellement. Je sais que Léo s'en est chargé.

Léo me fit un clin d'œil comme à son habitude, pendant qu'Eiirin fronçait les sourcils en nous regardant. Les vampires souriaient devant la situation. Ils savaient tous que je dormais avec Léo, que je partageais mon sang uniquement avec Eiirin, que je buvais Maxence à l'occasion et que je n'aimais pas les poches en plastique. Cela devenait un sujet de taquinerie. La situation était cocasse. Je baissai la tête, gênée par cette situation qui m'avait dépassée. Eiirin se gratta la gorge pour attirer de nouveau l'attention. Il montra les journaux déposés sur son bureau.

— Les médias ont parlé de l'explosion d'un laboratoire. Mais ils ne connaissent pas le type de laboratoire et l'entreprise qui se cache derrière. Tout a disparu. Il ne reste aucune preuve, comme si tout avait été soufflé, brûlé, ne laissant aucune trace. Ils feront des analyses ADN des prélèvements. Mais que vont-ils trouver ? Je pense que Merconi est déjà en train de supprimer tous les liens possibles qui pourraient le mettre en accusation. Par contre, nous avons la preuve que les poches de sang préparées là-bas l'étaient sous la dénomination « sangfusion ». C'est probablement ce nom, trop proche de « transfusion » qui est à l'origine de l'acheminement en hôpitaux. Je reste convaincu que les poches n'étaient pas prévues pour les humains, mais uniquement pour les vampires. Les preuves que nous avons sont irréfutables. Avec l'aide de notre cabinet d'avocats, nous allons préparer un communiqué, pour alerter toutes les entreprises travaillant avec le sang de bien vérifier la provenance de leur stock. Nous allons proposer notre aide pour évaluer les poches de sang. Inutile de détruire des poches qui pourraient être utilisées. Si certains d'entre vous ne veulent pas participer à cette évaluation, n'hésitez pas à m'en informer. Les déplacements ne se feront que sous bonne garde et en toute sécurité. Nous ne pouvons malheureusement rien prouver contre Merconi. Nous allons tout de même exposer nos soupçons aux autorités compétentes, ainsi que tous les éléments qui pourront servir de preuves. En attendant, ne sortez pas seuls.

Et là, comme par hasard, Eiirin ne fixait qu'une personne : moi. Comme j'étais derrière, tout le monde se tourna encore une fois pour me dévisager. Je hochai la tête pour montrer que j'avais bien reçu le message. Tous les vampires se retournèrent de nouveau vers Eiirin. Ah, ces vampires. Ils avaient tout de même une attitude assez bizarre. Leur connexion avec Eiirin, qui s'était créée avec un seul et unique échange de sang pour intégrer le clan Duroy, avait créé une sacrée emprise d'Eiirin sur eux, leur donnant un comportement calé sur leur maître. Une certaine soumission que je ne ressentais pas du tout, malgré tout le sang que j'avais échangé avec Eiirin. Et c'était heureux, car je crois que je me serais sauvée à l'autre bout de la planète pour lui échapper si cela avait été le cas. Étant satisfait que son message fût passé et de savoir que ses vampires m'auraient à l'œil, Eiirin nous libéra. Léo proposa à la cantonade de retourner au club. Ce soir, il y avait pole dance. Génial. J'allais voir avec le patron si je pouvais danser. Le départ était donné dans une heure.

Nous arrivâmes au club de rock vintage de la dernière fois.

J'allais peut-être revoir mon donneur. L'ambiance était déjà à son comble. Les couples s'adonnaient à tourner dans des passes de danse plus ou moins faciles. Beaucoup de danseuses portaient ces jupes longues qui se soulevaient dès qu'elles tournaient, dévoilant des tatouages sur leurs jambes fuselées. J'avais fait part à Léo de mon projet de faire de la pole dance. Il connaissait sûrement le patron. Léo était enchanté par mon projet. Nous étions directement allés nous entretenir avec Henri, le patron du club. C'était un fan de rock. Ses boots, son perfecto et ses cheveux coiffés en banane étaient là pour nous le rappeler. Un soir par semaine, il troquait un orchestre de rock ou un DJ contre des barres pour des danseuses version pin-up des années soixante. Le thème rock'n'roll restait de rigueur. Ça m'allait bien car j'avais tous les atours d'une pin-up. Henri était sceptique. Il n'était pas enthousiaste à l'idée de changer la programmation pour une fille qu'il ne connaissait pas. Il examina mon décolleté plongeant, mes longues jambes fuselées. On pouvait le comprendre. Je lui fis un clin d'œil et lui dis que ce soir, je dansais gratuitement mais qu'après il me harcellerait pour me payer afin que je continue à danser dans son club. Henri était joueur. Il accepta en rigolant. Il insista tout de même en disant que si je faisais couler son club, il demanderait un dédommagement à notre Sensei. Mouais, j'étais plutôt confiante sur le résultat. Mais surtout, je ne tenais pas à ce qu'il en parle à Eiirin. Je ne savais pas s'il souhaitait voir ses vampires s'exposer de la sorte.

Je rejoignis la loge des filles. Henri m'accompagna pour nous présenter, en insistant sur le fait de se méfier de mes dents pointues. Il me sortit un magnifique ensemble de Wonder Woman en me disant que ça devrait le faire. Les filles rigolaient. Ça allait sacrément le faire. Un string, un soutien-gorge pigeonnant, bleu et rouge avec des étoiles blanches, prévus pour être recouverts d'une minijupe volante, ultra-courte, et un petit bustier. La jupe et le bustier étaient prévus pour être retirés très facilement. Bien sûr une ceinture, qui mettait la taille en valeur, pour accrocher le lasso magique de vérité, la tiare, les manchettes et les bottes à talons vertigineux. Pas sûr que ce costume était bien celui de la vraie Wonder Woman pour partir en mission. Mais il flashait, c'était dingue. J'allais être terrible. Les filles piaillaient dans la loge. Elles avaient l'habitude de « pratiquer » les vampires, plutôt mâles. Elles étaient donc émerveillées et très curieuses envers moi. Je fus très contente d'être aussi bien accueillie. Du coup, j'étais très détendue pour me préparer soigneusement. J'avais donné la liste de mes chansons à prestation pole dance à Henri pour qu'il en choisisse une. Cet ensemble m'allait à merveille, c'était magique. Quand Henri passa me voir pour vérifier que tout se passait bien, il faillit tomber à la renverse. Toutes les filles, dont les bouches étaient couvertes de rouge à lèvres couleur sang, lui embrassèrent le visage. Il ressortit totalement abasourdi avec des marques de baisers. Il faisait plaisir à voir sur son petit nuage. J'étais fin prête. J'attendis patiemment mon tour. Je jetai un œil à la salle, discrètement. La piste de danse était recouverte de tables. La salle était comble. Vampires et humains se côtoyaient dans une ambiance bon enfant. Le spectacle commença. Les filles étaient toutes plus belles les unes que les autres. Et elles dansaient vraiment bien. Je reconnaissais certaines d'entre elles. Elles avaient troqué leur jupe longue et leur partenaire de rock'n'roll contre une tenue plus sexy et une barre de pole dance. Quand mon tour vint, je me sentis un peu stressée. C'était un nouveau public. Je ne doutais pas de mes capacités, mais un nouveau public à conquérir contenait toujours une certaine dose d'incertitude. Même si je ne cherchais pas de travail, il fallait que je sois à la hauteur de mon costume de Wonder Woman. Henri avait choisi un rock blues langoureux dans ma liste. Mmmm... Titre qui résonnait étrangement dans mon cœur et me fit immédiatement penser à Eiirin. Très bien, j'adorais particulièrement cette choré. Je pouvais faire fureur. J'arrivai en me trémoussant sur scène dans quelques postures avantageuses. J'étais totalement éblouie par les feux de la rampe et ne voyais pas mes spectateurs. Ce fut finalement libérateur. Je ne me posai plus de questions. Je virevoltai autour de ma barre dans tous les sens. Je me débarrassai de ma jupette. J'enchaînai des passes sexy et acrobatiques, m'arrêtant régulièrement dans des positions de contorsionniste ou sensuelles. Je me hissai plus haut sur la barre, lançai mon bustier et montai mes jambes en chandelle au-dessus de ma tête. Puis, je les ouvris en un écart parfait. Je remontai mes jambes fines et musclées en ciseaux, pris de l'élan, me retournai de nouveau en grand écart en tournant autour de la barre et en finissant dans un grand écart au sol, le dos cambré. Un final parfait. Essoufflée, mais avec un sourire radieux, je me levai pour saluer mon public. L'ovation était explosive. Humains et vampires faisaient beaucoup de bruit. Je retournai en coulisse. Henri arriva immédiatement derrière moi. Il avait un téléphone et un casque à la main.

— OK, je t'engage !

J'éclatai de rire et les filles aussi.

— Il va falloir me payer très cher.

— Je vais te payer, mais on va négocier. T'es prête pour une impro ?

J'éclatai de rire à nouveau. Un défi à relever ? J'étais toujours prête à relever des défis. Surtout en danse. Laisser mon corps se mouvoir sur la musique. Laisser mon corps aspirer la musique. La laisser pénétrer dans chaque cellule. Puis, la laisser agir, fusionner et ressortir par tous mes pores.

— Que me proposes-tu exactement ?

— J'ai une chanson un peu dance qui peut correspondre à tes capacités physiques et tes prouesses artistiques.

Je regardai Henri, surprise. Alors comme ça, ce rockeur pouvait craquer pour de la dance. La nature humaine était bien complexe. Il me mit le casque sur les oreilles. J'écoutai ce duo, mi-français, mi-anglais. Une femme et un homme. Une chanson très entraînante. Deux très belles voix. La chorégraphie se dessinait déjà dans ma tête. Ce coquin m'avait piégée. Il avait senti que j'adorais danser et que je ne résisterais pas à relever ce défi. Probablement que ma nature de vampire et de prédateur m'y invitait aussi. Il avait un sourire jusqu'aux oreilles pendant que je me voyais tourbillonner sur la barre.

— Okaaayyy, tu m'as eue !

Il m'embrassa sur la joue, très satisfait de lui.

— J'ai une super combinaison en dentelle blanche qui va t'aller à merveille.

Je ris de nouveau.

— Et tu portes souvent ce genre de chose ?

Ma blague le fit se marrer. Il me prit par la main pour m'entraîner dans le dressing à costumes de scène. Combinaison était un bien grand mot pour ce morceau de dentelle très échancré sur les hanches et le décolleté. Il avait même réussi à faire un dos nu. Je me demandais comment le tout pouvait tenir sans que je perde la combinaison en route. Mais c'était magnifique.

— Garde ton string et ton soutien-gorge de Wonder Woman, enfile ça. Et demande à une des filles de te l'accrocher dans le dos avec ça.

Henri me montra une attache scintillante qui tiendrait les bretelles dans le dos et qui prolongeait les strass de la bordure du décolleté. J'enfilai cette magnifique combinaison, comme disait Henri. Une fois les bretelles bien attachées, je m'admirai dans les miroirs de la loge. Pas de doute, j'étais magnifique. J'enlevai mes bottes de Wonder Woman. Je préférais rester pieds nus. Je retournai au bord de la scène. C'était bientôt mon tour de nouveau. J'écoutai de nouveau ma nouvelle chanson : *Hands are Shaking* (1). Mouais, ça allait le faire et j'allais passer un excellent moment. D'un coup, je sentis un baiser sur la joue et eus à peine le temps d'apercevoir Léo qui me montrait ses pouces vers le haut pour m'encourager, un sourire béat jusqu'aux oreilles. Je lui fis un petit clin d'œil, j'étais dans mon monde. Et mon tour vint... encore.

Je montai sur scène. Je commençai à faire quelques pas autour de la barre, des tours, des cambrés... Quand la partie dance arriva, je m'élançai sur la barre, tourbillonnant autour d'elle. Les spectateurs frappaient dans leurs mains pour battre la mesure et m'encourager. Je montais, descendais, recommençais, à l'envers, à l'endroit, en grand écart, m'enroulant autour de la barre. Le fait de ne pas avoir à me déshabiller me permettait de rester connectée à moi-même et d'exécuter uniquement les postures qui défilaient dans ma tête. Un grand sourire aux lèvres, j'étais heureuse. Heureuse de sentir cette communion avec les spectateurs. Je sentais leur joie et leur bonheur envahir la salle, m'envahir. Moment de pure extase de communion. Je me transcendais dans ma danse. Heureuse de cette tournure particulière, où je combinais l'intégration dans un clan et la poursuite de ma passion. Ce fut l'ovation quand je terminai en boule au pied de ma barre. Je me relevai pour saluer mon public et disparus. Henri m'intercepta au vol pour me féliciter. Je me changeai et retrouvai mes vampires.

Ils étaient tous installés à leurs tables habituelles, qui étaient extrêmement bien positionnées face à la scène. Mes vampires m'acclamèrent et me félicitèrent. Quelle ne fut pas ma surprise de voir Eiirin, assis entre Léo et Etsuko. Léo rigola de toutes ses dents devant mon expression alarmée quand je découvris Eiirin. Il leva un verre de sang en mon honneur et tous trinquèrent. Eiirin souriait, mais son expression restait maussade. Je ne savais pas trop comment l'interpréter. Etsuko, habillée en geisha, comme à son habitude, gardait la tête baissée. Léo me fit de la place sur les divans pour que je m'installe entre Eiirin et lui. Mes fourmis se réveillèrent instantanément, montant à l'assaut d'Eiirin quand ma hanche frôla la sienne. Eiirin se redressa immédiatement. Lui aussi devait ressentir cette attraction. Il gardait un sourire forcé et invita Etsuko à se retirer. Tous les vampires se levèrent et les saluèrent. Je me sentais à la fois soulagée de leur départ et mortifiée qu'Eiirin ait assisté à mon show. Léo me dit immédiatement :

— Isie, Eiirin a adoré. Tu lui as fait un sacré effet.

Mmmm... Comment prendre un truc pareil ? Je n'étais pas sûre de vouloir lui faire de l'effet.

— Comment se fait-il qu'il était là ?

— Je l'ai appelé quand j'ai su que tu allais danser, me répondit Léo, très fier de lui.

— Et tu crois que c'était une bonne idée ?
— Tu rigoles ? C'était une excellente idée.

Il buvait tranquillement sa coupe de sang pendant que je me demandais à quel point c'était une excellente idée. Je profitai tant bien que mal du reste de la soirée, confrontée à mon incertitude. Léo faisait tout pour faire le pitre et me faire rire.

Le lendemain, c'était la nuit d'une grande fête à l'hôtel de Lauzun.

À mon réveil, Maxence me fit porter un magnifique fourreau noir étincelant d'or, probablement un cadeau d'Eiirin. Je ne pensais pas avoir d'admirateur inconnu. Mon employeur veillait à ce que je ne manque de rien.

Je me préparai pour cette belle soirée, écoutant une playlist musicale très variée. Je me posai un instant pour écouter la mélodie envoûtante d'*Angel* (2). Allais-je trouver quelqu'un à aimer moi aussi ? Ma vie n'était plus aussi vide qu'avant et je m'en réjouissais.

Nous étions tous rassemblés dans la salle de bal. Les costumes et les robes de soirée étincelantes étaient de sortie. Tous les vampires étaient magnifiques, comme d'habitude. Nous étions réunis dans le grand salon. Etsuko était déjà présente. On la voyait rarement sans son Sensei. Elle semblait lui consacrer sa vie, figée dans le passé, pour vivre aux traditions d'une autre époque. Elle n'avait pas évolué avec son temps. Je me demandais comment elle s'arrangeait de sa mélancolie alors que tout tournait à une autre vitesse autour d'elle. Eiirin arriva, magnifique dans un costume d'allure nipponne, veste et chemise en col mao.

Il nous fit un discours mélangeant ma bienvenue, l'arrêt des poches empoisonnées et les mésaventures du clan. Il nous mit en garde contre Merconi et ses acolytes. En tant que Sensei du clan Duroy, Eiirin insista sur la protection qu'il nous assurait à tous, protection de nos intérêts et de notre personne tant que nous lui assurions obéissance.

Obéissance, ce mot m'écorchait un peu les oreilles. Je ne savais pas trop quoi en faire. Mais je me sentais maintenant à ma place dans ce clan. Je me sentais protégée. Je me sentais utile à ces vampires. Je les considérais d'ailleurs un peu comme MES vampires. Je me sentais heureuse, admise et reconnue.

À la fin du discours, nous trinquâmes avec des coupes de sang. La musique surgit et Léo m'invita à danser. Tous les styles : rocks, salsas, tangos, disco... y passèrent. Le sang n'était prévu qu'en coupes. C'était bien dommage. L'euphorie de la soirée m'encourageait à planter mes crocs dans un vieux vampire, à défaut de Maxence.

Mais nous étions à l'hôtel de Lauzun et cet endroit ne rimait pas avec frivolité. Eiirin dansait peu, mais observait beaucoup. Je sentais ses pupilles me brûler. Mes yeux bleu glacier croisaient régulièrement ses yeux noirs insondables. Mes fourmis dansaient la rumba dès que je me rapprochais. Je n'osai pas l'inviter à danser. Il ne fit pas le premier pas non plus. Mais je sentais qu'il ne reculait que pour mieux sauter. Ce fut une soirée magnifique. J'étais aux anges.

(1) Chanson de Brice Conrad.
(2) Chanson de The Weeknd.

Table des matières

1 - La vie en rose 11
2 - L'offre... 21
3 - L'évaluation 33
4 - La négociation.. 43
5 - L'échange... 54
6 - L'attrait du sang... 66
7 - Courroux 77
8 - La rencontre 88
9 - Servir ou assouvir ? 100
10 - Camouflage 112
11 - Les méandres du passé 122
12 - Veritatis vindicta (1) 133
13 - Transformer n'est pas jouer...................... 144
14 - Sexe, sang & rock'n'roll 155
15 - Compromis 166
16 - Obéissance et protection 177
Table des matières 188
Vous avez aimé Sangs éternels ? 189
Remerciements... 190
Biographie... 191
Publication.. 192

Vous avez aimé Sangs éternels ?

1- Publiez un commentaire sur Amazon, en vous rendant à l'adresse suivante :

www.amazon.fr/Florence-Barnaud/

2- Inscrivez-vous à ma newsletter pour être informé de la suite de la saga :

www.florencebarnaud.com/

3- Retrouvez-moi sur :

Son site : www.florencebarnaud.com/

Facebook
https://www.facebook.com/FloBarnaudRomanciere

Instagram
https://www.instagram.com/florence_barnaud/

Email : florence.barnaud@gmail.com

Remerciements

À mon mari, mes enfants. Je suis tellement heureuse de vous avoir. À Laurent, mon super bêta-lecteur, tu m'as fait un travail formidable. Tu mérites ta cape de superhéros pour tout plein de raisons.

À Quentin, pour m'avoir ouvert un nouveau chemin.

À Folco, pour m'avoir permis de relever un nouveau défi. De nombreuses rencontres ont été décisives dans ma vie. Celle de ce mois de juin 2018 le fut particulièrement, réveillant des rêves très anciens que j'avais repoussés à une prochaine vie. Alors, vraiment, merci, Folco, pour ton accompagnement, ta bienveillance, toutes tes réponses et les coups de pouce devant les difficultés.

Aux bookleaders, pour vos retours d'expérience et le partage. Que d'enrichissement ! Merciiiiiii, Angeline.

A Florence, pour m'avoir proposé des corrections très intéressantes, là où le nez dans le guidon, je n'y voyais plus. Encore une belle rencontre cette année.

À Jean-Marie pour tous nos échanges bienveillants depuis toutes ces années.

À mes bêta-lecteurs : Hélène, Jose, Laurence, Delphine, Mikaëla, Lucie, Sophie, qui ont accepté de lire une version loin d'être parfaite. Vous m'avez aidée à prendre confiance en moi et augmenter mon champ des possibles.

À Caroline Sheila, qui a su entendre mon besoin pour me créer une magnifique couverture.

À ma famille, à toutes celles et tous ceux qui me soutiennent et m'accueillent comme je suis.

Biographie

Tel le chat, Florence Barnaud a eu plusieurs vies. Leurs empreintes cheminent dans ses histoires. Suivez la flamme qui l'anime et guide sa plume pour vous transporter vers d'autres univers, riches d'émotions, de suspense et d'humour.

De la même autrice :
Sangs éternels, Tome 1 – La Reconnaissance
Sangs éternels, Tome 2 – L'éveil
Sangs éternels, Tome 3 – La Loi du sang
Sangs éternels, Tome 4 – La Troublante Fascination
Sangs éternels, Tome 5 – La Traque

Combats enflammés, Tome 1 – Rendez-vous explosif
Combats enflammés, Tome 2 – Choisis ton combat (2021)
Combats enflammés, Tome 3 (2021)

Publication

© Copyright 2019 FB Romans (18)
    Florence Barnaud. Tous droits réservés.

Dépôt légal : février 2019
Première édition : février 2019

Impression : BoD – Books on Demand,
12/14 rond-point des Champs-Élysées, 75008 PARIS
Imprimé par BoD – Books on Demand, Norderstedt

ISBN : 9782322091461

Couverture : Ouroboros Design (Sheila17 - 99 Design)
Correction : Florence Clerfeuille

Ce livre est une fiction. Toute référence à des événements historiques, des comportements de personnes ou des lieux réels serait utilisée de façon fictive. Les autres noms, personnages ou lieux et événements sont issus de l'imagination de l'autrice. Toute ressemblance avec des personnages vivants ou ayant existé serait totalement fortuite.
Les erreurs qui peuvent subsister sont le fait de l'auteur.

Le piratage prive l'auteur et les personnes ayant travaillé sur ce livre de leurs droits.